손영목 전작소설

거제도

2 풀꽃

동서문화사

인간이란 실로 더러운 강물일 뿐이다. 인간이 스스로를 더럽히지 않고
이 강물을 삼켜 버리려면 모름지기 바다가 되지 않으면 안 된다.

주요인물

　최윤학 : 서울 출신 의용군 포로. 일찍이 ‘사회주의 낙원 건설’이
라는 이상에 심취했던 인텔리 청년. 포로수용소의 극한 상황, 인간
이기를 포기해야 하는 치욕스런 현실에 직면하자 이데올로기에 대
한 회의로 자기 정체성을 상실하고는 끊임없이 고뇌하고 절망한다.

　윤석규 : 평안도 출신 인민군포로. 집안을 몰락시킨 공산당에 대
한 증오심이 깊다. 적색 수용소에 있다가 성분 노출로 위기에 직면
죽음 직전에 극적으로 탈출에 성공한다. 그 뒤 공산포로와 대결에
열혈분자로 앞장서서 점점 포악한 짐승의 시간 속으로 빠져간다.

　박사현 : 하바롭스크대학 출신, 소련군 제25사단 참모장교 겸 통
역관으로 1945년 8월 북한에 들어와 공산정권 수립에 관여한 소련
파 노동당 부위원장. ‘하전사 전문일’로 위장, 수용소에 들어와 폭
동을 배후에서 총지휘한다. 뛰어난 마르크스 레닌 이론 책략가.

　임덕현 : 북한에서 내려와 피란민사회를 발판삼아 출세한 인물.
생활력이 강하고 이재에 밝아 단기간에 큰 재산을 모은다. 이익을
위해서는 물불 가리지 않고 인정사정이 없지만, 한낱 유희의 대상
으로 추구하던 여자에게서 진정한 사랑을 발견하고 삶이 바뀐다.

　옥치조 : 포로수용소 인근마을 이장. 시대상황으로 인해 자신의
가정이 파국으로 치닫는데도 속수무책인 무기력한 가장. 17만 6천
명 포로수용소 설치와 피란민 집단 이입으로 극심한 전쟁 문화충격
을 피할 수 없게 된 거제도 토착원주민들의 상징적인 인물.

조양숙 : 서울 출신 의용군 빼어난 용모의 여자포로. 공산당 비밀조직원으로 공작의 대상인 윤석규를 육체로 유혹하라는 지령을 받고 접근하지만 점점 피할 수 없는 운명적 사랑에 빠져들어간다.

옥상은 : 치조의 딸. 청순한 섬마을 처녀. 생계가 막막해진 가족을 위해 직업전선에 나섰다가 임덕현을 만나 유혹당하나 점점 성에 눈을 떠가며 한 난숙한 여자로 다시 태어나 현실에 순응해 나간다.

진상용 : 빨치산 출신 의용군포로. 하전사급 상사에 불과하나, 잔혹성과 카리스마로 포로집단을 좌지우지하는 극악한 공포의 인물. 하지만 최윤학에 대해서만은 인간적 애정과 신뢰를 보인다.

이학구 : 북한군 총좌. 제13사단 참모장. 사단장에게 권총을 쏘고 미국군에 투항했다. 공산군포로 중의 최고위 상위계급자로서 공산포로대표로 행세하나, 사실은 박사현에게 절대 지휘를 받는다.

프란시스 돗드 : 제12대 포로수용소장. 웨스트포인트 출신 유능한 장군. 포로관리에 압박아닌 휴머니즘적 접근을 하다 간계에 빠져 세계전사 유례 없는 포로수용소 소장이 포로들의 포로가 되고만다.

김병수 : 경기도 평강 출신 민간인 포로. 피란길에 어린 아들과 함께 유엔군에 억류. 겁이 많고 소심하다. 친공 반공 갈등 끝에 아들의 장래를 위해 이북 고향에 돌아가지 않고 남쪽에 남는다.

이옥례 : 옥치조의 아내. 단순하면서도 정신병리적 성격. 포로수용소 설치로 생계가 달린 보리밭이 망가지고 불구가 돼 돌아온 아들. 그 충격으로 실성하고 만다. 전장의 한 비극적 여인상.

분기점에서

1

거제여객의 출발은 성공적이었다.

장승포와 성포 사이의 도로는 거제도 육상교통을 대표하는 주요 노선인데다, 포로수용소가 개설되면서 교통량이 몇 곱절이나 늘어나고 이용하는 유동인구 또한 마찬가지였기 때문이었다.

거제1호는 오전 8시 정각 연초삼거리 차고를 출발함으로써 운행에 들어가 장승포와 성포 간을 하루 세 차례 왕복하고, 마지막 회차에 성포를 출발해 중간지점인 연초까지 와서 차고에 드는 것으로 하루 운행을 끝냈다.

탑승객은 언제나 만원이었으며, 날이 갈수록 점점 늘어가는 고무적인 추세를 보였다. 사무실 임덕현의 금고에는 끊임없이 돈이 들어와 쌓였고, 그 돈은 오후가 되면 연초지서 옆에 있는 장승포금융조합 분점에 꼬박꼬박 입금되었다.

이대로 가면 머잖아 거제도에서 제일가는 부자 되겠는걸.

혼자 희희낙락하며 가슴이 부푼 덕현은 곧 거제2호 제작에 착수했다. 사람도 차도 무리가 가서는 안 되겠기에 버스 한 대를 더 투입해야겠다는 판단에서였고, 그 생각은 현명했다. 매번 만원 상태인 데다 도로사정이 나쁘고, 게다가 차체를 개조한 데서 기인한 근원적인 핸디캡이 항상 불안요소로 붙어 다녔기 때문이었다.

첫 번째 버스를 만들어본 노하우가 있는만큼 두 번째는 트럭 불하에서부터 제작부품 조달, 관청의 허가사항에 이르기까지 막힘없이 술술 처리해 나갈 수 있었고, 공장장 황태봉이 비지땀 좀 흘리도록 토닥거리기만 하면 되었다.

드디어 거제2호가 완성된 것은 가을에 막 접어들려는 9월이었다. 버스 두 대가 교차하며 운행하니, 모든 점에서 한결 여유를 가질 수 있었다.

장승포와 성포 구간에만 두 대의 버스가 다니게 되자, 지세포나 구조라 등 남쪽지역 주민들이 민원을 제기하는 상황이 벌어졌다. 지역차별을 하느냐, 그쪽에도 버스를 투입해 달라는 요구였다.

그러잖아도 기존계획에 들어 있던 사항이므로, 덕현은 회심의 미소를 지으며 곧 거제3호 제작에 착수했다. 장승포를 기점으로 하여 지세포·구조라·학동을 거쳐 저구로 이어지는 섬의 남쪽지역 대중교통로가 트인 것은 11월이었고, 그로써 버스 3대를 보유하고 있는 어엿한 운수회사의 모양새를 갖추기에 이르렀다. 거제여객의 제2노선은 교통인구가 적어 제1노선만큼 크게 수지가 맞지는 않았으나, 그래도 조금 남는 정도의 장사는 되었다.

이제는 직원만 해도 공장장과 보조공, 운전수 3명과 조수 3명, 사무직원과 경리 각 1명 등 모두 10명으로서, 덕현은 손바닥만한 명함을 찍어 갖고 다니며 육상교통을 전담하는 운수사업가에다 지역유지로 상승된 신분을 과시했다.

그처럼 모든 일이 슬슬 잘 풀려나가 득의만면한 덕현이었지만, 그러면서도 단 한 가지 아직도 성공은커녕 시도도 하지 못해 속앓이를 하는 희망사항이 있었다. 그것은 바로 경리사원 상은을 품에 안는 일이었다.

속임수를 쓰든 우격다짐의 방법을 쓰든 간에 세상물정 어두운 어린 처녀 하나 굳이 몸을 빼앗으려고 야욕을 부린다면 사실 불가능할 것도 없었다. 그러나, 그렇게 하고 난 뒷감당이 두려웠다. 망신도 망신이지만, 자칫하면 이제까지 어렵게 획득한 사회적 성공이 하루아침에 물거품이 되고 말 위험성이 다분했다.

가장 좋기로는 상은 본인이 혼자만의 비밀로 삭여 입을 닫아 주는 것이고, 좀 더 욕심을 낸다면 어린 정부 노릇을 계속해 주는 것이지만, 암만 궁리해도 그것은 실현성이 부족한 희망사항인 것 같았다. 본인이 충격을 이기지 못해 울며불며 난리를 피우고 거기에 가족들까지 들고일어나는 경우, 그런 낭패가 어디 있단 말인가. 따라서, 본인이 설령 당하더라도 입도 뻥긋 못할 어떤 상황이 찾아오거나, 그런 상황을 이쪽에서 만드는 수밖에 없었다.

덕현의 강력하고 유용한 무기는 뭐니뭐니해도 돈이었다. 월급으로 책정한 8만 원(圓) 외에 수시로 시혜를 베풀어 상은의 환심을 사는 동시에 자기에게 감사하는 마음을 심어주며 기회를 노렸다.

그런 덕현에게 마침내 기회가 찾아왔다. 그것도 전혀 엉뚱한 쪽에서였다.

"사장님, 좀 말씀드릴 게 있습니다."

어느 날, 덕현의 앞에 다가와 심각한 얼굴로 말한 것은 사무직원 김용식이었다.

징집대상자의 선을 겨우 넘은 이십대 후반으로서 시력이 나빠 군대에 가지 않은 모양인데, 돋보기나 다름없는 안경을 끼지 않으면 바로 눈앞의 사람도 못 알아볼 정도였다. 경기도 출신 피란민인데, 사람이 신실하고 사무처리가 깔끔해서 덕현의 신임을 사고 있었다.

"뭐이가?"

"좀 조용히 여쭸으면 싶습니다."

"중요한 일인가?"

“네.”

사무실 안에는 상은까지 세 사람밖에 없었다. 그런데도 용식이 굳이 단독면담을 원한다면, 그것은 상은이 들어서는 안 될 내용이라는 뜻이었다.

마침 점심시간이 임박한 때였으므로, 덕현은 태연스럽게 자리에서 일어났다.

“같이 갑세. 가서 국밥이나 한 그릇 하자우.”

“저 도시락 싸 왔습니다.”

“아, 집에 도루 가져가 저녁으루 먹음 되지 않네? 다른 사람 주든지.”

그렇게까지 말하자, 용식도 더 주저하지 않고 따라 일어났다.

덕현은 사무실을 나서며 상은을 돌아보고 말했다.

“점심 먹구 오마.”

“다녀오이소.”

목을 움츠리는 듯하며 힐끔 쳐다보고 이내 시선을 내리는 상은의 모습이 덕현의 눈에는 그렇게 사랑스러워 보일 수가 없었다.

차고 한쪽 작업장에서 공장장 황태봉이 산소용접기로 용접을 하고 있었다. 버스 만들고 남은 철물 잡동사니를 활용해 각 정류소에다 세울 표지판을 만들고 있었다. 버스 3대를 완성하고 나서 갑자기 할 일이 없어진 그가 새로 만들어 낸 일이었고, 덕현은 시답지 않게 생각하면서도 굳이 말릴 뜻이 없어 방관하고 있었다.

저 인간, 이젠 붙들고 있어야 할 이유가 없는데…….

속으로 그렇게 뇌며 픽 웃고는 그를 외면한 채 용식을 데리고 회사를 나왔다.

밖에는 늦가을답지 않게 환하고 포근한 볕살이 깔려 있었다.

“그래, 방금 사무실에서 한 건 뭔 얘깁메?”

덕현의 질문에, 용식은 결심한 듯 고개를 한 번 으쓱하고 나서 조용히 말했다.

"사실 이런 말씀 드리기가 매우 조심스럽지만, 사장님도 언젠가는 아시게 될 일이고, 미리 아시는 것이 문제 해결에 도움이 될 것 같아서 말씀드릴까 합니다."

"거 서론은 빼고, 대체 무스기 일입메?"

"운전수와 조수들 말입니다……."

"운전수와 조수?"

"네. 그들이 짜고 조금씩 부정을 저지르는 것 같습니다."

"아니, 뭐이 어째?"

너무나 뜻밖의 말에, 덕현은 자기도 모르게 걸음을 우뚝 멈추며 버럭 외쳤다.

용식은 사장의 반응이 의외로 크자 조금 당혹한 빛이었다.

"자네 그 말 사실이가?"

"네. 아직 확실한 증거는 갖고 있지 않지만, 사장님께서 꼭 그렇게 하라고 지시하시면 조만간 변명의 여지가 없는 명백한 증거를 포착해 드리겠습니다."

무슨 형사나 탐정 같은 투의 말을 들으며, 덕현의 가슴속에서는 서서히 소용돌이가 일고 있었다.

기분 같아서는 당장 그렇게 하라고 소리치고 싶었으나, 서두를 일이 아니므로 잠시 자제하라는 목소리가 자기 안의 어딘가에서 들려왔다. 문제를 공식화했을 때, 운전수들이 그 반발로 뛰쳐나가버리면 당장 곤란을 당하게 되는 사람은 자기가 아닌가.

덕현이 멈췄던 걸음을 다시 떼어놓기 시작하자, 용식이 따라 걸으며 조심스럽게 덧붙여 말했다.

"제가 알기로는, 다른 곳의 여느 버스회사 경우도 다 비슷한 걸로 알고 있습니다. 조수가 손님들로부터 받은 요금에서 약간씩 삥땅을 치고, 그 중의 일부분을 운전수한테 상납하는 거죠.”

“저런 뒤일 놈들이 있나. 기런 줄 알면서 모가지 치디 않구 기냥 둬?”

“대체인력 구하기가 쉽지 않고, 구한다 하더라도 또다시 그런 문제에 봉착하지 않는다는 보장이 없기 때문이죠. 운수업계에서는 관행처럼 되어 있는 것 같습니다.”

덕현은 잠시 생각을, 생각보다는 감정을 가다듬은 후 입을 열었다.

“자네, 일단 증거르 확보하라우. 내가 별도 지시할 때까지느 입도 뺑긋하지 말구서. 알았지?”

“네.”

“세상에 뉘기 믿을 놈 한 놈도 없꼬망.”

“……”

“자네보고 하는 소린 앙이야.”

“알고 있습니다.”

용식은 자기가 괜한 말로 사장의 기분을 구겨 놓지 않았나 싶은 자격지심에 표정이 어두웠다.

그러나, 이때 덕현은 문득 딴 궁리를 하고 있었다. 거제1호 조수로 데려다 쓰고 있는 상기의 얼굴이 눈앞에 떠오르며, 이 녀석을 이용해 그 누나인 상은을 꼼짝 못하게 만들 수 있을 듯한, 구체적 아이디어는 아직 없지만 그렇게 할 수 있을 것 같은 기발한 착상이 가슴속을 흔들었다.

이삼일 후, 덕현은 오후시간에 일부러 사무실을 나와 양키시장 상인상조회 사무실에 가서 푼돈내기 화투놀이로 시간을 죽이고 있었다. 그러면서 사무실로 전화를 걸어 상은에게 자기가 들어갈 때까지 퇴근하지 말고 기다리라고 지시했다.

마음이 콩밭에 가 있으니 화투패가 제대로 보일 리 없었다. 어느덧 사오만 원 가량이 지갑에서 빠져나갔다. 평소 같으면 눈이 벌개져서 몰두하련만, 목적하는 바가 딴 데 있으므로 가벼운 기분으로 화투를 계속했다. 그러다가 적당한 시간에 다시 전화를 걸었다.

"응, 나야. 상조회 사무실. 수입금은 입금시켰갔디? ……기래. 퇴근들 하라 하구, 내 곧 갈 테니 조금만 더 있었가라."

그러고 나서도 한 시간쯤 더 지긋이 눌러앉았다가 자리를 털고 일어났다.

임 사장 평소실력 같지 않다는 둥, 끗발이 슬슬 오르는 것 같은데 그만두느냐는 둥 하며 붙들려는 수작에 그저 웃음으로 때워 넘기고 상인상조회 사무실을 나온 덕현은 서두르는 걸음으로 시장거리를 빠져나가기 시작했다.

하늘에는 이미 어둠이 덮여 있었으나, 시장 안은 말 그대로 불야성을 이루고 있었다. 가게마다 쌓인 온갖 잡동사니 상품들이 전등불빛 아래서는 화장한 창부처럼 더 요란스럽게 빛나고, 꼬마색등이 반짝거리는 영문 간판을 내건 술집에서는 선정적인 음악소리가 흘러나오고 있었다. 시장을 벗어나 한길에 나서자, 스산한 바람이 늦가을 밤공기를 흔들며 끊임없이 불고 있었다.

회사에 거의 다다랐을 때, 헤드라이트를 환하게 켠 군용트럭 한 대는 고현 쪽에서 달려오더니 덕현에게 흙먼지를 혹 끼얹고 지나갔다. 덕현은 손으로 먼지를 터는 시늉을 하며 얼른 회사 안으로 피했다.

운행을 마친 버스들이, 한 대는 회사 주차장에, 두 대는 바깥 길가에 주차해 있었다. 불이 꺼진 채 어스름한 어둠 속에 꿈쩍 않고 있는 차들은 소리없이 웅크리고 있는 무슨 거대한 짐승들 같았다.
　그런데, 뜻밖에도 어두컴컴한 정비작업장 안쪽에서 황 공장장이 불쑥 나타나 덕현을 흠칫 놀라게 만들었다.
　"아니, 아직 남아 있었슴?"
　"예, 지금 막 가려던 참입네다."
　"별 일도 없는데, 일찍일찍 퇴근하디 않구서……."
　"기럼 래일 뵙갔습메다."
　"어서 가오."
　덕현은 평상적인 어투로 배웅하면서도 속으로는 욕을 퍼붓고 있었다. 본인은 그럴 의도가 아니었을지라도, 괜히 늦게까지 얼쩡거리며 모처럼의 분위기에 김을 빼는 처사가 밉살스러웠다.
　상은은 불길이 낮게 켜져 있는 석유난로 옆 소파에 앉아서 뜨개질을 하고 있었다.
　덕현이 들어가자, 그녀는 얼른 뜨개질 일손을 놓고 발딱 일어나 난롯불을 끄려고 했다. 아까운 연료를 낭비한다는 책망을 들을까 봐 그러는 것 같았다.
　"됐어. 기냥 두라."
　덕현은 소파에 털썩 몸을 던졌다. 그러고는 우두커니 서 있는 상은을 보고 말했다.
　"아, 앉어."
　그제야 상은이 맞은편 자리에 얌전히 엉덩이를 내려놓았다.
　"그거 뉘기 입을 거네?"
　덕현이 탁자 위에 놓여 있는 뜨개질감을 턱짓으로 가리키며 묻자, 상은은 그것을 살며시 끌어당겨 자기 앉은 옆에 놓으며 부끄러운 듯이 대답했다.
　"우리 오빠예."

“웅, 기래? 나한테도 하나 짜 줄 수 있네?”

덕현으로서는 준비하지도 않았던 즉흥적 주문이었는데, 순간, 상은은 기다렸다는 듯 반색하며 얼른 받아들였다.

“사장님도 쉐타 하나 떠 드리까예?”

“아, 좋디. 수고값은 톡톡히 치르디.”

“무슨 그런 말씀 하십니꺼. 제가 그냥 하나 짜 드리께예.”

당치도 않다는 듯이 눈을 정겹게 뜨며 말하는 상은의 청순한 모습에, 덕현은 순간적으로 빨려 들어가는 듯한 느낌이었다.

덕현은 난로 위의 주전자에서 끓고 있는 보리차를 한 잔 달라고 해 후후 불어가면서 서너 모금 마셨다. 그런 다음, 잔을 탁자 위에 놓고 소파 등받이에 몸을 기대며, 드디어 미끼 낀 낚싯바늘을 그녀 앞에 슬며시 내밀기 시작했다.

“오라방 제대하고 왔댔지?”

“예. 총상을 입고 다리를 다쳐 그냥 제대했닥합디더.”

“어드케 다쳤길래. 다리르 잘랐네?”

“아니예. 왼다리가 무릎이 아주 안 꾸부러져 쩔룩거립니더.”

“쯧쯧, 저런! 그래도 자른 것보단 낫디.”

“하긴 그렇지예. 하지마는 그 몸 가이꼬 앞으로 뭐를 하겠습니꺼. 집에서도 아부지랑 어무이랑 걱정이 태산이라예.”

상은의 얼굴에 그림자가 드리우는 것을 본 덕현은 얼른 낚싯바늘을 그녀에게 조금 더 가까이 들이밀었다.

“미스 옥네 집 농토느 많은가?”

“뭐를예. 그나마도 논이 몽땅 포로수용소 짓는 데 들어가서 인자아는 농사지을 땅도 없습니더.”

“저런! 기럼 생계문제가 어렵겠꼬망.”

“그나마 사장님 덕분에 저랑 동생이 조금이라도 버니까 아부지

어무이가 힘을 덜었다고, 사장님한테 감사하다고 그러십니더.”

“사실 말 난 김에 하는 말인데, 전쟁으루 물가가 천정부지로 올라 화폐가치가 상대적으루 떨어지긴 했어도, 미스 옥 월급 8만 원 결코 덕게 주는 거 앙이야. 그거 알고 있네?”

“그럼예. 또 가끔 용돈도 주시고……그래서 얼마나 고마운지 몰라예.”

“마, 기런 공치사 듣자는 거 앙이고……. 기런데 말이야, 미스 옥. 이거 참 하기 어려운 말인데 안할 수 없꼬망. 네 동생 상기 말입메.”

덕현은 비로소 날카로운 낚싯바늘을 그녀에게 바짝 들이댔다.

상은이 조금 놀라고 불안한 눈으로 쳐다보았다.

“상기예? 가아가 뭐를 우쨌는데예?”

“날마다 수입금으 조금씩 얌생이질하는 모앵이야. 운전수 정가와 짰겠지. 설마 미스 옥하고 그럴 리느 없고.”

“예에? 그기이 참말입니꺼?”

상은은 눈이 화등잔만큼 커지며 펄쩍 뛸 듯이 놀랐다.

“김군이 쭉 지켜보고 있는데, 틀림없는 모앵이야. 미스 옥은 동생 일으 어드케 생각핸?”

“세상에! 저는 꿈에도 모리는 일이라예. 그 문디자석이 참말로 그렇다몬 어디 인간입니꺼. 사장님 은혜도 모리고…….”

상은은 금방 눈물이 글썽해지면서 목소리가 떨려 나왔다.

“내 김군 보고 일단 비밀에 붙이랬어. 미스 옥 입장으 생각해서리……. 그렇디만 마냥 모른 척하고 있을 수는 없꾸마. 이거는 명백한 범죄행위거든. 바늘도둑이 소도둑 된다고, 옥군 본인 장래르 생각해도 기냥 넘어가선 안 될 일 앙이갔어? 마, 그렇다고 당장 경찰에 의뢰하자니 미스 옥한테 못할 일으 하는 것 같고……어드케 하면 좋네?"

"사장님, 참말 죄송합니더. 내일 당장 그만두락하이소. 아니, 제가 그러께예."

이야기가 자칫 옆으로 새려고 하는 바람에 덕현은 당황해서 얼른 손사래를 쳤다.

"그건 그렇디 않아. 운전수 정가르 경찰이 잡아다 족치문 동생은 자연히 끌려들어가게 되디 않갔어? 그렇게 되므 경찰한테 매는 매대로 맞구 감옥소까지 가야 할 판인데, 나는 그렇게까지 문제르 확대시키고 싶진 않아. 회사 경영 전반에 영향이 미칠 문제라 조용히 해결하고 싶어. 한편은 무엇보다 미스 옥 내보내기 아깝고. 내 미스 옥 얼마나 끔찍이 생각하는지 알갔지?"

마침내 상은은 눈물을 주르륵 흘리며 애원하는 목소리로 말했다.

"사장님, 참말 감사합니더. 이 은혜를 우찌 갚을지 모리겄어예. 그건 그렇고, 동생 일을 대체 우짜몬 좋아예?"

"미스 옥이 동생도 위하고 나도 돕는 방법이 있꼬망. 아무한테도, 심지어 부모님한테도 말하지 말구, 동생한테만 지금 사장님이 한 말으 조용히 전하란 말입메. 그리구 '죄송함다. 용서 바람다' 하고 간단히 반성문으 적어 사장님한테 갖고 와서 빌라 하라우. 기럼 이 일은 나하고 미스 옥하고 옥군만 아는 일로 처리해서 넘어갈꺼고망. 운전수 정가 문제느 사장인 내가 알아서 말썽없이 처리할 게구. 어드래? 그거이 좋지 않갔어?"

"참말 그렇게 해 주신다몬 얼마나 좋아예. 사장님, 정말 감사합니더."

"그리구 동생은 계속 내 밑에 있어도 돼. 세상에 완벽한 사람 어디 있네. 보아하니 옥군은 근본 심성이 못된 아이는 아니니까니, 이번 실수르 교훈삼아 올바른 사람 되갔지. 아, 자동차기술 잘 익히므 본인한테두 그거이 어디야. 뭣보다도 미스 옥네 가정형편이 어렵다고 하니 계속 돕고 싶기도 하구. 사장님 마음 알았네? 내가 시키는 대로 할 거지?"

"예, 사장님. 하고말고예. 정말 감사합니더. 이 은혜를 어떻게 갚아예?"

상은은 손바닥으로 얼굴을 가린 채 그예 울음을 터뜨리고 말았다.

덕현은 그런 그녀의 모습을 잠시 바라보면서 심한 갈등을 느꼈으나, 곧 그다운 자제력을 발휘했다. 아쉽지만 오늘은 여기까지만 하고 참기로 했다. 낚시는 물려 났으니, 잡아채는 건 언제든지 할 수 있었다. 좀 더 결정적인 기회에.

그 결정적 기회란, 상은이 스웨터를 떠서 덕현에게 선물로 전달한 날이었다.

자기 책상 밑에 놓여 있는 하얀 종이포장을 덕현이 발견한 것은 아침에 출근해서 자리에 막 앉으려고 할 때였다. 뭔가 하고 무심코 집으려던 순간, 저번 날 저녁 상은이 한 말이 퍼뜩 머리에 떠올랐다.

상은을 보았더니, 그녀는 자라처럼 목을 움츠리며 어색하게 딴청을 피우고 있었다. 눈이 아닌 귀에 온 신경을 집중하고 자기의 일거수일투족에 관심을 집중하고 있음이 틀림없었다.

기특하고도 깜찍한 것!

덕현은 혼자 미소 짓고, 종이포장을 집었다. 촉감으로 봐도 속에 든 것은 분명히 스웨터였다.

사무실에 같이 있는 용식을 의식하지 않을 수 없으므로, 덕현은 말없이 종이포장을 책상 아래쪽 큰 서랍에 집어넣었다. 그런 다음

공연히 문을 열고 밖으로 나가면서 상은의 등을 손가락으로 살짝 찌르는 것으로써 말을 전했다.

고마워. 잘 입을게.

상기 문제는 본인이 누나의 강압적 권고를 받아들여 저녁 늦은 시간에 덕현의 여관방에 찾아와 반성문을 제출하고 백배사죄함으로써 약속대로 용서해 주었다.

그러나, 그것은 완전한 의미의 용서라고 할 수 없었다. 그 반성문이 증거물이 되는 이상, 필요한 경우 언제든지 상기와 함께 운전수 정가까지 옭아서 죄를 물을 수 있을 뿐 아니라, 덕현 역시 그 가능성까지 내다보고 꾸민 일이었기 때문이었다.

덕현도 처음 기분 같아서는 당장 운전수 셋 다 혼을 내서 갈아치우고 싶었다. 그러나, 용식의 충고처럼 당장 대체인력 구하기가 쉽지 않을 뿐 아니라, 승무원들 삥땅이 운수업계의 묵은 폐단이랄까 관행처럼 되어 있는 마당에, 새로 데려온 사람들이라 해서 그런 짓을 하지 않는다는 보장이 없었다. 현실이 그렇다면 용식을 통한 간접적 경고가 훨씬 현명하고 효과적인 방법일 것 같았다.

얌생이짓의 근절까지는 기대하기 어려울지 몰라도, 저들 역시 인간인 이상 썩 조심은 할 테지. 망할 놈들!

덕현은 그런 결론을 내림으로써 잠정적으로 문제를 일단 덮어두기로 했다.

그날따라 덕현은 거의 외출도 하지 않고 회사에 있었다. 그러다가 저녁녘에 용식이 그날의 수익금을 금융조합 분소에 입금시키러 간 틈을 타서 비로소 스웨터를 꺼내어 사무실에서 입었다. 파란 털실로 짠 것이었다.

“아주 잘 맞는다야. 내 몸 치수르 어드케 그리 잘 아네?”

덕현이 거울에 비쳐보며 칭찬하자, 상은도 기쁜지 활짝 웃었다.

“그냥 눈대중으로 맞춘 깁니더. 사장님 마음에 들어예?”

“들다마다. 미스 옥 덕분에 올겨울은 추위 모르구 지낼 수 있겠꼬망. 고맙다.”

“고맙긴예. 별 것도 아인데…….”

“별 개 앙이라니, 무스기 소리. 나 여태까지 이런 기쁜 선물 받아보긴 처음이야.”

“정말예?”

“기럼. 그러니까니 사장님도 답례르 안 할 수 없꼬망.”

“아이, 무슨 그런 말씀을 하십니꺼. 아이라예.”

상은은 손사래를 치며 단호히 사양했다.

“어허, 도리가 그렇디 않아. 다른 것도 앙이고 한 올 한 올 정성 듬뿍 담긴 선물인데, 받기만 하고 입 싹 씻으므 사장님이 염치없는 사람 되잖네. 모터럼 맛있는 저녁이나 같이 먹자우. 이따 7시 되거든 시장 안 상해관으로 와서 날 찾았가라. 상해관 어딘지 알지?”

“아이 참!”

상은은 난처해서 어쩔 줄 모르겠는 모양이었으나, 덕현은 더 가타부타 말하지 않고 외출해버렸다.

제까짓 게 안 오고 배기진 못하렷다.

덕현은 양키시장으로 통하는 한길을 터벅터벅 걸어가며 속으로 쾌재를 불렀다. 그토록 벼르고 벼르던 일을 마침내 결행한다는 흥분과 기대감으로 온몸이 짜릿해지는 전율을 느꼈다.

평상시처럼 양키시장 상인상조회 사무실에서 그럭저럭 시간을 죽이고 나온 덕현이 중국음식점 상해관에 도착한 것은 6시 40분이었다.

조용한 구석방을 잡은 덕현은 보이한테 팁 몇푼을 쥐어주고, 자기를 찾는 아가씨가 나타나면 잘 안내하라고 일렀다.

상은이 상해관에 나타난 것은 7시가 조금 못되어서였다. 보이의 안내를 받아 방에 들어온 그녀는 손님 앞에 처음 나선 술집여급처럼 쭈뼛쭈뼛하며 몸 둘 바를 몰랐다.

"꿔다논 보릿자루터럼 어색하게 그러디 말고 앉으라우."

덕현이 짐짓 평소와 다름없이 스스럽지 않은 투로 말하자, 그제야 상은은 맞은편에 조심스럽게 앉았다.

"내 나온 뒤 별다른 일 없었디?"

"없었어예."

"김군이 입금은 정확히 시켰고?"

"예."

"뭐 특별히 먹고 싶은 거 있네?"

"없어예. 저보다 사장님 잡숫고 싶은 거로 하이소. 저는 아무거나 괜찮아예."

"그래도 모터럼 기흰데, 우리 미스 옥 고급으루 대접해야디."

엉너리를 피운 덕현은 보이를 불러 탕수육이니 라조기니 하며 상은이 구경도 못한 메뉴를 서너 가지 시킨 다음, 집게손가락을 세워 보이며 덧붙여 말했다.

"배갈 큰 걸루 하나."

보이가 나간 다음, 상은의 성실한 근무태도와 착한 심성에 대한 칭찬을 한참 늘어놓은 덕현은 미리 준비한 봉투를 호주머니에서 꺼내어 그녀 앞에다 놓았다.

"이기이 뭅니꺼?"

상은이 놀라며 물었다.

"상여금이야."

"상여금이 뭔데예?"

"어허! 뭐든 말든 기냥 받아 넣기나 하라우. 사장님이 미스 옥

예뻐서 주는 거니깐. 고마움의 표시기도 하구."

상은은 울상이 되어 어쩔 줄 몰랐다.

"사장님, 참말로 이러시면 안 돼예. 안 그래도 죄송해서 죽겠는데,……."

"그렇게 생각할 거 없어. 지금까지 해 온 대로 착실히 근무해 주기만 하므 되니까니."

"사장니임!"

"어허, 자꾸 그러므 사장님 진짜루다 화낼 거이다."

짐짓 언짢은 듯 굳은 표정으로 고개를 저어 상은의 겸양을 차단한 덕현은 화제를 그녀의 가정사로 돌려, 가족들의 성격이나 기질 등, 이것저것 질문을 던짐으로써 얼른 분위기를 바꿔버렸다.

이윽고 음식이 들어왔다.

그녀로서는 난생 처음 보는 먹음직스럽고 푸짐한 요리가 눈앞에 놓이자, 상은은 별 수 없이 호기심 많고 순박한 열아홉 살짜리 어린 처녀의 모습을 보여주었다. 그녀는 조금 전까지 쩔쩔매던 태도에서 벗어나 음식의 이름들을 하나하나 물어보고, 눈을 깜박이며 맛을 음미하고, 그런 다음 맛있게 먹었다.

그런 모습은 덕현의 눈에 여간 사랑스럽고 예뻐 보이지 않았고, 자기가 왜 이 어린 여자한테 그토록 집착하며 몰두하는지 알 것 같았다.

덕현이 술을 권하자, 그녀는 못 마신다며 고개를 저었으나, 예의상 받아만 놓으라니까 마지못해 자기 앞의 잔에 술을 받았다.

"이렇게시리 누구랑 가족테럼 오붓이 음식으 먹어본 게 얼마만인지 모르갔군. 이젠 그럴 가족조차 없으니……."

덕현이 자못 쓸쓸한 감회를 느끼는 듯 중얼거리자, 상은은 민감한 반응을 보였다.

“사장님 가족은 우찌 됐어예? 피란옴서 헤어졌다던가, 그렇게 들은 거 같은데.”

“기렇기라도 하므 좋게.”

“그라몬예?”

“폭격에 모두 잃었어. 미군기가 피란민으 인민군이 위장한 줄 잘못 알고서리 오폭했거든.”

“옴마야! 그기이 사실입니꺼?”

상은은 하마터면 젓가락을 떨어뜨릴 듯 깜짝 놀라며 외쳤다.

“사실 아닌데 이런 참담한 소리르 하갔어?”

“그런데 와 헤어졌다고 하셨어예?”

“말대답하기 곤란해서리. 사실대로 니야기하므 지금 미스 옥처럼 놀라면서 또 캐묻고 그러잖네. 마, 그게 싫어서 그러디. 아아라믄 전쟁고아 소리르 듣갔지만, 난 어른이니께니 이런 경우 뭐라 불려지는디 모르갔군. 전쟁홀아빈가?”

덕현이 짐짓 자조의 웃음을 지으며 술을 홀짝 들이키자, 상은은 애처로워 못 견디겠다는 표정이 되어 말했다.

“저는 사장님이 홀로 사시는 줄은 진작 알았어도 그 정도인 줄은 몰랐어예. 괜한 말을 해서 죄송합니더.”

“미스 옥이 모르는 거이 당연하디. 뭐 좋은 일이라고 뉘한테 나발 불 일도 아니구……. 기러니까니 죄송할 거이 뭐 있네.”

“그래도…….”

“사람은 어떤 경우르 당해도 결국은 현실에 순응하게 되어 있는 모앵이야. 기래서 슬픔으 잊자고 사업 벌이구 몰두하지만서두, 이렇게 열심히 돈 벌어봤자 뭐하나, 누굴 호강시키갠가 싶으므, 마, 허탈하고 만사 귀퉈않아. 미스 옥은 내 이런 면은 상상도 못했지?”

“참말 몰랐어예. 사장님한테 그런 아픈 사연이 있는 줄은…….”

"녀관방에서 자구 파는 음식으 사 먹는 것도 지겨워서리, 어떨 때는 다시 가정으 가져보나 어쩌나 궁리도 하지만서두, 아무래도 자신 없어."

"와예? 재혼하는 사람도 많지 않습니꺼."

"그게 말같이 어디 쉽네? 미스 옥처럼 참한 여자 나타난다믄 또 모르지만서두."

상은은 자라처럼 목을 끌어들이며 어색한 표정을 지었다.

"흐흐흥, 듣기 거북하네? 그저 기렇다는 내기야. 혼자 마시기 그런데, 딱 한 잔만 하디 않갔어?"

상은은 강한 거부감을 보였지만, 덕현이 짐짓 섭섭하고 쓸쓸한 기색을 보이자 안되었던지 잔을 들어 맛을 보는 시늉을 해 보였다.

그것이 시작이었다.

상대방을 배려한다는 기분이 호기심으로 발전하고, 알코올 초심자의 객기가 동해 이 정도는 견딜만하다는 어설픈 용기로 어느덧 상은 자신도 모르는 사이 배갈을 석 잔이나 마시고 말았다.

그 다음 코스는 이미 정해진 것이었고, 정신이 몽롱해진 그녀는 자기를 위해 마련된 그 음험한 전략의 유희를 모면할 수 없는 운명의 가엾은 희생자일 뿐이었다.

2

새벽녘에 여관방에서 둘 다 똑같이 알몸인 채 눈을 떴을 때, 소스라치게 놀란 상은은 벌떡 일어나 앉아 발악하듯 몸부림치며 울음을 터뜨렸다. 당황한 임덕현은 발이 손이 되도록 빌어 간신히 진정시킨 덕현은 얼마쯤 후회도 하면서 갖은 소리로 다독거렸다.

"술이 죄지, 미스 옥이 무스기 잘못 있갔어. 기러니까니 너무 자책하지 말어. 지금은 내 몹시 원망스럽겠지만서두, 기왕 이렇게 된 일이니까니 좋은 방향으로 수습하는 게 서로에게 득이 되고, 또한 현명하디 않갔어? 마, 내 입장에서 이런 말 하긴 좀 뭣하지만서두, 난 미스 옥이 좀 더 어른스럽게시리, 긍정적으루 이 일으 판단해 줬으면 해. 미스 옥 나이믄 이미 몸도 마음도 어른 아니갔어? 그러니까니 성인답게, 나하고 같이 이 일으 합리적으루다 처리하는 모습으 보여줬음 고맙갔꼬망. 난 미스 옥 원한다므 어드런 무리한 요구도 흔쾌히 들어줄 용의 있슴. 말만 하라. 기렇지만 그 전에, 내 그렇게 나쁜 인간 아니란 사실으 알아줬으면 해. 나 솔딕히 미스 옥 좋아. 단순히 즐긴다는 감정 절대루 아닙메. 잘 생각해 보라.”

상은이 참담한 감정을 추스른 것은 그런 감언이설에 귀가 솔깃해서가 아니었다. 그녀 자신이 이미 상대방이 강조하는 성인의 한 여자로서 정신과 육체가 갖추어져 있었기 때문이었다. 그것은 덕현에게 다행이었다.

그녀는 옷을 주섬주섬 주워 입고 날이 밝기 전에 총총히 사라져 버렸다. 한마디도 말이 없는 채였다. 그 점이 마음에 걸렸지만, 덕현은 그다지 걱정하지 않았다. 걱정한다고 될 일도 아니려니와, 나름대로 계산하는 바가 있었다.

제까짓 게 설마 경찰한테 달려가진 못하겠지. 그 정도의 부끄러움도 없이 뻔뻔하다면 내가 너무 후하게 점수를 줬던 거고. 게다가 그동안 내가 저한테 기울인 정성과 투자를 조금은 감안하지 않을 수 없을 것이야. 더군다나 제 동생 자복서(自服書)를 내가 갖고 있는 줄도 알고 있으니.

거기까지 생각하자 적이 마음이 놓이면서, 조금 전까지 품고 있었던 여체의 신비로움이 고스란히 되살아났다. 풋풋하긴 해도 이미 성숙한 여자의 몸이었고, 더군다나 깊은 속살의 느껴보지 못한 미묘한 촉감은 경험 없는 숫처녀라는 점을 감안하더라도 정신을 아뜩

하게 할 만큼의 감미로움과 희열이었다. 그것은 이북에 두고 온 아내를 포함해 그동안 품었던 어떤 여자한테서도 경험하지 못한 놀라움이었다.

보석을 주은 거야!

사실 그녀를 품기 전만 해도 어느 정도는 엔조이라는 기분이 없지 않았으나, 이제는 무슨 수를 쓰고 어떤 대가를 치르더라도 붙잡아야겠다는 각오가 섰다.

느지막이 회사에 나가보니, 상은은 평소와 다름없이 출근해 자리를 지키고 앉아 있었다. 그때까지만 해도 다소 불안감이 없지 않던 덕현은 창문너머로 그녀의 모습을 보자 적이 마음이 놓였다.

덕현이 사무실에 들어가자, 상은은 자기딴에 김용식의 존재를 의식하지 않을 수 없는지 엉거주춤 일어나 인사말 대신 고개만 까딱해 보이고 도로 앉았다. 그러고는 갑자기 벙어리가 된 것처럼 아무 말이 없었다.

덕현은 자기와 상은의 어색한 대화단절로 용식이 무슨 낌새를 차릴까 봐, 일이 있으면 빅토리다방이나 상인상조회로 연락해서 자기를 찾으라고, 꼭 누구한테 향한 것인지 모를 지시를 던지고는 사무실을 도로 나왔다. 오전에는 잠시 한두 번 회사에 들어갔지만, 오후시간은 내내 얼굴도 비치지 않았다. 그러다가 용식이 그날 수익금을 금융조합 분소에 입금하러 자리를 비울 무렵에 맞추어 사무실에 잠시 들어가 상은에게 말했다.

"진지하게 니야기를 좀 나눠야겠는데, 아무래도 오늘은 미스 옥 기분도 그렇고 안 되갔지?"

상은은 외면한 채 입을 꼭 다물고 있었다. 감정이 곤두서 있는 것 같기도 하고, 어쩌면 어지간히 마음을 가라앉힌 것 같기도 했다.

"아무쪼록 진정하구서리, 아침에 내 한 말 곰곰 잘 생각해 보라우. 기런 다음 래일 만나 니야기하자. 알았디? 이만 먼저 간다.”
　덕현은 그렇게만 말하고 자리에서 일어났다.
　상은은 고개를 푹 숙이고 앉은 채 외면하고 있었다.

　두 사람이 다시 단출하게 만난 것은 다음날 저녁이었고, 장소는 상은의 자취방이었다.
　처음에 덕현 자신이 방을 물색하고 비용을 부담해 그녀한테 편의를 제공한 터였으나, 그 후로 직접 찾아가기는 처음이었다. 상은은 뜻밖의 방문에 몹시 당황했고, 그것 또한 덕현이 예상하며 노린 치밀한 극적 효과의 하나였다.
　엄밀히 따지면 나가라고 매몰차게 몰아낼 처지도 아니라고 생각했는지 어색한 자세로 우두커니 서 있는 상은을 외면한 채, 덕현은 방바닥에 깔려 있는 군용 담요 밑에 일부러 손을 넣어 보고는 말했다.
　“아니, 방바닥이 왜 이리 차네? 군불도 안 때나?”
　덕현이 고개를 돌려 쳐다보자, 상은은 그제야 어색한 몸짓을 보이며 우물쭈물 대답했다.
　“아직 춥지가 않아서……..”
　“무스기 소리야. 지금이 때가 어느 땐데. 래일 당장 장작 들여놓을 테니, 충분히 군불 때라우.”
　그 말에 자극을 받은 모양이었다. 상은이 발끈한 목소리로 불렀다.
　“사장님예.”
　“응, 말해 보라.”
　“지금 그까짓 장작이 문젭니꺼. 사람이 우짜몬 짐승처럼 그럴 수 있어예?”
　“기래, 하고 싶은 말 다 하라우. 하지만, 짐승이란 말으 듣기 좀 그렇구만."

"그라몬 뭐락해야 합니꺼. 우짜몬 저한테 그런 짓을 할 수 있습니꺼. 철석같이 믿었더니……."

"쉬! 주인댁 듣갔다야. 목소리 좀 낮추디."

그렇게 지적받자 자기딴에도 그것은 곤란하다 싶은지, 상은은 방바닥에 털썩 주저앉으며 푸념을 늘어놓았다. 목소리는 낮았으나, 분노라기보다는 절규에 가까웠다.

"남이 듣는 기 대숩니꺼. 참말 나 인자아 우짜몬 좋아예. 아부지 옴마 차마 쳐다볼 면목이 없으니 집에 갈 수도 없고, 내사 모리겄어예. 책임을 지소 마."

그 말을 놓칠 덕현이 아니었다.

"기래, 책임지갔어. 얼마든지 지고말고. 먼저도 말했지만서두, 내 절대 너 농락하려고 그런 거 앙이야. 차라리 우리 살림 차리자우."

"아니, 뭐락고예?"

상은에게는 충격적인 말로 들린 모양이었다. 눈이 동그래지면서 새된 소리를 질렀다.

"기렇게 놀랄 것 없꼬망. 사랑하는데 나이차이가 굳이 무슨 상관이네. 넌 어드런지 몰라두, 내 이러는 건 사랑이라고 자신있게 말할 수 있어."

상은은 갑자기 굳어버린 듯, 벌어진 입을 다물지도 못한 채 덕현을 멍하니 쳐다보고 있었다.

"기왕 입밖에 냈으니 결론으 내고 말자우. 사실 나 열심히 사업해 돈으 벌긴 하지만서두. 쓸 데도 없고 재미도 없는 사람이야. 기러니까니 돈이 무슨 소영 있네? 그 돈 앞으로 제발 너 한 사람 호강시키구 늬네 가족 고생시키디 않는 데 쓰도록 해 달라우. 피란

나오믄서리 쓰라린 꼴 호된 꼴 지겹도록 보고 겪은 나야. 나두 남은 인생 좀 아름답고 행복하게 살고 싶구, 너 발견하고부터 그거이 더욱 절실해졌어. 기런 내가 짐승밖에 앙이된다고 생각하네? 꼭 그렇네? 굳이 기렇게 생각한다믄 분풀이 하고 싶은 대로 하라우. 고스란히 받아 주고 당해 줄 테니깐. 이놈으 사업 개가 물고가든 소가 물고가든 내던져버리지 뭐. 마, 이 마당에 기까짓 게 무슨 소앵이 있슴.”

열변을 토하다 보니 스스로 감격해 콧날이 시큰해지며 목이 메고, 자신이 인간으로서 남자로서 한 여자에게 이토록 순정과 열정을 다하고 있다는 경이로움과 자부심에 스스로 놀랄 지경이었다.

상은의 충격은 정작 순결을 도둑맞은 핵심사안 자체 이상이었다. 그녀는 되로 주고 말로 받는 꼴이 되어 넋을 잃고 덕현을 멍하니 바라보고 있었다.

그런 상은을 보며, 덕현은 속으로 승리를 외쳤다.

그러자, 그의 내부에 잠재해 있는 이성적인 또 하나의 자기가 그 정도에서 자제력을 발휘하라고 충고하고 있었다. 덕현은 그 충고를 받아들였다.

“어떻든 나는 내 진실으 보여줬으니까니, 더 이상 할 말이 없어. 받아들이고 내치고는 네 자유야. 너 맘에 달렸꾸마. 한 가지 꼭 부탁할 건 다름 아니라, 네 결정이 한 남자으, 이 임덕현이란 인간 운명으 좌우한다는 사실으 잊지 말아달란 것입메. 이만 간다.”

덕현은 거기까지 말하고 싹싹하게 자리에서 일어났다. 사실은 차가운 방바닥에 엉덩이가 얼얼해서 더 앉아 있을 수도 없었다.

호되게 몰아붙이던 기세를 어디로 보냈는지, 상은은 엉거주춤한 자세로 서서 말없이 덕현을 배웅하고 있었다.

　장승포에서 저구까지의 제2노선을 운행하게 되자, 제1노선만 운행할 때는 없던 문젯거리가 생겼다. 운행을 마친 거제3호를 날마다 어디에 주차시키느냐 하는 것이었다.

　거제1호와 거제2호는 회사가 있는 연초삼거리가 노선의 중간지점이므로 출발과 마감을 거기서 해도 아무 문제가 없지만, 거제3호는 하루 운행을 마치면 장승포에서 회사까지 들어와야 하는만큼 연료비 부담이 추가될 뿐 아니라, 승무원들의 불만도 없을 수가 없었다. 당분간은 기존체제대로 나가도록 했으나, 장기적인 경제안목으로 보면 개선책 마련이 불가피했다.

　하는 수 없지. 장승포로 회사와 차고를 옮기는 수밖에.

　덕현은 마침내 그렇게 결정을 내리고 말았는데, 마음에는 두고 있으면서도 선뜻 단안을 못 내리다가 갑자기 결심이 선 데에는 상은과의 관계가 무엇보다 크게 작용한 것이 사실이었다.

　열아홉 살까지 고이 간직해 오던 순결을 어느 날 갑자기, 그것도 열 몇 살 연상의 기혼남한테 무참히 짓밟히고 나자 그 충격으로 처음에는 죽고 싶었으나, 시간이 지나면서 자신도 놀라울 정도로 이성과 냉정을 되찾게 된 상은이었다.

　사장이란 인간이 그런 흑심을 품고 있었을망정 엄밀히 따지면 자신에게도 잘못이 없지 않다는 자책감, 사장도 사람이고 사회적 체면이 있는데 스스로 떠벌려 광고할 리가 없는 이상 자기만 입 다물고 있으면 추문으로 번지지 않고 비밀에 묻어버릴 수 있다는 조금은 맹랑한 계산, 거기에다 사장이 사랑이니 진정이니 하면서 늘어놓는 너스레에 어쩐지 한쪽 귀가 솔깃해지는 현실적 기대심리까지가 그녀의 마음을 자꾸만 토닥거렸다.

　하긴 아무한테 시집가서 평생 지지궁상으로 사느니 나이 지긋한 남자한테 사랑 듬뿍 받으며 호강하고 사는 게 나을지도 몰라, 여자

팔자 뒤웅박팔자라는데.

그런 속된 생각을 하는 자신을 미친년이라고 욕해 보면서도 자꾸만 그쪽으로 기울어지는 것을 어쩔 수 없었다.

그러다 보니 미처 정신차릴 겨를도 없이, 사장의 꼼수에 넘어갔다기보다도 자포자기에 가까운 심리상태에서 그의 여관방에 다시 따라가 또 한 번 잠자리를 같이 하게 되었고, 그런 다음에는 자기가 어쩌자는 것인지, 무엇을 원하는지조차 스스로도 아리송하면서도 오히려 은근히 기다려지는 지경이 되고 말았다.

상은의 그런 심리변화를 맑은 거울 들여다보듯 환하게 꿰뚫어본 덕현은 이제 조금도 거리낄 것이 없었다. 네가 결국 그렇게 나오지 별 수 있겠느냐고 속으로 쾌재를 부르면서, 그런 한편으로는 그 행운을 소중히 다루어야 한다는 사실도 잊지 않았다.

이제 진짜 살림을 차리고 상은을 명실상부한 자기 여자로 만들 궁리에 급급하게 되자, 연초바닥에서는 아무래도 곤란하다는 생각이 들었다. 그래서 이 궁리 저 궁리 끝에 회사와 차고지를 아예 장승포로 옮기기로 작정했다.

그 단계에 이르러 걸림돌로 부각된 것이 공장장 황태봉의 존재였다.

말하기 좋아 공장장이지, 버스 3대가 완성되어 운행을 잘하고 있는 마당에서는 덕현의 정서상으로든 현실경영 차원으로든 황은 불필요한 존재였다. 어쩌다 차가 경미한 기계고장을 일으키는 경우에도 차량정비기술이 있는 운전사의 소관사항이지, 용접기술밖에 없는 황이 관여할 구석은 없었다. 기껏해야 도로불량에서 기인한 범퍼나 스프링 파손으로 산소용접기를 대야 할 경우에나 그에게 할 일이 생기지만, 그 정도의 용접작업 쯤은 운전사나 조수도 거뜬히 해낼 수 있었다.

　그처럼 입지가 좁아졌기에, 황은 아침에 버스들이 모두 운행에 들어가고 나면 자기 책상도 없는 사무실에 들어가지도 못하고 썰렁한 작업장에서 종일 어슬렁거리는 것이 일과의 전부였다.

　상은이나 김용식의 안타까워하는 시선이야 어떻든 황 자신도 천덕꾸러기 같은 자기 처지에 대한 나름의 생각이 없을 리가 없었으나, 가족과 생활이 있는만치 사장이 일방적으로 책정해 지급하는 월급을 군말없이 받으며 하루하루 어영부영 소일할 수밖에 없는 처지였다.

　회사 창업 초기에는 덕현이 여간 극진히 대하지 않았을 뿐 아니라 동업자 예우까지 약속했건만, 버스 3대를 다 만들어 운행에 투입하고부터는 동업 운운하는 이야기는 어느 틈에 쏙 들어가버렸다. 그렇다고 왜 말이 처음과 나중이 다르냐고 싸울 수도 없었다. 동업 조건을 문서화해서 받은 것도 아니었기 때문이다.

　어쨌든 더부살이 눈칫밥 신세나 다름없는 황에게 덕현이 마침내 인사조치를 단행한 것은 해가 바뀐 1952년 정월 어느 날이었다.

　덕현은 상인상조회 사무실에서 회사에 전화를 걸어 공장장을 빅토리다방으로 보내라고 상은에게 지시했다. 그런 다음, 곧장 다방으로 가서 이 마담을 말상대 삼아 잠시 시간을 죽이고 있으려니까, 이윽고 문이 열리며 황이 쭈뼛쭈뼛한 기색으로 들어왔다.

　"어서 오오. 커피 한 잔 합세."

　덕현은 짐짓 태연하게 맞이했다.

　"그래, 부인 상태는 어떻습두?"

　덕현은 회사 안에서 물어볼 수 있었고, 어떻게 보면 당연히 물어봤어야 했는데도 빠뜨렸던 질문으로 대화의 허두를 뗐다.

　황의 아내가 최근에 심한 산후하혈로 위독해진 적이 있었다. 너무 다급한 상황이었기에, 버스 한 대가 운행을 중단하면서까지 환자를 장승포 수광의원으로 급히 실어다 날랐다. 덕분에 간신히 고비를 넘긴 황의 아내는 삼사 일 입원생활을 해야만 했고, 황에게는 회사에서 가불 형식으로 목돈이 지급되었다. 덕현이 황에게 모진 말을 하려고 작정할 수 있었던 데에는 그런 일로 황에게 지워 놓은 빚이 있다는 계산도 작용한 것이었다.

황이 우물우물 대답했다.

"퇴원해서리 이젠 어지간합네다. 다 사장님 덕택임다."

"무시기 말입메. 어쨌든 너무 날래 퇴원한 거 앙이오? 도로 악화되문 어드케."

"제 형편에 어찌 더 오래 병원에 두갔슴."

"그래도 그렇디. 아기는 괜찮슴? 아들이라 했던가?"

"예, 아아는 괜찮슴다."

"불행중다행이오."

그런 대화를 잠시 주고받는데, 레지가 커피를 가져왔다.

덕현은 황이 커피 한 모금을 마시기를 기다려 본론을 끄집어냈다.

"황형으 보잰 건 다름이 앙이라, 회사경영상으 중요한 의논으 해야겠기 때문입메."

덕현이 일부러 공장장이란 호칭을 빼고 그렇게 말하자, 황은 금방 긴장하며 찻잔을 쟁반에 도로 놓았다.

"결론부터 니야기하므, 회사와 차고르 아예 장승포로 옮겨야겠다는 게요."

"예에……."

"당신 알다시피, 1번노선만 운행할 때느 별 문제 없었지만서두, 2번노선으 개통하니까니 차고지가 어중간해서 관리상으루 불편과 추가비용 발생이 여간 부담이 앙입매. 하루이틀루 끝날 일도 앙이고. 그래서 장승포루 옮기지 않을 수 없는 형편인데, 사실 옮기는 것도 간단하지는 않소. 추가 투자부담은 각오한 바고 금융조합에서 융자르 끌어내든지 해서 해결하문 되지만서두, 경영자 입장에서 가장 곤란한 건 바로 황태봉 씨 당신 인사처리 문제란 말이.”

황이 깜짝 놀란 듯 덕현을 후딱 쳐다보았으나, 이내 눈길을 떨어뜨렸다.

“마, 기왕 꺼낸 말 기탄없이 할 테니까니, 다소 듣기 거북해도 참고 들어봅세. 지금 황형은, 본인도 그렇게 느끼겠지만서두 참으로 애매한 위치에 있습매. 특별히 할 일이 있는 것도 앙이구……까놓고 말해서리 창업초기 공로 인정으루 기냥 월급 받고 있는 입장이란 말이. 아마 본인도 날마다 가시방석에 앉아 있는 기분일 겁매. 아니, 그것도 좋디. 회사가 크고 탄탄하다믄야 평생 그런 예우르 한들 뭐이 나쁘갔소. 그렇지만서두, 알다시피 거제여객은 이제 겨우 걸음마 단계일 뿐 아니라 버스 겨우 석 대르 운행할 뿐이오. 대처 큰 운수회사에 비하므 피라미에 불과하단 말입메. 그러니까니 적정인력으루 빠듯하게 운영해야지비, 인건비 지출으 겁내디 않다간 코다친다, 그겁메. 그러니 어떡하갔소. 이 단계에서 회사나 당사자인 황형 자신이나 현명한 처신으 하는 게 좋지 않겠슴?”

황의 가슴속에 어떤 파문이 일고 있는가는 그의 표정이 알려주고 있었다. 그러나, 그는 최대한의 자제력을 발휘해 묵묵히 듣고 앉아 있었다.

“물론 나도 인간이고 사리분별으 아는 이상 황형으 기여도나 현재 집안형편 와 고려하지 않았겠슴. 또, 그러니까니 지금까지도 예우르 해 왔던 게고. 어쨌든 기래서 내 나름으루다 합리덕인 방법으 생각해 본 결과, 이랬으므 어떨까 싶군. 지금 회사 부지의 내 지분하고 작업시설으 몽땅 황형한테 넘기고, 앞으루두 차 고칠 일이 있

으문 예 와서 하고……물론 그때는 수리비가 계산되어야갔지. 거기
덧붙여 별도루다 6개월치 급료르 일시불로 지급하갔슴. 어떻슴둥?
마, 이만하므 나로선 크게 마음 쓴 셈이고, 황형도 억울할 거이 없
다 여겨지는데.”
　“결국은 네 같은 인간 이제 필요없다, 그거 아닙매.”
　황이 마침내 고개를 빳빳이 들며 아주 작정한 듯이 말했다.
　덕현은 일말의 불안감으로 긴장이 되면서도, 한편으로는 배알이
뒤틀렸다.
　“기렇게 막말투로 말한다므 나도 할 말이 없잖은데, 아니, 기럼
지금까지 내 황형한테 섭섭게 해 줬다는 게요? 정말 그렇게 생각
함둥?”
　“꼭 기런 건 아니지만, 기렇다고 특별히 잘 해준 건 또 뭐 있
슴?”
　“아니, 뭐가 어드래? 최근의 부인 일만 보더라두 나한테 그렇게
말할 수 있는 게요? 이거 내가 여태 사람 잘못 알고 있었꼬망. 차
암!”
　“그 점은 고맙게 생각함다. 기렇지만…….”
　“기래, 또 뭐요? 이제 어쩔 수 없구만기래. 하고 싶은 말 다 해
보오.”
　덕현이 감정적으로 세게 나가자, 황은 한풀 꺾였다. 약자의 비애
라고나 할까. 그는 한숨을 푹 쉬고 천천히 일어서며 말했다.
　“하여튼 알갔슴. 나한테도 생각할 시간으 줍쇼.”
　그런 다음 터벅터벅 걸어나가버렸다.
　뭐 어째? 생각할 시간? 아니, 내가 말한 거면 그걸로 그만이지,
뭐야. 주제도 모르는 자식!
　덕현은 주먹다짐이나 멱살잡이 없이 그 정도로 끝나 다행이다 싶

으면서도 꽤씸하고 불쾌하기 그지없었다. 그래도 잘된 일이었다. 어차피 자를 건 잘라야 하고, 한 번은 거쳐야 할 마찰이었다.

그는 불현듯 목이 타서 컵을 들어 보리차를 단숨에 들이켰다.

3

그날저녁, 퇴근해서 돌아온 작은아들로부터 거제여객의 장승포 이전소식을 전해들은 옥치조는 딸에 대한 걱정부터 앞섰다.

"아니, 그라몬 느그 누우는 우짠닥하더노?"

"회사가 옮겨가는데 누야도 같이 가야지예. 여기서 출퇴근할 수는 없지 않습니꺼."

상기는 혼자 저녁상을 대하고 앉아 숟가락으로 입에 밥을 우겨넣으면서 대답했다.

저녁상이라곤 하지만, 고구마를 잡곡처럼 굵게 썰어 넣은 보리밥과 시래기국, 찬이래야 배추김치와 젓갈이 전부인 초라한 메뉴였다.

"말 만한 가시내를 객지에 보내서 될는지 모리겄소."

이옥례가 등잔불 앞에서 바늘로 양말의 구멍을 기우며 걱정스러운 듯이 말했다.

치조가 시큰둥하게 받았다.

"장승포가 무신 객지고. 쫍은 섬 안인데. 물 건너 대처라면 몰라도."

"와 객지가 아이요. 연초삼거리야 여어서 지척이지마는."

"그놈우 자석, 한 달에 고작 한 번이나 얼굴 뵈줄까 말까 한데, 연초삼거리면 우떻고 장승포면 우떻단 말고. 그 사장이란 양반이 착실하다고 보는 모양이니, 지금처럼 또 자취방을 얻어 주겠지."

치조가 말하는 '한 달 한 번'이란 상은의 월급 날짜를 말하는 것이었다.

　상은은 월급날 당일이나 아니면 이튿날 집에 다니러 왔다. 가용에 쓸 돈을 전달하기 위해서였다. 올 때면 매번 아버지에 대한 선물로 술 한 병, 그리고 생선마리 아니면 과일 따위를 들고 나타나곤 했다. 그러다 보니 치조네 부부는 딸의 월급날을 조상님 기제삿날 만큼이나 머릿속에 새겨두고 기다리게 되었다. 자신들도 모르는 사이 그렇게 되어버렸다.

　그런데 이제, 장승포로 가게 되면 앞으로는 집에 오는 발걸음질이 그나마도 더 뜨게 되겠지.

　치조는 그렇게 딸의 태도를 예단해 보다가, 제풀로 낯이 뜨거워졌다. 그 생각의 저변에는 딸의 귀가 횟수가 적어질수록 집에 떨어뜨려 주는 돈의 액수 역시 정비례할지도 모른다는 우려가 깔려 있다는 사실을 문득 깨닫고, 돈에 그토록 연연하게 된 자신의 주제꼴이 한심해서였다.

　월급이 얼만지는 모르지만, 상은이 자기 용돈을 젖히고 매달 5만 원씩 내놓고 가는 것이 그네 가정에는 큰 도움이었다. 거기에다 상기가 2만 원 정도를 보태어, 그것으로 생활비 지출의 거의 전부를 충당할 수 있었다.

　자식이 벌어다 주는 돈 부모가 쓰는 것은 당연하다고 보는 옥례와 다르게, 치조는 가장으로서 체면이 말이 아니었다. 그렇지만 생활수단인 농사를 잃어버린 그로서는 어쩔 수 없었고, 되풀이되다 보면 감정반응도 무뎌지기 마련이어서 어느덧 아내와 닮아가는 자신을 발견하고 서글퍼지는 요즈음이었다.

　상념에 잠시 젖어 있던 치조는 작은아들이 불쑥 던지는 한마디에 갑자기 정신이 번쩍 돌아오고 말았다.

　"요새 누야가 좀 이상해졌어예."

“그기이 무신 소리고?”

“옷도 비싸고 좋은 거 사 입고, 신도 굽이 높은 구두를 신는다 아입니꺼.”

“그거야 자기가 돈을 번게 멋을 부리고 싶기도 하겠지. 그럴 나이도 됐고.”

치조가 이해하는 투로 말하는 데 비해, 옥례는 감정부터 앞세웠다.

“문디 가시나. 돈이 그렇게 철철 남아 돌아가모 집에나 좀 더 보태 주지.”

“쯧쯧! 임자도 염치없는 소리 그만해라. 그래도 가아 나이에 그만한 세근(소견)을 가진 아아가 어딨노.”

치조가 아내한테 면박을 안길 때, 아들이 덧붙여 불쑥 내뱉은 한마디가 결정적이었다.

“누야가 이상하다는 거는 그기 아이라예.”

“그기 아이라니?”

“운전수 아저씨가 저보고 뭐락하는지 압니꺼? 암만해도 사장님이 느그 자형인 거 같다, 안 그캅니꺼.”

“아니, 뭐락고?”

“농담이라도 기분나빠 죽겄어예.”

“그런 미친놈이 있나.”

평소의 그답지 않게 험한 욕설을 뱉은 치조는 갑자기 찬물을 뒤집어쓴 것 같은 기분이었다.

옥례 역시 아들의 말이 여간 충격이 아닌 듯, 바느질일손을 걷어 치우고 작은아들의 밥상머리에 아주 바짝 다가앉아 닦달하듯 물었다.

“네 지금 뭐락했노. 누야가 뭐 우짠닥고?”

“누가 누야가 그런닥했나. 운전수가 그런닥했지.”

“이놈우 새끼야, 그기이 그 소리 아이가.”

“허허, 가아를 보고 와 그래쌌노. 운전수란 놈의 짓궂은 입정 한 마디를 가이꼬.”

치조는 단순히 운전수의 농담으로 몰아가며 아내의 과민반응을 나무랐지만, 가슴속의 불안한 기운은 어쩔 수가 없었다.

옥례는 남편의 그런 속도 모르고 시퍼래져서 헤집고 들었다.

“그런 소리 마소. 안 땐 굴뚝에 연기 난다더나. 이놈우 가시나가 처신에 뭔가 칠칠찮은 구석이 있은께 남우 입에 오르는 거 아이요. 안 되겠다. 내가 내일 당장 가서 이놈우 가시나 머리끄뎅이를 끌고 와야지.”

“당신 또 와 이라노.”

“아니, 그라몬 이기이 그냥 두고 볼 일이요?”

“치아라 고마. 당최 듣는 데서는 비썩은 소리도 몬한닥하이. 쯧 쯧!”

자기 한마디가 부모의 말싸움을 유발한 꼴이 되자, 상기는 갑자기 입맛이 달아난 듯 슬그머니 숟가락을 놓고 일어나 자기 방으로 가버렸다.

옥례가 남편을 보고 물었다.

“우짤기가?”

“뭐를.”

“이녁이 가볼라요, 아이몬 내가 댕기오까?”

“거 참! 알았다, 그래. 내가 내일 만나보고 오꺼마.”

“당신, 이놈우 가시나를 단단히 다잡아야지, 까딱하다가는…….”

“어허! 내가 알았닥하는데 와 자꾸 그래쌌느노.”

치조는 마침내 벌컥 부르짖었다.

그럼으로써 아내의 구시렁거림을 차단하기는 했으나, 그것으로 기분이 풀릴 리가 없었다. 자기 가정에 어떤 불행의 그림자가 드리워진 것 같은 느낌이 들며, 그런데도 가장으로서 적절히 대처할 수 있는 능력을 상실한 자신이 서글퍼졌다.

큰놈이라도 성한 몸이라면 이럴 때 힘이 될 텐데.

치조는 속으로 탄식했다. 힘이 되기커녕, 안타깝게도 부모에게 부담이나 주는 존재로 전락하고 만 큰아들이었다.

상국은 처음 한동안은 구들지기가 될 작정을 한 것처럼 거의 두문불출해 속을 썩이더니, 언제부터인가 외출이 점점 잦아지다가 이제는 얼굴 보기도 힘들 정도가 되었다. 어디 가서 뭐하는지 알 수 없고, 물어보기도 쉽지 않았다.

그 상국이 집에 돌아온 것은 밤이 꽤나 이슥해서였다.

따각따각 메마른 땅을 찍는 목발소리의 강도와 리듬만으로도 만취상태구나 싶어 치조 혼자 속으로 끌탕하는데, 대문 밖 고샅에서부터 혀가 꼬부라진 음성의 노랫소리가 들려왔다.

낯설은 깜둥이와, 츳 츳 츠츳
탱고를 추우다가, 츳 츳 츠츳
스테앱을 잘못 밟아 발등을 밟았네
아하아! 지 엘 보 엘 보……

어허! 저놈의 자식이 도대체!
치조는 절망적인 심정으로 소리없이 부르짖었다.
옆자리의 옥례는 세상모르고 깊이 잠들어 있었다.

다음날 아침나절이었다.

"하고 있는 꼬라지 보고 뭐락하는지도 잘 들어보고, 안 되겠다 싶으몬 그냥 확 손모가지 비틀어 끌고 오란 말이다. 알았지요? 평생 후회하기 전에 단디이 하고 오소."

아내의 그런 주문과 다짐을 귓등으로 흘리며 집을 나선 치조는 포로수용소가 개설되면서 넓고 평평해진 한길을 따라 고현 쪽으로 내려가기 시작했다.

길 양쪽에는 초가집이 올망졸망한 부락들과 제6구역의 각 단위 포로수용소들이 이웃간을 이루고 있어서, 어찌 보면 묘한 정겨움이 느껴지기도 했다.

겨울답지 않은 포근한 날씨 덕분인 듯, 포로들은 모두 밖에 나와서 어슬렁거리고, 일부는 철조망에 붙어서서 치조처럼 지나가는 민간인들을 멍하니 바라보고 있었다.

저렇게 매양 갇혀 있으니 얼마나 답답할꼬. 우리에 갇힌 가축도 아니고.

가엾다는 생각이 소슬바람처럼 가슴속을 헤집으며, 큰아들이 저런 꼴로 이북에 붙들려가 포로수용소에 갇혀 고생하지 않고 집에 돌아와 준 것만 해도 정녕 하늘의 축복이다 싶었다.

그러나, 포로들에 대한 치조의 애잔한 마음은 이중철조망 안에 세워져 있는 김일성과 스탈린의 커다란 초상화와 그 밑에 적힌 찬양의 글귀를 보면서부터 싹 가시고 말았다. 너무나 기분에 거슬렸기 때문이었다.

아니, 저런 한심한 놈들이 다 있나! 이 전쟁을 일으킨 게 누군데, 온 국토가 만신창이 되고 아까운 젊은 목숨들이 초개처럼 죽어간 게 누구 탓인데 저따위 망발을 하고 있다니. 포로 중에도 빨갱이포로와 반공포로가 있다던데, 그러고 보니 여기가 바로 빨갱이포로 소굴인 모양이로구나.

　　그러나, 노여움은 어느덧 동정심으로 변하며, 포로가 되어 고생하면서도 저럴 정도면 사상이란 것이 과연 무섭기는 무섭다는 생각이 들었다. 그들을 단호하게 다루기커녕 저런 불온한 입간판을 버젓이 내걸도록 허용하고 있는 수용소 관리당국의 처사가 그의 상식으로는 도저히 이해되지 않았다.

　　이윽고 죽토리 관암마을 양키시장 구역에 도달한 치조는 자기 눈을 의심했다. 포로수용소가 개설된 이후로 그쪽에는 처음 와 보는 그에게, 허허롭던 들판에 어느 날 갑자기 땅속에서 불쑥 솟아난 것 같은 거대한 시장거리는 생경스럽기 그지없었고, 더군다나 가게마다 들어찬 상품들의 다양성과 화려함에는 벌어진 입이 다물어지지 않았다.

　　시장구역을 비껴지나 거제여객이 있는 삼거리 쪽으로 벗어날 때까지, 치조는 그 진기한 시장풍경에서 줄곧 시선을 떼지 못했다.

　　이사에 따른 사무실 짐정리로 정신이 없던 상은은 느닷없이 나타난 아버지를 발견하자 펄쩍 뛸 듯이 놀랐다.

　　"아니, 아부지가 갑자기 우짠 일입니꺼."

　　"죽토에 쪼끔 볼일이 있어서 오는 걸음에 네가 우짜고 있나 궁금해서 잠깐 들러 봤다."

　　그렇게 거짓말을 하고는, 작은아들이 어디 있는지 물었다.

　　"차 운행에 안 따라나갔습니꺼."

　　"응, 그래?"

　　"이거 우짜지예? 이삿짐 챙기느라 어수선하기 짝이 없는데……. 하이튼 사무실에 좀 들어오이소."

　　"뭐하러. 곧 갈끼다."

　　"그래도 그렇지……."

　　"괜않다. 네만 잠깐 봤으몬 됐지 뭐."

치조는 그런 대화를 주고받으면서 은근슬쩍 딸의 모습을 훔쳐보았다.

머리에 스카프 쓰고 소매를 걷어붙이고 일에 분주한 듯한 차림새인 딸에게서 작은아들이 말한 것과 같은 일탈의 기미는 전혀 감지되지 않았다. 다만, 아버지로서 느껴지는 다른 점이 있다면, 어딘지 모르게 보다 더욱 성숙한 여자의 분위기라 할까, 그런 여유로움을 풍기는 것 같다는 정도였다.

"회사가 장승포로 옮기간다며?"

"예."

"네는 우짜기로 했노?"

"회사가 가니 따라가야지요, 뭐."

"숙식은 우짜고?"

"자취할 방을 미리 얻어 놨습니더. 여기 있으나 장승포에 가나 달라지는 거 없은께 걱정마이소. 집에도 자주 가고, 월급이 오를 것 같으니 돈도 더 갖다드릴 수 있을 깁니더. 옴마한테 그렇게 말씀하이소."

"오냐……. 그런데, 네 동생은?"

"상기도 가야지예. 회사 사무실 옆에 숙직실이 있닥합디더. 거기서 다른 조수들하고 같이 생활하게 될 모양이고, 밥은 식당에서 시켜다 묵게 되든지, 정 뭐하몬 제가 챙겨 믹일께예."

"그래, 네가 누우노릇 톡톡히 하는구나."

치조는 사랑스럽고 애틋한 마음에 딸의 어깨를 쓰다듬었다.

그럴 때였다. 부리부리한 눈에 쌍꺼풀이 지고 코가 뭉툭하며 영양상태가 좋아 피부가 번지르르한 중년사내가 사무실에 들어오다가 의아한 눈길로 치조를 쳐다보았다.

상은이 당혹스러운듯 하면서도 얼른 소개했다.

“사장님이십니더. 이쪽은 우리 아부지예.”

“안녕하십니꺼. 야아 애비됩니더. 옥치조라 합니더.”

치조가 허리를 굽히며 정중히 인사하자, 덕현은 그답지 않게 안절부절못하며 마주 허리를 구십도로 꺾고 답례인사를 했다.

“어서 오웁쇼. 임덕현이라 함다.”

“회사가 장승포로 이사 간닥하기에, 마침 근처 왔다가 딸애 얼굴이나 보고 갈락고 들렀습니더. 방해가 되는 것 같아 얼른 갈락고 하던 참입니더.”

“아, 방해될 거 없슴다. 오히려 이런 분위기에서 뵙게 돼 죄송함다.”

“그렇잖아도 그동안 사장님한테 몹시 고맙게 생각하고 있었습니더. 야아가 세상물정 아무것도 모리는 아이니, 아무쪼록 잘 지도해 주이소.”

“원, 무스기 말씀. 따님이 마음씨 곱고 성실해서 오히려 내 감사르 드려야 마땅함다.”

그러다가 문득, 얼굴이 빨개져서 어쩔 줄 모르고 있는 상은을 발견한 덕현이 얼른 그녀에게 탈출구를 열어 주었다.

“여게서 이럴 거이 앙이라, 저 아래 다방으루 가티 갑세다. 조금 있다가설라무네 점심이라두…….”

“아입니더. 점심은 무슨……. 이만 갈랍니더.”

덕현이 작정하고 붙잡으려 했으나, 치조는 완강히 사양하고 인사를 하는 둥 만 둥한 채 허둥지둥 사무실에서 빠져나왔다.

상은이 곧 따라나왔다.

“뭐할락고 나오노. 바쁠 텐데 들어가거라.”

“아부지, 이거…….”

상은이 아버지의 상의 호주머니에다 손을 쑥 집어넣었다.

“아니, 뭐꼬?”

“용돈예. 출출할 때 장터에 내리와서 국밥이나 사 잡수이소. 술은 제가 갖다드리는 것만 쪼끔씩 마시고예.”

“허허허 ! 오냐.”

“살펴 가이소. 옴마보고 걱정마락하고예.”

“오냐.”

딸과 헤어져 온 길을 도로 터벅터벅 걸어가는 치조의 마음은 만감이 교차하여 뒤숭숭했다. 어느새 어른스러워진 딸이 사랑스럽고 기특하다는 흐뭇함, 그러면서도 어쩐지 마음이 썩 놓이지 않는 어버이로서의 노파심, 딸이 찔러 넣어준 용돈의 보이지 않는 무게, 가장구실을 못하는 데 대한 자기모멸감, 그런 것들이 뒤섞여 푸른 슬픔의 빛을 띠고 한꺼번에 몰려왔기 때문이었다.

목숨

1

　1952년 늦겨울, 80명에 가까운 목숨을 앗아간 소위 '2.18폭동'은 큰 후유증을 가져왔다. 그것은 판문점 회담장에서 공산군대표가 탁자를 치며 유엔군대표를 코너로 몰아붙이는 해프닝과 포로수용소장 경질로 나타났다.

　포로폭동에 관한 긴급보고로 사태의 심각성을 인식한 유엔군총사령관 릿지웨이 장군은 미국 제8군사령관 밴플리트 장군과 조율해 밴플리트의 참모차장인 프란시스 T. 돗드 육군준장을 2월 20일자로 새 경비사령관에 발령하는 한편, 경비병력을 대폭 증강하도록 조치했다. 종전까지는 영관급 장교가 수용소장이었으나, 포로관리의 어려움이 점차 증대함에 따라 장성급으로 비중을 높임으로써 체제확립과 질서회복을 달성하자는 것이 목적이었다.

　미국 인디애나 주 출생으로 웨스트포인트를 나온 돗드는 그때까지 뛰어난 전적으로 성공적인 경력을 쌓아 온 유능한 고급장교였는데, 그의 군사경험에 공백이 있다면 그것은 전쟁포로를 관리하는 일을 경험해 본 일이 없다는 것뿐이었다. 그는 군인이었지 간수는 아니었다. 아무튼 17만 5000여 명이 수용된 거대한 포로수용소를 떠맡게 된 것이 그의 불운이라면 불운이었다.

　돗드 준장이 탄 C-46 수송기가 장평비행장에 도착한 것은 2월 20일 오전 11시쯤, 마침 거제도 일원 남해안에는 봄을 재촉하는 가랑비가 내리고 있었다.

가는 빗발을 흩날리며 요란한 소리를 내던 두 개의 프로펠러가 회전을 멈추자, 문이 열리면서 말상에다 키가 후리후리한 돗드가 몸을 구부리고 트랩을 밟으며 땅에 내려섰다.

군악대가 환영음악을 연주하고 의장대가 사열을 받기 위해 대기하고 있었으나, 돗드는 사고에 대한 책임으로 수용소장에서 부소장으로 격하된 피츠제럴드 대령 등 마중 나온 주요 책임장교들과 악수를 나누는 것으로 의식절차를 생략하고는 곧바로 차에 올라 경비사령부로 향했다.

공식명칭 제1포로수용소 경비사령부는 제6구역 위쪽 언덕배기에 자리잡고 구역내 각 단위수용소들을 내려다보고 있었다.

"수용소 운영에서 현재 가장 어려운 건 무엇이오, 커널?"

차창 밖의 을씨년스런 풍경을 하나하나 눈여겨보며, 돗드는 동승한 피츠제럴드에게 물었다.

폭동사건 이후 마음고생으로 얼굴이 할쑥해진 피츠제럴드는 어두운 표정으로 대답했다.

"가장 큰 어려움은 포로들을 효율적으로 제압할 수 없다는 점입니다."

"대체 그게 무슨 소리요?"

"경비병력은 총사령부의 증강조치로 증원부대가 속속 도착하고 있어서 앞으로 부족하지 않을 것으로 여겨집니다만, 문제는 이미 포로들한테 자율권을 너무 부여한 바람에 그들의 파워가 커져, 이제는 통제불능의 상태에 이르렀다는 것이지요. 그들은 철조망 안에서 완전히 독자적인 조직생활을 하고 있고, 경비대는 오로지 그들이 밖으로 뛰쳐나오지 못하도록 차단하는 것으로 만족하고 있는 실정입니다."

"원, 세상에 그따위 포로수용소가 어디 있나."

"어이없어하시는 것도 무리가 아니지만, 이곳 현실이 그렇습니다. 처음 포로자치제를 도입한 것부터 잘못이고, 관리체계에 대한 고민 없이 그저 이 섬에다 쓸어넣는 데에만 급급하다 보니 부작용이 커진 거지요. 문제가 발생할 때마다 지휘관을 교체하는 미봉책으로만 일관해 온 게 지금까지의 관행이니까요. 죄송한 질문이지만, 장군께서는 자신이 이곳 몇 번째 소장인지 아십니까?"

"글쎄."

"허허허, 모르시는군요. 제가 11대니까, 장군께선 이제 12대가 되십니다."

"아니, 그렇게 많은 사람이 갈렸소?"

"그렇습니다. 물론 부산수용소까지 포함해서지만, 교체가 부쩍 잦아진 건 여기 와서부텁니다. 이곳 수용소 개설이 작년 이맘때니까, 아무튼 2개월 미만에 한 명씩 교체되었다고 봐도 되겠지요."

"저런!"

"감히 말씀드리자면, 이곳 거제도는 미합중국 고위장교들의 공동 묘지라고 해도 과언이 아닙니다. 참으로 지긋지긋한 곳이지요. 저는 장군께서 이곳 마지막 소장으로서 대미(大尾)를 훌륭하게 장식하시기를 진심으로 기원합니다."

그런 소리를 하는 피츠제럴드나 듣고 있는 돗드나 그 말이야말로 역설적인 주문(呪文)이라는 사실을 신이 아닌 이상 알 턱이 없었다.

비행장을 벗어난 차량행렬이 게딱지같은 초가집들이 다닥다닥 붙어 있는 전형적 한국 농촌부락 가운데로 뚫린 신작로를 통과할 때, 돗드는 매우 이상한 광경을 목격하게 되었다. 내용물이 찰랑찰랑 담긴 반 토막짜리 드럼통을 앞뒤에서 목도해 맨 포로들이 병사들의 호위감시 아래 비를 그냥 맞으며 행렬을 지어 걸어오고, 한 무리의 민간인 남녀가 그들 옆을 동행하며 뭐라고 간절하게 외치는데, 개중에는 거의 울부짖는 사람도 있었다.

판초를 걸친 경비병들은 돗드 일행의 차량행렬을 보자마자 칼날같이 부동자세를 취하며 경례를 붙였으나, 포로들은 시들하고 무표정한 얼굴로 멀거니 쳐다보며 그냥 지나칠 뿐이었다.

"이들은 뭐요, 커널?"

돗드가 물었다.

"아, 포로들이 분뇨통을 비우러 가는 겁니다."

"분뇨통? 그럼 저들이 멘 게 인분이란 말이오?"

"예. 바닷가에 가서 쏟아버리는 것이지요."

돗드는 자신도 모르게 코를 찡그렸다. 차창이 꽉 닫혀 있어 다행이었다.

"부임 첫날부터 유쾌하지 못한 광경을 보시게 해서 죄송합니다."

"헌데, 저 민간인들은 왜 저러는 거요?"

"아, 저 사람들은 북한에서 내려온 피란민입니다. 혹시나 가족이 아닌가 하고, 또는 가족의 소식을 알 수 있을까 해서 저렇게 따라붙는 거지요."

"비극이로군. 가련한 민족이야."

돗드는 왠지 우울했다. 날씨도 풍경도, 거기에다 차체 어딘가의 작은 틈새로 살짝 새들어와 차내 공기 속에 섞인 것 같은 고약한 냄새의 징후까지, 피츠제럴드의 말마따나 부임 첫날 분위기로는 너무나 푸대접이라고 여겨졌기 때문이었다.

신임소장의 저조한 기분을 알아차린 피츠제럴드가 문득 적당한 우스개를 생각해 냈다.

"제너럴, 생전 들어보지 못한 조크 하나 들어보시렵니까?"

“조크요? 어떤?”

돗드는 시큰둥하게 받았다.

“포로들은 저 구역질나는 인분통에다 아주 재미있는 이름을 붙여 부르고 있다고 합니다.”

“그래요? 어떤 이름?”

“허니바케쓰라고 한다나요.”

“허니바케쓰?”

“예. 꿀을 담은 통이란 뜻 아닙니까.”

“하하하!”

침울한 말상의 얼굴이 갑자기 활짝 펴지며 박장대소하고, 피츠제럴드도 따라 웃었다.

웃고 난 돗드는 다소 기분이 풀린 듯한 얼굴로 고개를 주억거리며 말했다.

“허니바케쓰. 거 참 기발한 역설이군 그래, 허니바케쓰. 우리 같은 백인들 정서로선 상상도 못할 위트야.”

“그렇습니다.”

“동양인들의 정신세계는 역시 어딘가 달라. 전쟁에 만신창이가 되고 나라가 풍비박산 났으면서도, 더구나 이 사람들, 이런 역경 속에서도 그런 조크를 생각할 수 있다는 건 민족성의 어떤 특질이 아닐까 싶군. 내 해석이 너무 지나친 것 같소, 커널?”

“아닙니다. 저 역시 난생처음 한국에 와서 지금까지 근무하며, 이 극동의 작고 가난한 나라와 민족이 상당한 무언가를 가지고 있다는 생각이 들었습니다. 분명히 말할 순 없지만, 중국이나 일본하고도 확실히 다른 무엇을 말이지요.”

“멀리서 찾을 것 없이, 우리가 지금 여기 와서 피흘리며 이 지겨운 전쟁을 치르고 있는 것만으로도 웬만큼 답이 될 것 같은데.”

"아, 참말 그렇습니다, 제너럴."

잠시 후, 민가지역을 벗어난 차량행렬은 질척거리는 비포장도로를 달려 포로수용소 제6구역 역내에 진입했다.

비에 젖은 대지 위에 불결하고 우중충한 풍경을 그리며 길 양쪽에 거의 촘촘히 들어찬 포로막사들을 차창 너머로 살펴보던 돗드는 오른쪽 수용소 철조망 안에 가로 또는 세로로 여기저기 설치되어 있는 입간판과 현수막들을 발견하자 의아했다. 왼쪽 수용소들에는 없는데, 유독 오른쪽 수용소들에만 그런 것이 있었기 때문이었다.

"저건 뭐지요, 커널?"

돗드가 손가락으로 가리키며 물었다.

"아, 그건 공산포로들의 상투적 선전구호랍니다."

"선전구호?"

"왼쪽은 반공포로들이 주도권을 잡고 있는 캄파운드고, 오른쪽은 공산포로들이 득세한 캄파운드지요. 이번에 크게 말썽을 피운 62캄파운드가 바로 저깁니다."

피츠제럴드는 손가락으로 가리켰다.

미간을 찌푸리고 그 일련의 풍경을 바라보던 돗드가 순간적으로 몸을 움찔하며 눈썹을 치켜올렸다. 64수용소 철조망 가에 가로로 세워진 커다란 입간판이 눈에 확 띄었기 때문이었다. 간판의 흰 바탕에는 붉은 피가 뚝뚝 떨어지는 형상으로 'YANKEE GO HOME!'이란 영문 구호가 적혀 있었다.

돗드가 탄 차는 문제의 간판 앞을 금방 지나쳤지만, 그 흉측한 구호판은 오래도록 그의 눈에 선했다. 양키 고 홈. 양키 고 홈.

그러자, 불현듯 아까 피츠제럴드가 말한, 거제도는 미국군 고위장교들의 공동묘지라던 말이 떠올라 뇌리에서 오래도록 사라지지 않았다. 왜 그런지는 자신도 알 수 없었다.

　수용소장으로는 처음 부임한 장성(將星)의 위상을 확실히 보여주자는 의도로 관내 각 부서와 수용소들을 초도순시하며 실태를 면밀히 점검한 돗드 준장은 기가 꽉 막혔다. 한마디로 요약하면 총체적 질서 실종이었다. 관리조직은 비능률적으로 움직이고, 병사들은 기합이 빠졌으며, 포로들은 관리당국의 영향권 밖에 존재하는 불온하고 험상한 집단이었다.

　당장 참모회의를 소집한 돗드는 불만을 털어놓았다.

　"본관의 상식으로는 도대체 이해할 수 없어. 이건 포로들이 감시 받고 있는 게 아니라, 그들을 감시해야 하는 경비병과 관리당국이 거꾸로 감시를 받고 있는 격이잖소. 이래가지고 17만이란 거대집단을 어떻게 효율적으로 관리할 수 있단 말이오? 귀관들은 여기서 상당기간 근무했으니, 경험에 입각한 아이디어가 나름대로 있을 테지. 어디 들어봅시다."

　"제가 생각하기에 방법은 하나뿐인 것 같습니다."

　이렇게 말한 것은 부소장 피츠제럴드 대령이었다. 직책강등의 불명예에도 불구하고 무거운 책임을 벗어버린 그의 얼굴은 전보다도 훨씬 느긋하고 밝았다.

　"어떤 방법이오, 커널?"

　"초강경책으로 포로들을 제압하는 겁니다. 지금까지 우린 너무 우리 식의 잣대로 놈들에게 대응해 왔습니다. 제네바협정만 하더라도 이젠 구시대 유물로서 현실을 커버하지 못하고 있습니다. 포로 관리규정 어디에 지금 여기서 벌어지고 있는 이따위 유형의 소요에 대입시킬 적절한 조문이 있습니까? 경비병은 수용소 안에 무기를 휴대하고 들어가서는 안 된다……이게 말이나 됩니까?"

　"그렇지만 케이스 바이 케이스로 부득이한 경우엔 무력응징도 불사하지 않았잖소. 후유증 발생은 또 다른 측면의 문제지만 말이오. 누구보다 대령 자신이 잘 아시면서."

그 말에는 악의 아닌 빈정거림이 발려져 있고, 피츠제럴드 역시 그것을 모르지 않았다.

"바로 그렇습니다. 문제는 그 방법밖에 없고, 또 그것이 통했다는 겁니다. 따라서, 앞으로도 같은 강경기조로 나가야 하고, 그와 더불어 범죄자에 대해서는 재판을 해서 가혹한 형벌을 적용해야 합니다. 하지만 현재로선 수용소장에게 포로재판권이 부여되어 있지 않기 때문에, 그걸 아는 놈들이 마음놓고 난동을 부리는 거지요. 살인을 저질러도 기껏해야 단기간 영창살이하는 걸로 끝나니, 어느 놈이 겁을 먹겠습니까? 외람된 말입니다만, 장군께서 총사령부에 적극 건의하셔서 무력사용 자율권과 재판권을 받아내지 않으시면 앞으로 큰 어려움에 처하게 될지도 모릅니다. 솔직한 충정으로 말씀드리는 겁니다."

피츠제럴드가 경험에서 우러난 충고를 하는 동안, 다른 장교들은 굳은 얼굴로 묵묵히 듣고 있었다. 석유난로의 열기로 훈훈한 실내에는 잠시 묘한 긴장감이 흘렀다.

돗드 소장이 갑자기 픽 웃더니, 소파에서 일어나 자기 책상으로 갔다. 종이 한 장과 안경을 들고 자리로 돌아와 앉았다.

"이게 뭔지들 아시겠소? 오늘아침 도쿄의 릿지웨이 총사령관께서 본관에게 직접 하달하신 훈령이오. 읽을 테니 들어보라고."

돗드는 안경을 걸치고 그 훈령을 읽기 시작했다.

"포로관리에서 맹점으로 드러나고 있는 포로들 간의 사상적 알력을 해소시키는 방법은 귀하가 당면한 가장 힘들고 중대한 과업임. 따라서, 지금까지의 시도처럼 단기간에 좌익·우익이 각각 지배하는 수용소 내 포로들을 분류 및 심사하는 것은 매우 위험한 일이며,

그런 분류심사로 야기되는 소요 때문에 휴전협상에 영향을 끼치는 것을 본관은 원치 않음. 요컨대, 본관은 반공이나 친공 어떤 성분의 포로들이건 간에 소란을 일으킬 만한 요소가 해소되기를 희망하며, 귀관은 그 기능을 효과적으로 되살리기 위해 우선 폭동과 폭행 사고가 발생하지 않도록 유념해야 할 것임. 또 이 과업을 위해 귀관이 개인적으로 통제방법을 구사하여 포로수용소의 질서를 회복해 주기를 바람. 이상이오.”

돗드는 훈령장과 안경을 소파 위에 놓고 참모들을 둘러보며 말을 이었다.

“방금 들었다시피, 위에서는 이 시끄러운 곳이 어떻게든지 조용하기를 바라고 있단 말이오. 그러니 우리에겐 선택의 여지가 없어. 따라서, 우리가 강구할 수단은 총사령관 훈령의 제한범위 내에서 찾아야 합니다. 물론 쉽지 않다는 건 본관도 알지만.”

그러나, 모두 꿀먹은 벙어리처럼 입을 다문 채 어색한 표정을 짓고 있을 뿐이었다.

조금 짜증이 난 돗드가 연합정보대장 존 다니엘 소령을 보고 물었다.

“메이저, 공산포로들의 최고지도자가 어느 캄파운드에 있나?”

지적을 받은 다니엘이 앉은 자세를 고치며 대답했다.

“이학구 총좌란 자인데, 76캄파운드에 있습니다. 하지만, 그는 표면상의 대표자일 뿐이고, 실질적 최고지도자는 정체를 드러내지 않고 있는 것 같습니다.”

“그 유령 같은 인물에 대해 우리 정보라인에서 아직 파악하지 못하고 있다는 얘긴가?”

“유감스럽게도 그렇습니다.”

“어쨌든 본관의 생각은 이래요. 그 이학구인가 하는 자를 포함해 몇몇 우두머리들을 조만간 만나서 허심탄회하게 대화를 해 보는 것이 어떨까 하는데. 그들도 인간인 이상 이성도 있고, 말귀도 알아듣겠지."

보좌관 윌버 레이븐 중령이 안경알을 번쩍이며 조심스럽게 끼어들었다.

"외람된 말 같습니다만, 공산포로들의 이성에 기대를 거는 것은 문제가 있지 않나 싶습니다. 자칫하면 약하게 보여 포로통제력에 손상을 가져올 수 있지 않을까 싶군요."

돗드는 눈살을 살짝 찌푸리며 보좌관을 돌아보았다.

"그렇다고 언제까지 폭력 대 폭력으로 대처하겠나? 방금 총사령관도 훈령으로 지적했듯이, 피흘리는 건 지양해야겠어. 이 상황에서 취할 수 있는 가장 합리적 방법은 포로지도자들에 대한 설득이라는 게 본관의 결론이야. 여기에 대해 더 첨가할 말 있나?"

"문제는 저쪽이 얼마나 긍정적인 성의로 응하느냐에 달렸겠지요."

이것은 피츠제럴드의 신중한 코멘트였고, 다니엘은 정보책임자로서 조금 더 직설적이었다.

"지금까지의 양상으로 보건대, 놈들이 우리의 대화제의를 멋대로 확대해석해서 악용하지 않는다면 그나마 다행이라고 생각됩니다."

돗드는 상체를 젖히며 손사래를 치려는 듯한 제스처를 보였다.

"좋아요, 좋아. 많은 참고가 됐어. 모두 돌아가 주게."

돗드 수용소장은 나름의 복안대로 포로수뇌부에 대해 대화분위기를 제시하고 인간적인 접근으로써 관계를 개선하려는 의욕을 보였다. 이학구를 비롯한 몇몇 포로수뇌부를 불러다 식사를 대접하고, 그들 나름의 애로사항에 진지하게 귀를 기울였으며, 나아가서 비무장으로 포로들의 행사장이나 식당에 출입하기도 했다. 부하들이 '겁없는 프랑크'라며 뒤에서 히죽거리며 우려할 정도의 파행적 행보였다.

그것은 그런 대로 효과가 없지 않았다. 포로들은 그를 대화가 통하는 관리자로 인정하고 가능한 대로 기대에 부응하려는 듯한 태도를 보였기 때문이었다.

그럼 그렇지. 저들도 인간인 것이야. 영국속담에, 같은 꽃에서도 꿀벌은 단맛을 취하고 땅벌은 쓴맛을 취한다던가. 취향의 개인차를 이야기한 것일지 모르지만, 능력의 개인차를 말한 게 아니라고 우길 이유도 없겠지. 피츠제럴드 같은 친구의 방식으론 쓴맛밖에 못 보겠지만, 난 얼마든지 단맛을 얻을 수 있어.

돗드는 자긍심에 부풀었고, 힘들고 시간은 걸리겠지만 자기 방식대로 수용소의 평화를 이룩할 수 있으리라는 신념을 가졌다.

그러나, 돗드의 생각과 방식에는 두 가지 결정적 하자가 있었다. 하나는 공산당의 전방위적 공작능력에 대한 이해부족이었고, 또 하나는 포로 자체조직 내부의 갈등구조는 관리당국의 관계개선 노력과 별로 상관이 없다는 사실을 심각하게 고려하지 않았다는 점이었다. 전자의 경우는 경천동지(驚天動地)할 파괴력을 키우면서 암암리에 준비가 되어 가고 있었기에 그로서는 꿈에도 상상하지 못했지만, 후자의 경우는 수용소장 취임 한 달도 채 못 되어 연속으로 불거져 사건화됨으로써 그를 매우 당혹스럽게 만들고 말았다.

그날 아침나절, 정확하게 3월 13일 오전 10시 무렵에 일어난 불상사 역시 사실상 시도 때도 없이 발생하는 공산포로와 반공포로의 단순성 충돌사건 가운데 하나에 지나지 않았으나, 문제는 피해 규모가 작지 않다는 점이었다.

한국군 제33경비대대 소속 병사들의 호위감시 아래 산으로 돌을 주우러 가던 74수용소 반공포로들이 76수용소 앞을 지날 때였다. 철조망 안에 있던 공산포로 수백 명이 작업반과 병사들을 싸잡아 야유와 욕설을 퍼부은 것이 발단이었다. 설전은 투석전으로 발전하고, 수세에 몰리다 못한 병사들이 발포함으로써 공산포로 12명이 사망하고 26명이 부상하고 말았다.

그 보고를 들은 돗드는 화가 나서 어쩔 줄 몰랐다. 자기 순수한 성심을 그런 식으로 걷어차는 고약한 무리가 야속한 정도를 넘어 용서할 수 없었다.

썬 오브어 비취. 역시 형편없는 인종인 게야. 야만에서 벗어나지 못한.

불현듯 얼굴을 찌푸리며 손을 왼쪽 가슴 아래에 가져다 댔다. 그는 만성위궤양을 앓고 있었는데, 어쩌다 기분이 틀어지면 어김없이 위통이 찾아오곤 했다.

가뜩이나 속상한 판에 그날따라 아침부터 구름이 잔뜩 끼어 찌푸린 날씨가 음산하기 그지없었다.

문득 오늘이 13일이란 사실을 떠올리자, 이어서 금요일이 겹쳤지 않은가 하는 생각이 들었다. 달력을 확인해 보고서야 금요일 하루 앞인 목요일임을 알고는 다소나마 기분을 추슬렀다.

한국군 경비대대장을 호출해 단단히 주의를 주어 돌려보낸 돗드는 매일 한 번씩 직접 순찰을 돌기로 작정했다. 그렇게 함으로써 수용소장의 권위와 미국육군 장성의 위엄으로 포로들의 기를 꺾어 그날과 같은 충돌사고를 미연에 방지하겠다는 나름의 계산에서였다.

그렇게 순찰을 돌다 보면 폭력사태의 현장과 부딪칠지도 모른다고 생각했는데, 실제로 그런 상황을 만난 것은 사흘 후였다.

16일 오후, 기관총을 장착한 경호차를 앞세우고 경비사령부를 출발한 돗드는 순찰로의 코스 상으로 가장 가까이 있는 69수용소부터 시작해 하나하나 둘러보며 아래쪽으로 내려가 60수용소를 마지막으로 제6구역 9개 단위수용소 순찰을 일단 마쳤다. 그런 다음 신작로를 따라 우회전해 고현천 다리와 중통골마을을 지나 수월리로 가서 독봉산 오른쪽 끝자락과 국사봉 왼쪽 끝자락이 만나는 들판에 조성되어 있는 제7구역의 순찰에 들어갔다.

"저긴 왜 저렇게 썰렁하지?"

돗드는 제7구역 순찰로가 시작되는 오른쪽 모퉁이의 조금 엉성한 수용소를 가리키며, 앞 조수석에 앉아 있는 보좌관 레이븐 중령에게 물었다.

레이븐이 상체를 틀어 돌아보며 대답했다.

"원래 대기수용소로 지었기 때문에 좀 엉성한 편인가 봅니다. 지금은 71캄파운드와 일부 영창으로 이용하고 있다고 들었습니다."

"이쪽은 중공군 캄파운드라고 했던가?"

돗드는 왼쪽으로 고개를 돌려, 71수용소 맞은편 'COMPOUND : 72'라는 팻말이 정문 위에 붙어 있는 수용소를 바라보며 물었다.

"그렇습니다. 여긴 중공군 중에서도 반공포로만 수용하고 있고, 공산포로는 저 위쪽 86캄파운드에 다 몰아다 놓았다고 들었습니다. 재미있는 건, 여기 포로들은 중국땅엔 돌아가기 싫다고 떼를 쓴다는 사실입니다."

돗드는 고개를 갸웃했다.

"헌데, 모를 일이군. 한국인들이야 같은 민족이고 자기네 땅이니까 이북이 싫다, 돌아가지 않겠다 하는 건 이해가 되지만, 중국인들은 왜 그런다지?"

"공산주의에 신물이 나서겠지요. 그래서 '죽어도 장제스가 있는

타이완으로 가겠다'며 아우성이랍니다. 이데올로기 경쟁의 승패를 보여주는 단적인 예가 아니겠습니까?"

"거 옳은 지적일세."

둣드는 완만한 오르막길 순찰로를 따라 곧장 올라가면서 도로 왼쪽에 치우쳐 있는 제7구역과 제8구역의 각 수용소들을 눈여겨보았다.

73·74수용소는 일상적인 평온이 느껴지는 반면에 76·77·78수용소는 보란 듯이 인공기가 게양되어 있고, 길가쪽 철조망 안에 요란한 선동구호가 내걸려 있는 데다 포로들의 움직임마저 어쩐지 심상찮아 보였으며, 81부터 84까지 일련의 수용소들이 잠잠한 반면에 그 위쪽 85수용소의 분위기는 뚜렷하게 그 반대였다. 그와 같은 풍경만으로도 공산수용소와 반공수용소 구분뿐 아니라 그 속의 움직임까지 일목요연하게 파악할 수 있었다.

그때까지는 비교적 순조로웠으나, 제8구역을 벗어나 문동리 일대의 제9구역에 들어서자 분위기가 현저하게 달랐다. 각 단위수용소의 포로들이 거의 다 광장에 나와 웅성거리고, 길에는 여러 대의 2.5톤 트럭이 일렬로 주차해 병력이 출동했음을 알려주고 있었다. 독봉산 자드락에 밀집해 있는 수용소들 중에 제일 높은 지대를 차지하고 있는 95수용소 쪽에서 간헐적인 총성이 들려왔다.

트럭 주변에 어슬렁거리던 몇몇 미국군과 한국군 병사들이 수용소장의 순찰차를 발견하고 당황해서 부동자세를 취하며 경례를 했다.

차를 멈추게 하고 내려서 미국군 병사에게 사정을 알아본 레이븐이 돌아와 보고했다.

"제너럴, 95캄파운드 포로들이 난동을 부리고 있는 모양입니다."

"현장으로 가보세."

돗드는 눈살을 찌푸렸다. 불과 이삼일 전의 76수용소 사건이 떠올랐기 때문이었다. 운전병은 95수용소쪽으로 차를 몰았다.

수용소장의 순찰차가 나타나자, 현장책임자인 미국군 제155헌병 중대 대위가 황급히 달려와 거수경례를 했다.

"수고하네, 캡틴. 상황이 어느 정도인가?"

"탈출을 시도하는 반공포로를 공산포로들이 몰려나와 습격하고 있습니다. 저희들이 위협사격을 가해 일단 접근하지 못하도록 견제하고 있습니다."

"반공포로는 어디 있나?"

"현재 정문 안쪽에 집결해 있습니다. 사령부 상황실에 보고하고 명령을 기다리는 중입니다."

돗드가 대위를 앞세우고 현장에 가 보니, 바깥 철조망과 안쪽 철조망 사이의 좁은 완충공간에 50여 명의 포로가 앉아 있고, 그 너머에 어림잡아 1000여 명에 이를 것으로 추산되는 포로들이 포위형세를 취하고 있으며, 중대병력의 한미합동 경비병들이 여차하면 사격을 가할 태세를 취하고 있는 긴박한 상황이었다.

독 안의 쥐 꼴로 초조해하고 있던 반공포로들은 수용소장이 나타나자 일제히 일어나 발을 동동 구르며 구출을 호소하는 데 비해, 안쪽의 공산포로들은 주먹을 불끈불끈 치켜들며 악의에 찬 욕설과 선동구호를 외쳐댔다.

그 광경을 보자, 돗드는 화가 불끈 치밀어올랐다. 누구에게 향한 것인지도 사실은 분명하지 않은, 말하자면 단순히 이성적 양식에서 우러나온 분노였다.

"캡틴, 문 열고 저 포로들 구출해. 당장!"

"옛써!"

곧 95수용소 정문이 열리고, 생사의 기로에서 웅크리고 있던 반공포로들은 기운이 펄펄 살아 환성을 지르며 뛰쳐나왔다.

95수용소 탈출포로들의 긴박한 운명을 멀리서 마음 졸이며 지켜보던 인근 94·96수용소의 반공포로들도 일제히 기쁨의 함성을 질렀고, 그 우레 같은 소리는 봄날 오후의 대기를 찢으며 멀리멀리 퍼져나갔다.

위기에서 간신히 벗어난 포로들이 돗드를 에워쌌다.

"소장님! 저 안에 아직도 반공동지들이 많이 있습니다. 제발 그들을 살려 주십시오. 지금 구출하지 않으면 다 죽습니다."

"92·95수용소는 빨갱이 소굴입니다. 어서 이 두 곳을 폐쇄하고 악질 빨갱이들을 소탕하십시오."

"놈들은 반공동지들을 살해해 그 피를 물감으로 써서 깃발을 그릴 정도로 흉악합니다. 저 깃발을 보십시오."

포로들은 이구동성으로 외치며 수용소 안에 걸려 있는 붉은 기를 가리켰다.

포로들이 가리키는 쪽을 바라본 돗드는 소름이 끼쳤다. 뻣뻣해져서 바람에 잘 나부끼지도 않는 검붉은 깃발이었다. 포로들이 일러주지 않더라도 피를 물감처럼 칠한 것임을 육안으로 충분히 알 수 있었다.

포로들은 매일 저 끔찍한 깃발을 보면서 투철한 사상의식을 다짐할 것이리라. 몇 명의 인간을 죽여야 그 피로 저토록 펄럭이지도 않는 피먹은 천조각을 만들 수 있단 말인가. 참혹하게 죽어간 이들의 가치는 어디로 사라진 것일까.

돗드는 난감했다. 포로들의 애소를 당장 들어줄 수도 외면할 수도 없었다. 그는 먼저 그들을 반공수용소인 93수용소로 보내도록 조치했다. 그래서 포로들이 경비대의 호위감시 아래 저만치 내려갔을 때, 대위에게 말했다.

"병사들이 불필요하게 놈들을 자극해서 더 이상 상황을 악화시키
는 일이 없도록 하게. 알았나, 캡틴?"
그렇게 말하고 나자, 불현듯 또 위통이 왔다. 자신의 조치를 스
스로도 승복할 수 없었기 때문이었다.

2

처음 포로수용소를 조성할 당시 가급적 취락(聚落)을 훼손하지
않고 들이나 구릉의 빈터를 골라서 터를 잡고 건설했기 때문에 각
수용소 주변에는 민가들이 그대로 남아 있었다. 그렇다 보니 마을
들은 수용소가 완성되어 제 기능을 발휘할 즈음에는 연초의 양키시
장처럼 포로수용소 경기(景氣)로 들썩거리는 하나의 기지촌으로 급
속히 변모해 갔다. 다만, 양키시장이 번화한 도회지풍의 외형적 변
화를 추구한 데 비해 기지촌은 은밀하고 음성적인 형태를 취한 것
이 차이라면 차이였다.
그 기지촌 경기 중에서도 가장 번창한 것이 미국군 장병들을 상
대하는 매춘업으로서, 소위 '양공주'로 통칭되는 창녀가 한창때는 3
천 명에 이르는 것으로 추산될 정도였고, 그녀들이 벌어들이는 달
러와 거기에서 파생되는 경제효과는 실로 대단했다.
그녀들의 상대 고객이 모두 미국군만은 아니었다. 극소수이긴 하
지만 각 수용소의 개구멍을 통하거나 반입 또는 반출되는 물품 속
에 숨겨져 드나들면서 포로 우두머리들의 성노리개 역할로 돈을 벌
기도 했다.
간이 커질 대로 커진 포로 우두머리들은 철조망 밖의 민간인들,
특히 피란민들과 짜고는 보급품을 유출해 팔아 시계와 금반지를 사
서 끼고, 라디오나 축음기 따위를 사들여 분수에 맞지도 않은 여가
생활을 즐기는가 하면, 이따금 창녀를 들여와 숨겨 놓고 돌려가며

며칠씩 품다가 내보내기도 했다.

포로와 접촉하는 민간인 또는 창녀 중에는 공산당 유격지도부 소속 공작원도 있었고, 그들을 통해 최고사령부의 지령이 하달되거나 정보가 올라가기도 함으로써 또 하나의 공작루트로 활용되고 있었다.

제7구역 77수용소는 역시 철조망 바로 옆에 그런 민가마을을 두고 있을 뿐 아니라, 지형이나 입지조건상 다른 수용소에 비해 외곽차단 상태가 상대적으로 조금 허술한 편이었다. 공산포로 지도총책 박사현이 굳이 그곳을 아지트로 삼은 이유 중의 하나도 그 점을 첩보활동에 십분 이용할 수 있다는 것이었다. 그렇지만 그는 여전히 표면적으로는 하전사 전문일로 행세하며 정체를 숨기고 일반막사에서 보통포로들과 똑같이 생활하고 있었다.

그날도 박사현은 오후의 휴식시간에 포로들이 막사 안에서 심심풀이 장난으로 벌이는 '이경주'를 어깨너머로 구경하고 있었다.

관리당국이 위생관리에 어지간히 신경을 쓰는 데도 불구하고 겨울에서 봄까지 포로들 몸에 이가 득실거려, 내의를 벗어 뒤집어 털라치면 비늘때 반 이 반으로 허연 가루 같은 것이 풀풀 날려 떨어지기 일쑤였다. 그래서 짓궂은 포로들은 이 중에서 큰놈을 몇 마리 골라 널빤지 같은 데 올려놓고 싸움을 붙이거나 경주를 시키고 내기를 하면서 한때의 무료함을 달래곤 했다.

종이를 작은 요철 모양으로 접은 몇 가닥의 트랙 위에는 쌀알만한 이가 한 마리씩 올려져 경기주관자가 가느다란 대꼬챙이로 조종하는 독려에 따라 한 방향으로 기어가기 시작하고, 각 트랙에 매겨진 번호에 따라 담배를 내기에 건 포로들은 손뼉을 치고 몸을 들썩거리며 응원에 여념이 없었다.

"1번, 잘한다! 그래그래, 옳지!"

“3번, 달려! 달리라니깐, 이놈으 이 새끼야!”

“하하하! 그놈은 수용소장처럼 물러터져 글렀어. 일찌감치 포기하라우.”

“홍! 결승선에 먼저 닿는 놈이 장땡이지비.”

왁자한 환성과 웃음이 터졌다. 경주와 내기는 사실상 뒷전이며, 그렇게 시름을 잊고 한때의 즐거움을 누리는 것이 그들에게는 절실하고 중요했다.

권태로운 하루의 무의미한 반복 속에서 지쳐 떨어져 나가지 않으려면 무언가라도 해야 했다. 언제부턴가 이곳에서 휴식이란 그 의미를 상실했다. 언제 끝날지 모르는 포로생활은 인간의 존엄성을 집어삼키고 이들을 더욱 작고 초라한 존재로 한없이 추락시켰다.

박사현이 뒤쪽에서 어깨너머로 이경주를 구경하며 킬킬 웃고 있을 때였다. 누군가가 그의 팔을 조금 잡아당겼다. 돌아보니 여단본부 연락병이었다.

“전문일 동무, 여단부 호출입네다.”

“아, 그래요?”

박사현은 슬그머니 자리를 떴다.

포로들은 박의 뒷모습이 문밖으로 사라지자 한마디씩 쑤군대기 시작했다.

“전 뭐인가 하는 저 동무, 어쩨 걸핏하므 여단부에 출입하네?”

“물어봐도 씩 웃기만 하고……요주의 대상이라니깐.”

“얼마 전 누군가 찾아와설라무네 ‘로 선생’이라구 부르던데?”

“하전사라곤 하지만 사실은 상당한 거물인가 봐. 조심들 하라고.”

그러다가 포로들은 다시 이경주에 열중하는 분위기로 돌아갔다.

박사현이 여단본부에 도착해 보니 경비대의 삼엄한 경계가 펼쳐져 있었다. 비상상황이 발생했다는 증거였다.

문을 열고 들어가자, 여단장 엄정섭이 자리에 앉지도 않고 혼자 서성거리고 있다가 얼른 말했다.

"오영자 동무가 와 있습네다."

엄이 작은 소리로 말하며, 안쪽 방을 눈짓해 보였다.

"기래요?"

"이거, 방금 오 동무로부터 전달받은 최고사령부 지령문입네다."

엄은 밀봉된 작은 봉투를 꺼내어 두 손으로 박에게 건넸다.

자리에 앉은 박은 봉투를 뜯고 내용물을 꺼냈다. 24절지 정도의 종이 한 장이었다. 그것을 말없이 읽어 내려가는 박의 표정이 굳어졌다.

"무스기 내용입네까?"

엄이 조심스러운 투로 물었으나, 박의 대꾸는 동문서답이었다.

"가급적 날래 군사행정위원회를 소집하기오."

"예, 동무."

"우선 이학구 동무한테 연락하고."

"알갔습네다."

"올려보낼 보고서 작성은 어드케 되었소?"

"서기장한테 지시해 뒀으니까니 준비되어 있을 겁네다. 점검하갔습네다래."

박은 고개를 끄덕이고, 라이터불로 지령서를 태워버렸다. 그런 다음, 미간을 찌푸리고 눈을 끔벅끔벅하며 무슨 생각을 골똘히 하는 듯 말없이 앉아 있었다. 땅딸막한 체구에서 발산되는 기묘한 위엄이 갑자기 사무실 안 공기를 얼어붙게 하는 것 같았다.

엄이 곧 알아먹었다는 듯이 일어나며 말했다.

"기럼 저는 서기장을 만나보갔습네다."

박은 대꾸도 없고 쳐다보지도 않은 채 고개를 두어 번 주억거렸다. 그러다가 엄이 문을 열고 밖으로 나가자, 자리에서 벌떡 일어나 안쪽 방으로 통하는 문을 열었다.

창문을 담요로 가린 방 안은 어두컴컴하고, 한 젊은 여자가 침상에 걸터앉아 있었다. 이십대 후반으로 보이는 제법 곱상한 얼굴이지만, 숏커트 머리에다 옷차림은 포로작업복이었다. 옆에는 작업모가 놓여 있었다.

그녀는 박사현을 보자 다소곳이 일어서며 미소를 짓고 인사했다.

"안녕하십네까?"

"오, 수고가 많소."

박사현은 앉으라는 신호로 손을 까딱까딱해 보이고 손수 의자를 끌어다 마주 앉았다.

여자가 생글생글 교태를 지으며 말했다.

"내레 쓰레기통에 숨어서 들어오는 거 이젠 못하갔시오."

"와, 겁이 나서?"

"겁보다는, 숨이 막혀 그럽네다. 불안하기도 하고. 접선방법을 좀 다른 걸루 연구해 보시라요."

"오 동무답지 않은 소릴 하는구만. 동무는 지금 우리한텐 누구보다 덜실히 필요한 여전사란 말이오. 우선 내가 항상 님자를 얼매나 학수고대하는데. 그렇디 않네?"

박이 히죽히죽 웃으며 여자의 손을 잡아끌자, 그녀는 픽 웃으면서도 끄는 대로 쏠려왔다.

남파공작원 오영자. 유격지도부의 특별지령을 받고 피란민을 가장해 거제도에 잠입한 그녀는 수월리 해명마을 민가 한 칸을 빌려 술집을 차려 아지트로 삼고는 포로집단의 지도총책 박사현과 직접 접촉하는 일급 첩보원이었다. 동시에 박의 생리욕구에 순응해 육체를 제공하는 것도 그녀가 부여받은 임무의 일부였다.

잠시 후, 두 사람은 털을 벗은 한 자웅 짐승의 모습이 되어 얽혔다.

남녘의 초봄이라 바깥 날씨가 포근해도 볕이 차단된 실내공기는 썰렁했으나, 열이 올라 땀을 흘리는 두 사람은 전혀 추위를 느끼지 않았다. 벽이래야 엷은 널빤지에 불과하고, 불과 사오 미터밖에 떨어지지 않은 바깥에 경비대원들이 오락가락하며 경계근무를 서고 있건만, 두 남녀는 거친 호흡과 희열의 신음소리를 참으려고 하지 않았을 뿐 아니라 억누를 수도 없었다.

"님자 밑에 에미나이가 둘이라고?"

"응."

"그 에미나이들, 평소에 미국놈한테 몸 파네?"

"기럼."

"영어는 할 줄 알갔지? 딸라 버는 거이 목적은 아니니까니."

"다 대학출신이고, 예쁘고, 특별교육 받은 애들이야요."

"조국을 위한 봉사이지만서두, 아깝다야. 설마 님자도 하는 건 아니지?"

"뭐라구요?"

"호호호, 아니야. 아니래두."

"아이 참! 좀 집중하지 않구서리……."

"호호호, 기래. 알았어."

여자와 남자는 헐떡이면서도 거친 소리로 속삭였다.

화사한 봄날 오후의 한때, 시간은 더디게 흘러갔다.

이학구와 이임철이 77수용소로 은밀히 박사현을 찾아와 만난 것은 다음날 아침나절, 장소는 여단본부였다.

76수용소와 77수용소는 인접해 있는 지리적 이점을 이용해 지하로 비밀 땅굴을 팠기 때문에 왕래가 얼마든지 가능했다. 또한, 77수용소와 78수용소 간에도 마찬가지였다.

"오 공작원이 어제 다녀갔소. 최고사령부의 지령을 가지고."

박사현은 엄정섭도 동석한 자리에서 이학구와 이임철에게 말했다. 네 사람의 만남은 실질적으로 거제도 포로수용소 공산포로들 최고지도부의 회담을 의미하고, 그 자리에서 논의되고 결정되는 사항은 그대로 각 구역 모든 단위수용소에 적용되기 마련이었다.

"어떤 내용입네까?"

이임철이 조심스럽게 물었으나, 박사현은 그 질문을 무시한 채 세 사람을 번갈아 쳐다보며 딴소리를 했다.

"어제 저 위 9구역의 반동새끼들이 또 개지랄을 떨었다는데, 어떻게 된 건지 설명해 보라우."

이학구가 밭은기침부터 하고 대답하기 시작했다.

"그저께 95수용소에서 악질반동 50여 명이 탈출한 소동이 있었습네다. 수용소장이란 놈이 하필 현장에 나타나서 우리와의 신사협정을 깨고 반동놈들을 빠져나가게 한 건데, 그 광경을 보고 기들이 살아난 그쪽 9구역 우익수용소 반동놈들이, 그 뭐, 무슨 청년단인가 하는 놈들과 함께 궐기대회인가 뭔가를 연 모양입네다."

"9구역은 우리 쪽이 상대덕으루 열세인 지역이잖소."

"기렇지요. 여섯 개 수용소 중에 92하고 95만 우리 쪽이고, 나머지 91·93·94·96 모두 반동놈들이 장악하고 있습네다. 그런데, 이 놈들이 어제 벌인 수작은, 우리로서는 좀 의외인 감이 없지 않다는 것입네다."

이학구가 의외라고 한 데에는 그럴 만한 곡절이 있었다.

지난 16일의 95수용소 반공포로 탈출사건은 양쪽 모두, 특히 제9

구역 포로들에게 끼친 심리적 영향이 컸다. 돗드가 역대 수용소장들에 비하면 그런 대로 자기들에게 호의적이라고 보았던 공산포로들은 '역시 초록은 동색이구나' 하는 배신감으로 이를 갈고, 반공포로들은 수용소장이 직접 정문을 열어 동지들을 사지에서 구출하는 장면을 목격하며 열렬히 환호했다.

용기백배한 제9구역 반공포로들은 이 분위기를 살려 비폭력시위로 세력을 과시함과 아울러 도덕성의 우위로 공산포로들에게 심리적 타격을 가한다는 계획을 세웠다. 그와 동시에 다른 구역 동지들과도 연계해 대대적인 반공청년단 총궐기대회를 개최하기로 했다.

17일 아침 9시, 91·93·94·96수용소 반공포로들은 일제히 게양대에 태극기를 올리고 바람에 나부끼는 깃발을 쳐다보며 목이 터져라 '대한민국만세'를 외치고, 이어서 애국가를 봉창했다. 그런 대규모 반공애국행사가 처음인 포로들은 감격에 겨운 나머지 목이 메어 눈물을 흘리지 않는 사람이 없었다.

기세를 올린 반공포로들은 한국군 제31경비대대 병사들의 엄호 아래 반공플래카드를 들고 각 수용소 정문을 빠져나와 제9구역 안을 행진하며 시위에 들어갔다.

"반공만이 살길이다! 공산주의 물러가라!"

"물러가라! 물러가라!"

"한민족의 원수 김일성, 스탈린, 모택동을 타도하자!"

"타도하자! 타도하자!"

"대한민국은 북진통일을 원한다. 우리가 반대하는 휴전회담 중단하라!"

"중단하라! 중단하라!"

친공 반공을 막론하고 포로들이 자체 광장이 아닌 수용소 바깥으로 나와서 그처럼 시위행진을 벌인 것은 처음이기에, 그 충격파는 대단했다.

포로수용소 관리당국은 당황하고 보고를 접한 돗드는 격분했으나, 이미 상황은 복귀명령이 먹혀들 단계를 벗어나 있었다. 초강경책으로 그들의 기를 꺾어 철조망 안으로 도로 몰아넣는 것은 새로운 불온집단을 만드는 서투른 짓일 뿐 아니라, 민족감정에 뿌리를 둔 불평불만이 가슴 밑바닥에 깔려 있는 한국군 경비대를 자극하는 것도 현명한 처사가 아님이 분명했다. 뿐만 아니라, 상대적으로 기가 살아날 공산포로들을 앞으로 다스리는 문제도 설상가상의 어려움이 될 것이 불을 보듯 뻔했다.

"한국군 지휘체계에 차후 엄중히 책임을 묻기로 하고, 일단 더 악화되지만 않도록 대처하라."

마침내 돗드는 이런 어정쩡한 명령을 내리고 말았다.

관리당국보다 더 큰 충격을 받은 것은 역시 92·95수용소 공산포로들이었다. 경비대의 엄중한 압박경계로 철조망 안에 갇혀 나오고 싶어도 한 발짝도 나오지 못할 처지인 그들은 의외의 사태에 벌어진 입을 다물지 못하다가, 시위행렬이 자기네 수용소 앞에 이르자 극렬한 반감과 분노로 돌변했다.

"야, 이 민족반역자들아!"

"퉤! 더러운 미제국주의 앞잽이들! 부끄럽지도 않네?"

"악질 반동놈의 새끼들, 모조리 쳐죽이자!"

공산포로들은 철조망 가에 새카맣게 붙어 발을 동동 구르고 고래고래 고함을 지르며 시위대를 매도했다.

그렇지만 시위대의 반응은 그들의 의표를 찌르고도 남았다. 엄중한 사전지침에 따라 전혀 응대하지 않고 구호를 외치며 행진만 계속했기 때문이었다.

그 무대응 외면작전은 그러리라곤 전혀 생각지도 못했던 상대방을 심리적으로 더욱 자극하는 효과를 가져왔다. 격분한 공산포로들이 급기야 무차별 투석공격을 가하기 시작했다. 그래도 반공포로들은 무시하고 여전히 시위행진만 계속했다. 날아오는 돌에 맞아 피 흘리는 대원이 속출했지만, 선도자의 감시와 주의에 따라 맞서지 않고 계속 앞으로 나아가기만 했다.

그 상황을 오히려 참을 수 없게 된 것은 당사자가 아닌 경비병들이었고, 결정적으로 사고가 터진 곳은 92수용소 앞이었다. 심정적 우군인 시위대가 무차별 투석공격에 심하게 다치고 피를 철철 흘리자, 격분을 참지 못한 나머지 철조망 안의 공산포로들을 향해 기어코 총격을 가하기 시작했다.

당사자들 감정이야 어떻든 간에, 관리당국이나 돗드의 입장에서 그나마 다행인 것은 그날의 인명피해가 중경상자만 30여 명이고 사망자는 한 명도 나오지 않았다는 점이었다.

"그거이 일과성 사건으루다 잠잠해졌다믄 또 모르갔으나, 그 바람이 이곳 수용소 전체로 확산될 분위기인 게 문제인 것입네. 아직까지는 우리가 상대적으로 조직력의 우위를 차지하고 있디만, 놈들은 청년단 단체 결성 이후 국방군 경비대의 비호 아래 세력 확충에 박차를 가해 점점 따라오고 있는 실정이지요. 특별한 대책마련이 시급합네다."

이학구의 부연설명을 들은 박사현이 다시 물었다.

"현재 저쪽과 우리의 세력판도가 정확히 어드케 되오?"

"그것이……."

이학구가 얼른 가늠이 안 되는지 말끝을 흐리자, 이임철이 냉큼 받아 대답했다.

"우선 각 구역별로 말씀드리자믄, 6구역에서는 모두 9개 단위수용소 가운데 60·65·66을 제외한 나머지 6개 수용소를 우리가 장악하고 있고, 7구역은 1개 중공군수용소 말고 6개 가운데 덜반인 3개 수용소가 우리 쪽입네다. 그렇게 보믄 6구역은 우리가 월등하고 7구역은 대등하다고 할 수 있갔으나, 8과 9구역의 경우는 사정이 정반대디요. 8구역의 1개 중공군수용소를 제외한 5개 수용소 중에 우리 쪽은 85·86 두 곳뿐이고, 9구역은 잘 아시다시피 6개 가운데 92·95 두 수용소만 확보하고 있을 뿐이어서 열세를 보이고 있습네다. 하여튼 기러니까, 모두 13대 13으로 호각세를 이루고 있는 셈인데, 조직의 결집력에서는 우리가 월등하다고 보면 되갔습네다."

"그건 너무 아전인수의 낙관적인 해석 아니가? 우리 쪽은 정돈 (停頓)상태에 있는 반면에 적은 맹렬한 기세루다 추격해 오는 형국이니. 그렇디 않소?"

"관점에 따라서는……그렇게도 볼 수 있갔지요."

이학구가 떨떠름한 표정으로 시인했다.

"이런 식으로 계속 나가다 보면 역전당하는 것은 시간문제로군. 그렇게 되믄 거제도해방구 달성은 고사하고, 양키 덕에 빈둥빈둥 잘 먹고 펜히 지내다 송환되는 꼴이 될 것인즉, 조국에 돌아갔을 때 우리 모두 준엄한 책임비판을 어떻게 모면하갔소? 나도 여러분도 총살당하디 않고서리 아오지 탄광이나 시베리아 벌목장에 끌려가믄 그나마 다행이디. 아니 그렇소?"

모두 꿀 먹은 벙어리처럼 대꾸가 없었다. 사무실 안의 공기가 갑자기 얼어붙은 것 같았다.

굳어 있는 얼굴들을 하나하나 쳐다본 박이 긴장된 분위기를 누그러뜨리려는 듯 몸을 조금 움직이고 다소 부드러운 어조로 말을 이었다.

"현재 판문점에서 열리고 있는 휴전회담이 자유송환이냐 강제소환이냐의 여부로 교착상태에 빠져 있고, 그거이 우리 쪽의 지연술책으로 비롯된 것이라는 사실은 동무들도 이미 잘 알고 있을 테지요. 기렇지만, 언제까지 그 방법이 멕혀들어갈 수는 없는 노릇이므로, 우리 쪽 대표단은 국련군 대표에게 송환희망자와 송환거부자를 정확히 심사해서리 알려달라고 요구했다는 겁네다. 기러니까니 이제 곧 놈들 관리당국이 다시금 면회심사를 하려고 덤빌 터인데, 기렇게 되믄 지난번 62수용소 꼴을 또 당하지 않는다고 어떻게 보장하갔어? 조국이 바라고 우리 또한 간절히 바라는 바가 여기서 고생하는 인민전사들 모두, 단 한 명의 이탈자도 없이 북으로 가는 거인데, 그러기 위해서는 모든 조직을 가동해 전원송환희망 캠페인을 전개하고 놈들의 면회심사 기도를 원천봉쇄하는 것이 최상의 방법이오. 아니, 그것밖에 방법이 없단 말입메. 따라서, 교양교육과 전투태세를 곱절 강화하도록 각 수용소에 하달해야 되갔소."

세 사람은 고개를 끄덕이거나 눈을 끔벅이며 듣고 있었다. 지도총책의 의견은 곧 최고사령부의 뜻이었다. 이론이 있을 수 없었다.

"그리구 이건 극비 중의 극비지령이오. 여기 있는 우리 네 사람 외에는 당분간 누구도 절대 알아선 안 됩네다. 각별 명심하기오. 뭐냐 하면⋯⋯."

시선을 떨구고 있던 세 사람이 바짝 긴장해서 약속이나 한 듯 고개를 들어 박의 입을 쳐다보았다.

"수용소 안에 들어오는 미군 관리당국자, 국방군 간부, 남반부 정부관리를 막론하고, 그 가운데 가급덕 거물급을 납치감금해서 협상의 제물로 삼아 처우개선을 자체 해결할 것. 난 어느 지령보다 이것에 눈이 번쩍 뜨였는데, 동무들 생각은 어떻소?"

눈이 번쩍 뜨인 것은 비단 박사현뿐이 아니었다. 그 말을 듣는 세 사람 모두 깜짝 놀라 서로를 돌아보았다.

3

　포로송환 문제를 놓고 판문점에서 팽팽한 신경전이 벌어짐에 따라, 거제도 포로수용소에서도 개인희망에 따른 자유송환을 요구하는 반공포로와 일괄강제송환을 주장하는 공산포로 간의 시위경쟁과 물리적 충돌이 거의 매일같이 발생했다.

　시위경쟁은 날이 밝으면서부터 이른바 '기탑경쟁(旗塔競爭)'이라는 희한한 기세싸움으로 시작되곤 했다.

　아침에 자고 일어났을 때 태극기를 게양한 반공수용소 깃봉과 인공기를 게양한 공산수용소 깃봉 중에 어느 쪽이 높은가에 따라 한쪽은 득의의 함성이 커지고 다른 쪽은 분노의 탄식이 터져나오는 판이었다. 그러다 보니 더 기다란 깃봉을 장만하느라 혈안이 되고, 깃봉 자체로는 한계가 있으니까 이번에는 그 깃봉을 지지하는 기탑을 한밤중의 작업으로 높게 개조하는 어처구니없는 상황이 벌어졌다.

　그러다가 한쪽이 애국가와 반공청년단가로써 기세를 올리면 다른 쪽은 인공애국가와 적기가로 대응하고, 거기서 더 발전되면 투석전이 시작되는 것이 수순이었다. 이런 일상들은 치열한 사상적 대립에서 오는 경쟁의식이 아니라 이미 소일거리의 하나일뿐이었다.

　포로문제의 뜨거운 쟁점이 판문점 협상테이블과 거제도 포로수용소에서 폭죽의 불꽃처럼 계속해서 요란하게 터질 무렵, 유엔군총사령부는 결국 양쪽 주장이 절충된 선에서 타결될 것이라는 예상 아래 유엔군 관리하에 있는 포로들을 처리하기 위한 3단계 작전을 마련했다.

　작전암호명을 '스캐터(Scatter)'로 한 제1단계는 면회를 통한 분류심사로써 송환거부자와 희망자를 정확히 파악해 구분하고, 작전암호명 '스프렛아웃(Spreadout)'의 제2단계는 이들을 완전히 격리수용하며, 작전암호명 '브레이컵(Breakup)'의 제3단계는 반항적이고 투쟁적인 공산포로들을 송환단계까지 관리하기 쉽도록 수백 명 단위의 작은 수용소로 분산시켜 수용한다는 내용이었다.

제1단계 스캐터 계획에 따라 거제도 포로수용소가 면회심사의 회오리에 휩싸인 것은 1952년 4월에 접어들어서였다.

어느 날 아침나절, 포로들은 방송 스피커에서 울려나오는 남자 아나운서의 목소리에 갑자기 정신이 번쩍 들었다.

"이제부터 북한당국이 모든 포로들에게 전하는 사면성명(赦免聲明)을 발표하겠습니다. 이 사면성명 발표는 현재 판문점에서 진행되고 있는 포로송환 협상과 관련하여 유엔군 대표와 공산군 대표가 합의한 바에 따른 것으로서, 여러분의 의사결정에 도움을 주기 위한 조치이며……."

포로들이 하나같이 긴장해서 귀를 쫑긋 세우고 듣는 동안, 사면성명 방송의 취지와 경위를 설명한 아나운서는 사면성명 자체의 내용을 발표하기 시작했다.

'친애하는 인민해방전사 여러분'으로 시작된 그 장황한 성명의 요지는 포로가 되었다고 해서 빛나는 전공(戰功)이 없어지지는 않으며, 과오를 묻지 않고 특진을 보장할 테니 안심하고 조국의 품으로 돌아오라는 것이었다.

사면성명 방송이 끝나자마자 공산포로들은 손뼉을 치고 환성을 지르며 기뻐했으나, 반공포로들은 주먹을 불끈 쥐며 으르렁거렸다.

"누가 그런 거짓말에 속아 넘어갈 줄 알고. 미친놈들!"

"아니, 이따위 성명인지 뭔지를 방송에 내보내는 놈들은 어떻게 된 거야."

"혹시 빨갱이 프락치가 방송실으 습격해 장난치는 거 아임둥?"

그러나, 문제의 사면성명에 뒤이어 면회심사 실시와 관련한 유엔군총사령관 담화란 것이 스피커에서 흘러나오자, 반공포로들은 벌어진 입을 다물 수가 없었다.

"……모든 전쟁포로는 다음 며칠 동안 개별면회심사를 받게 된다. 심사는 북한인민군이나 중공의용군에 송환되기를 원하는 포로가 누구며 송환을 거부할 수밖에 없는 절박한 이유를 가진 포로가 누구인가를 결정하기 위한 것이다. 이 결정은 상호간 포로송환을 촉진하는 데 도움이 될 것이다. 면담에서 여러분이 내리는 결정은 일생을 좌우하는 가장 중대한 선택이 될지 모른다는 사실을 상기하기 바라며, 여러분은 심사숙고하여 스스로 판단을 내려야 한다. 또한, 자신의 안전을 위해 누구와도 의논해서는 안 되고, 면담에 앞서 타인에게 자기 결정을 이야기해서도 안 된다. 송환을 원하는 포로에게는 유엔군총사령부가 적극적이고 호의적인 편의를 제공하겠지만, 송환을 거부하는 포로의 운명에 관해서는 유엔군총사령부가 어떤 보장도 해줄 수 없다. 따라서, 확고하게 송환을 거부하는 포로는 그러한 결정을 내리기 전에 가족에게 미칠 영향을 고려하지 않으면 안 된다. 가족들은 북한당국의 통보로 여러분이 포로가 되었다는 사실을 이미 알고 있다. 만일 여러분이 귀환하지 않으면 공산주의자들은 필경 여러분의 가족을 의심스럽게 생각할 것이며, 여러분은 사랑하는 가족을 영영 다시 못 보게 될지도 모른다는 점을 염두에 두지 않으면 안 된다. 끝내 송환을 거부하는 포로들은 틀림없이 장기간 이곳 거제도에 억류되며, 유엔군총사령부로서도 언제까지나 숙식을 제공할 수 없을 뿐 아니라 장래에 대한 어떤 약속도 해 줄 수 없다. 또한, 원하는 곳에 보내주겠다고 보장할 입장도 아니고 보장하지도 않을 것이다. 이것은 여러분이 가장 심사숙고하지 않으면 안 될 문제다. 이번 심사는 송환희망자와 거부자의 명단을 작성하기 위해 수용소별로 실시하며, 이삼일 내에 각 정문 앞에 면회심사장이 설치되어 비무장의 유엔군 소속 문관(文官)과 미국군 헌병이 심사를 실시할 것이다. 심사결과에 따라 송환희망자와 거부자를 분리 수용할 것인바, 각자 소지품을 갖추어 면담에 응하기 바란다. 개별심사가 끝나면, 각자의 결정에 따라 여러분은 현재의 수용소에 남거나 다른 수용소로 즉각 옮겨가게 될 것이다. 심사가 진행될 때까지 여러분은 수용소 내에서 질서와 정숙을 지켜주기 바란다."

북한의 성명과 유엔군총사령관의 담화는 포로수용소 안에 폭발적인 파문을 불러일으켰다. 공산포로들은 당장에라도 이북에 돌아갈 것처럼 들떠서 환호하는 반면, 반공포로들은 실망과 분노로 어쩔 줄을 몰랐고, 세상을 저주하며 펑펑 우는 사람도 있었다.

반공포로들이 특히 충격을 받은 것은 유엔군 당국이 자기들을 지지하고 옹호하기커녕 송환을 노골적으로 강요하는 듯한 태도를 보이기 때문이었다. 그 성명에는 골치아픈 존재인 포로들을 가능한 한 공산측 요구대로 돌려보내고 전쟁을 빨리 종결지으려는 희망과 의지가 역력히 드러나 있었다.

그들은 심한 배신감마저 느끼며, 표류하는 난파선에 타고 있는 것이나 다름없는 절망적인 자기 처지를 실감하고 두려움에 몸을 떨었다.

비상사태에 충격을 받은 반공청년단은 곧 중앙단회의를 소집하고, 산하 12개 지부단더러 그날 밤 안으로 모의심사를 실시하도록 긴급지시를 하달했다. 면담심사가 임박한만큼 사전에 송환희망자와 거부자를 파악해 대책을 세우기 위해서였다.

중앙단의 지시에 따라 73수용소에서도 모의심사 준비를 서두르기 시작했다.

반공청년단 간부회의를 소집한 73지부단장 백응태는 침통한 표정으로 입을 열었다.

"항간에 '미국놈을 믿디 마라, 소련놈에 속디 마라'는 말이 파다한 것처럼, 이제 우리가 기냥 끌려가기만 해서는 안 되갔고, 어드런 수단으로든 자위책을 강구하지 않을 수 없게 되었습네다. 여차하면 빨갱이놈들이 아니라 우리 반공청년단이 철조망을 먼저 부수고 탈출하는, 아니, 탈출하지 않으면 안 되는 사태를 맞이할지도 모르갔오. 그래서 중앙단회의에서는 유사시에 즉각 움직일 수 있는 행동부대를 편성하자는 제안까지 나왔디요. 어쨌든 발등에 떨어진 불똥은 분류심사니까니, 오늘밤 안으로 모의심사를 끝내서 북에 갈 사람 안 갈 사람을 가려야갔소. 중앙단의 지시사항은 세 가집네다. 우선 북송을 원하디 않는 대원은 먹물로 팔에 '반공' 문신을 새길 것, 지금까지 조사해서 파악하고 있는 악질 빨갱이는 오늘 밤 안으로 척결할 것, 모의심사 결과 송환을 원하는 자도 모든 수단을 다 해서리 설득하고 회유하되, 50세 이상과 16세 미만인 사람한테는 가혹한 방법을 쓰지 말 것. 그리구 또 하나, 이번 모의심사는 한 사람이라도 더 자유대한민국에 남도록 붙들자는 거이 목적이지만서두, 숨어 있는 빨갱이를 색출할 절호의 기회라는 사실을 명심하기 바랍네다. 이상입네다."

지부단장 백응태는 이십대 새파란 나이인데도 반공청년단 창설 주역으로서 최고간부회의 의원 11인 중의 한 사람인 동시에 중앙단 집행부의 연락부장 요직을 맡은 열혈청년이고, 73수용소 여단장 김낙선은 중년의 나이지만 반공청년단 조직에서는 부지부단장을 맡고 있었다.

백 지부단장은 모의심사 준비를 서두르기 위해 회의를 짧게 끝냈다.

　심사방법은 각 포로에게 작은 백지 한 장씩 나눠주어 송환을 희망하는 사람은 '북'이라 적고 희망하지 않는 사람은 '남'이라고 적도록 하되, 두려움 없이 솔직하게 적도록 비밀을 보장하기 위해 무기명으로 한다는 것이었다.

　그러나, 사실은 이 백지에 소금물을 붓으로 찍어 쓴 일련번호가 비밀리에 적혀 있었다. 포로명부의 명단 순번과 일치하는 번호였다. 물기가 말라서 육안으로는 보이지 않지만 불에 쬐면 소금물 자국이 나타나게 되며, 따라서 그 번호와 명부를 대조하면 누가 이북 송환을 희망하고 누가 이남 잔류를 원하는지 알 수 있었다.

　모의심사는 각 소대 막사별로 실시했다.

　문맹자를 위해 칠판이나 커다란 백지에 '남'과 '북'을 크게 써서 보여주고 심사용지를 배부한 다음, 소대장이 훈시를 했다.

　"이건 북송을 원하거나 이남에 남으려는 대원이 각각 얼마나 되는지 숫자를 파악하려는 통계조사니까, 크게 신경쓸 거 없어요. 자기 이름을 쓰지 않고 글자 하나만 적는 거니까, 누가 무슨 자를 썼는지 남이 어찌 알겠소. 그러니까 자기 원하는 바에 따라 기탄없이 솔직히 적어요. 다만, 이거 한 가지는 분명히 말해 두겠소. 사면성명을 믿고 북에 돌아간들 말처럼 진짜 환영하며 편하게 살도록 놈들이 내버려둘 것 같아요? 공산당이 거짓말 밥먹듯한다는 거야 여러분이 누구보다 잘 알지 않소? 그러니까 자유로운 남한에서 행복하게 살다가 때가 되어 통일이 이루어지면, 그때 고향에도 가고 가족도 만나보고 하는 것이 좋을 겁니다. 물론 이건 내 개인적인 생각이고 참고로 하라는 뜻이니, 각자 냉정하고 진실한 마음으로 잘 판단해서 적으세요."

　그렇게 해서 작성된 모의심사 용지는 중대별로 분석작업을 하고, 그 결과가 즉시 지부단에 보고되었다.

　모의심사 작성이 끝나갈 즈음, 감찰막사에서는 빨갱이 척결작업이 시작되어 몽둥이로 때리는 소리와 비명과 신음소리가 끊임없이 새어나와 듣는 이의 등골이 오싹할 지경이었다. 허나 이제 그런 소리들은 지저귀는 새소리만큼이나 평범해졌을 뿐이었다.

　한편으로 각 막사에서는 팔에 문신을 새겨 넣느라 부산스러웠다. 바늘 끝에 실을 감아 먹을 묻히고 ‘반공’이란 글자 획대로 콕콕 찔러서 먹이 피를 통해 피부 속에 스며들어가게 하는 원시적인 방법이었다. 반공청년단 단원은 말할 것 없고, 일반포로로서 모의용지에는 ‘북’이라고 쓰고도 다른 사람의 눈치가 무서워 울며겨자먹기로 문신을 새기는 사람도 없지 않았다.

　여단 전체의 모의심사 통계가 끝난 것은 이튿날 아침이었다. 거의 철야작업으로 강행군한 결과였다.

　종합된 통계결과를 종합분석하기 위해 열린 지부단 간부회의는 분위기가 무겁게 가라앉았고, 잠을 거의 자지 못해 눈이 충혈된 간부들의 표정은 어둡기 그지없었다.

　지부단장 백응태는 송형걸 비서가 건네준 분석표를 보며 침통한 목소리로 입을 열었다.

　“기럼 우리 수용소의 모의심사 결과를 발표하갔습네다. 우리 73의 현재원이 모두 7159명인데, 송환희망 977명, 거부 6182명으로서 대체로 1대 6 비율이고, 반공청년단 단원은 1244명 중에 희망 75명, 거부 1169명으로 나왔습네다. 비단원은 5,915명 가운데 희망 902명, 거부 5013명. 그런데 말입메. 비단원의 경우는 어느 정도 예상했디만서두, 우리 반공청년단에서 75명이나 북송을 원하는 것으루 나왔으니, 이게 어드렇게 된 겁네까?”

　백 지부단장은 말을 끊고 좌중을 둘러보았다.

모두 묵묵부답인 가운데, 감찰조장이면서 반공청년단 지부단 조장이기도 한 윤석규가 입을 열었다.

"그 75명은 반공포로로 위장하고서리 우리 청년단에 위장입단한 빨갱이 프락치라고 생각합네다. 어젯밤에 척결한 놈들과 마찬가지로 처리하갔습네다."

평소 말이 없는 석규가 얼굴색 하나 변하지 않고 냉혹한 소리를 하자, 모두들 의아한지 그의 얼굴을 쳐다보았다. 그들은 이상한 광기로 번들거리는 그의 눈빛에 모두 가슴이 뜨끔했다.

여단장이며 부지부단장인 김낙선이 중년의 연륜답게 신중론을 내놓았다.

"윤 조장이 너무 과격한 말을 하는데, 그건 그리 성급하게 단정할 문제가 아니오. 나이가 많거나 미성년자라서 인정에 흔들린 건지도 모르는 겁네다. 그런 점을 감안해 중앙단회의에서도 나이 많은 사람과 어린애에게는 너무 심하게 다루지 말고 관용을 보이라고 했소. 그러니까니 빨갱이는 철저하게 가리되, 연장자와 미성년자한테는 융통성을 발휘해야 됩네다."

"부지부단장님 말씀이 옳소. 기렇게 하기로 하고, 우리 단원으로서 송환을 희망하는 자들의 신상을 철저히 파악해 입단보증인과 함께 별도명부를 작성하도록 합시다. 기렇게 해서 보증인으로 하여금 설득작업을 벌이게 하고, 그래도 마음을 바꾸디 않으믄 그땐 좀 심하게 다루더라도 하는 수 없갔지요."

백 지부단장이 결론 비슷하게 말하자, 석규가 또 문제제기를 했다.

"기럼 반공청년단 아닌 일반포로 중의 송환희망자들은 어드케 합네까?"

그래서 다시 말들이 오가고, 일반송환희망자들 역시 한곳에 집결시켜 반공교육을 실시해 가능한 한 숫자를 줄인다는 방침이 정해졌다.

73수용소와 마찬가지로 반공청년단 지부단이 결성되어 있는 각 단위수용소에서는 한 차례 피바람이 휩쓸며 지나가고 있었다.

감찰막사 안에는 그날따라 땀냄새와 피냄새와 거친 호흡이 버무려진, 한마디로 말해 인간의 원초적 야성이 발산하는 뜨겁고 짙은 비릿한 냄새가 가득히 소용돌이치고 있었다.

"네 이 새끼, 기왕에 맞아둑을 거 솔딕히 대답하라우. 네 공산당 프락치디?"

"아니오. 절대 아닙니다."

"거짓부렁 마. 반공청년단이 어더케 움딕이고 있나 염탐하러 위장잠입한 공닥원 아니가?"

"절대 그렇지 않습니다. 난 빨갱이라면 누구보다 치가 떨리는 사람입이오. 제발 믿어 주시오."

"피곤해서 좀 쉬려고 했더니 안 되갔구만."

상체가 러닝셔츠 차림에다 땀이 번질번질한 감찰대원은 할 수 없다는 듯 동료 한 사람과 더불어 몽둥이를 들고 결박되어 꿇어앉은 포로를 내려치며 패기 시작했다. 어깨, 등, 다리 할 것 없이 그야말로 무차별 난타였다. 한 치의 망설임도 없었다.

피의자는 처음에 몽둥이가 자기 몸에 작열하는 순간마다 개구리처럼 펄쩍 뛰어오르며 비명을 질러댔으나, 차츰 꿈틀거림과 신음으로 반응이 약해지다가 나중에는 움직임도 소리도 없는 한낱 피범벅 고깃덩이로 변해 갔다.

"새끼, 그 덩도 맞고서……. 약골이로군."

감찰대원은 싱겁다는 듯 몽둥이를 집어던지고, 기절한 피의자를 질질 끌어다 구석 쪽으로 치웠다. 그렇게 반죽음이 되거나 아예 절명한 피의자가 이미 대여섯 명이나 널브러져 있었다.

심문책임자로서 책상너머에 앉아 차가운 눈빛으로 지켜보던 석규는 슬며시 일어나 밖으로 나왔다. 혼탁한 피비린 열기에 숨이 막힐 것 같아서였다. 고개를 젖히고 심호흡을 했다. 뭔가 신선한 기운이 몸속을 퍼져 가는 듯한 느낌이었다.

깜깜한 하늘에는 별이 유난히 총총하고, 바람 한 점 없이 대기는 부드럽게 가라앉아 있었다. 그렇게 봄날의 밤은 세상만사와는 상관없이 고즈넉하고 포근하기 그지없고, 지상의 모든 것들은 그 평화로움 속에 깊이 잠들어 있었다.

그런데도 유독 포로수용소만 그 평화를 처참하게 흠집내며 몸부림치고 꿈틀거리고 있었다.

내가 지금 무슨 짓을 하고 있는 건가. 석규는 담배를 피워 물고 자신에게 물어보았다. 의식의 바닥에 항상 얇게 깔려 있으면서 시도 때도 없이 모락모락 피어오르는 자기회의였다.

저 대원들이 진짜 공산당 공작원일까. 아니면 공연히 억울한 매를 맞고 있는 걸까. 아니, 그 어느 쪽이든 나한테 저들을 짐승처럼 죽도록 두들겨팰 자격이, 권리가 있단 말인가.

그러나 자책감이나 동정심 따위는 이미 버린지 오래였다. 죽어가는 사람이나 죽은 몸뚱아리들은 더이상 마음의 동요를 일으키지 못했다. 이미 일상사일 뿐이다.

가만히 생각해 보면 자기가 어쩐지 변한 것 같았다. 그런 생각이 든 것이 처음도 아니었다. 어쩌다 거울 속의 자기를 바라봐도 어딘지 모르게 자기 얼굴 같지 않은 데가 있었다. 마주 바라보는 얼굴은 웃음을 잃어버린, 저승사자처럼 냉혹하고 고집스러운 남자의 모습이었다.

내가 어쩌다 이렇게 변했나 싶다가도, 다음 순간 애써 그 갈등의 싹을 스스로 짓밟아 뭉개버리는 석규였다.

이건 내 탓이 아니다. 받은 만큼 돌려주려는 것일 뿐이야. 이미 나와 세상을 연결시켜주는 것은 아무것도 없어. 난 가진 것을 모두 잃었어. 놈들이 이렇게 만든 거다. 지랄 같은 놈의 전쟁이, 이 세상이 날 이렇게 만든 거라고.

또 다시 치밀어 오르는 이 혐오감! 자신을 둘러싼 모든 것이 징그러울만큼 증오스러웠다.

그러다 보면 어김없이, 마치 구원의 수단인 것처럼 떠올리게 되는 것이 조양숙의 얼굴이었다.

73수용소로 온 뒤로 그녀의 얼굴을 본 적이 불과 서너 번에 불과했다. 북송희망자를 가리기 위한 면회심사 소동 이후로는 한 번도 만나지 못했다. 그가 두 번이나 어렵게 기회를 만들어 병원에 찾아갔어도 공교롭게 그녀가 자리에 없었을 뿐 아니라, 그 후에는 급박하게 돌아가는 북한송환 움직임에 대비한 반공청년단 차원의 대책 활동이 빠르게 진행된 바람에 청년단 기간조직원인 그로서는 한가할 겨를이 없었기 때문이었다.

석규는 양숙이 북송을 희망하는지 어떤지 모르고 있었다. 어쩌다 보니 그동안 그 문제를 정식으로 물어볼 기회가 없었다. 그녀 입으로 조선민주주의인민공화국을 신봉한다고 한 적은 있지만, 사상적으로 그렇다는 것과 남한에 있는 부모형제 모두 버리고 사고무친한 북한에 가서 산다는 것은 다른 문제인 것이다. 남한의용군 출신들 중에 똑똑하고 학력이 높은 자일수록 공산주의 사상이 투철하고 북한 송환을 강력히 희망하는 경향이 있지만, 석규가 판단하기에 양숙은 그럴 정도의 골수 공산주의자는 아니었다. 그렇게 믿고 싶었고, 믿어마지 않았다.

그런데도 만일 그녀가 북한송환을 희망한다면?

석규는 생각만 해도 견딜 수 없었다. 당장이라도 철조망을 넘어 병원으로 달려가, 아니면 여자포로수용소에 찾아가서 본인의 의중을 확인하고 싶었다. 그래서 북한에 가겠다면 밤을 새더라도 설득해 마음을 돌려놓아야 했다. 열일을 젖혀 놓고라도, 어떤 방법을 쓰던지 조만간 병원에 한 번 다녀와야겠다고 결심을 다졌다.

그는 심호흡을 하며 하늘을 쳐다보았다.

별똥별 하나가 파란 꼬리를 끌며 북쪽 하늘에서 떨어졌다. 그 별똥별의 작은 돌멩이 하나가 어쩌면 평남 성천 자기 고향마을에 떨어질지도 모른다는 생각을 문득 떠올리다가, 다음 순간 자신의 그런 치졸한 감상주의에 화가 치밀었다.

어느덧 다 타버린 꽁초를 던져버리고는 목 속에 달라붙어 있는 가래를, 그와 함께 뭔지 모를 불쾌하고 끈적끈적한 무엇을 함께 끌어올려 칵 뱉었다. 그런 다음, 다시 막사에 들어갔다.

그 사이 중년의 피의자가 새로 끌려와 바닥에 꿇어앉아 있었다. 이미 한 차례 얻어맞았는지 왼쪽 눈두덩에 피멍이 들고, 부어오른 입술에서 피가 흐르고 있었다.

자리로 돌아가 앉은 석규는 그를 불러다 책상너머 의자에 앉게 했다. 직접 심문하기 위해서였다.

“우리도 이렇게 하는 거 원티 않아. 어쩔 수 없어서 하는 게야. 같은 포로신세에 같이 고생하면서 이럴 필요가 뭐이가. 그러니까니 당당하고 솔딕하게 대답하라우. 남자답게시리.”

석규가 냉정하지만 이성적인 태도로 말하자, 피의자는 말이 통하겠구나 싶은지 눈물을 짜면서 필사적으로 매달렸다.

“전 정말 사실대로 말하는 겁니다. 열 번을 죽었다 다시 살아나도 공산당이 아닙니다, 조장님. 제가 반공청년단에 가입한 후 활동한 내용을 제발 조사해 주십시오. 어디 한 번이라도 의심받을 만한 구석이 있었는지 말입니다.”

“그럴 시간이 어디 있네. 그런데도 와 니북으로 가려고 핸?”

“제 고향은 황해도 금천인데, 제가 보충병으로 강제입대할 때 몸이 쇠약한 마누라가 만삭이었습니다. 자식으로 남매가 있구요. 이들이 지금 어떻게 살아가고 있을까, 전쟁통에 굶어죽지나 않았을까 생각하면 가슴이 미어지고 밤에 잠도 오지 않습니다. 제가 돌아가서, 제 자식들을 보살펴야 하지 않겠습니까? 공산당을 미워하는 것과 이건 다른 문젭니다. 조장님도 북에 가족이 있을 테니, 이 심정을 이해하실 겁니다.”

난 가족이 없어.

석규는 순간적으로 이렇게 쏘아붙이려다가 말았다. 이미 이 세상 사람이 아닌 부모의 존재가 그 포로의 간절한 소망을 짓밟는 근거로 비쳐지는 것이 무조건 싫어서였다.

“가족 없는 사람이 어디 있간. 그런데도 다 당신처럼은 안 돌아가디 않네? 북에 돌아가 봤자 당신이 어드런 대우를 받고 어드렇게 살아가게 될 건지는 상상하기 어렵지 않을 게야. 오히려 당신 때문에 가족들이 더 곤란한 처지에 빠지게 될지도 모르디. 군인이 개인적 생각, 개인적 사정에 연연해선 안 되듯이, 이미 반공청년단에 가입한 이상 단원 신분인 당신도 조직의 순리에 따라 단체와 운명을 같이 해야 하는 거 아니갔어? 이렇게까지 말하는데도 기어이 북으로 가갔다고 고집한다믄, 자기 입으루 ‘내래 공산당 프락치다’ 하고 밝히는 걸로 간주하갔어. 잘 생각하라우.”

“아닙니다. 제 말을 왜 이해 못하십니까? 저는…….”

“닥쳐! 기렇게 북송을 원하믄서 팔뚝에 문신은 와 새겼네?”

"겁이 나서 새겼습니다. 다른 사람 눈이 무서워서 그랬습니다. 조장님, 제발!"

"안 되갔구만. 데려가라우."

석규는 순간적으로 울컥 치받치는 혐오감과 분노에 그만 소리치고 말았다.

평소의 태도나 석규하고는 영 딴판인 긴 대화와 온정적 태도에 내심 의아해하던 감찰대원들은 '그럼 그렇지' 하는 표정으로 다가와 마치 도살할 돼지를 끌고 가듯 피의자를 끌고 갔다. 중년의 포로는 울부짖고 버둥거리며 석규를 돌아보았으나, 이미 그는 바늘끝 하나 들어갈 것 같지 않은 평소의 얼굴과 분위기로 돌아가 있었다.

중년의 포로가 몽둥이세례에 죽어 가는 소리를 지르고 있을 때, 다음 피의자가 끌려 들어왔다. 아직 애티가 가시지 않은 소년이었다. 소년중대 대원이었다.

소년은 막사 안의 살벌한 분위기를 보고 금방 얼굴이 하얗게 질려 부들부들 떨었다.

"이름이 뭐이가?"

석규가 책상 앞에 불러 앉히고 물었다.

"기, 김승택이요."

"고향이 어덴?"

"가, 강원도 통천입니다."

"이 자식아, 떨디 말고, 더듬거리디 말고 대답하라우."

"넷!"

소년은 흠칫하며 자세를 곤추세웠다.

"너 반공청년단에 가입도 하고 팔에 문신도 새겼으믄서 와 니북에 가겠다고 하네?"

"어머니가 부르셔서……."

“뭐가 어드래?”

“날마다 꿈에 나타나선 ‘승택아, 빨리 돌아오너라’ 하고, 울면서 자꾸 부르는걸요. 낮엔 괜찮지만, 잠자리에 눕기만 하면 괴롭고 걱정이 되고……. 전 공산당이 좋아서 집에 돌아가려는 건 절대 아닙니다. 믿어 주세요.”

“피란은 네 혼자 나왔네?”

“아뇨. 아버지랑 같이 오다가 아버질 잃어버렸어요.”

“그럼 네 아바이 이남에 계시갔구나. 석방되어 아바이부터 찾아야 할 거 아니갔어?”

“아버진 절 잃어버리고선 집으로 돌아가 계실 겁니다.”

“이 자식아, 무슨 근거루 그렇게 장담하네?”

“꿈에 어머니랑 아버지가 같이 계셨어요. 아버지도 그렇게 말씀하시고…….”

“아버지가 꿈에 그렇게 말했어? 집으로 돌아갔다고?”

“네.”

감찰대원들 중에서 실소가 터져나왔으나, 석규는 웃지 않았다. 웃을 수가 없었다. 조금 흐트러지던 분위기가 그의 태도에 따라 금방 경색되었다.

“조장님, 전 공산당이 싫고 미워요. 앞으로도 영영 그럴 겁니다. 정말입니다. 하지만 어머니가 보고 싶어 죽겠어요. 집에 돌아갈 수 있도록 허락해 주세요. 네? 제발 부탁입니다.”

소년은 울음 섞인 소리로 간절히 애원했다. 죽음이 두려워도 결코 거두어 들일 수 없는, 어머니를 향한 그리움이 그의 두 눈에 절절히 배어있었다.

뭔가 뜨거운 열기가 차올라와 석규의 가슴속을 꽉 채웠다. 슬픔 같기도 하고 분노 같기도 한, 자신도 분간하기 어려운 감정이었다.

소년의 애소가 어쩐지 자기를 빗대어 하는 소리 같았다. 왜 그런 느낌이 드는지는 자신도 알 수 없었다. 그는 멍한 시선으로 창밖을 내다보았다. 밤의 어둠이 유리창에 새까맣게 달라붙어 그를 지켜보고 있었다.

석규가 한참 동안 말이 없자, 감찰대원 하나가 조심스럽게 소년을 어떻게 처리할지 물었다.

석규는 시선을 여전히 창밖으로 향한 채 작은 소리로 분명히 말했다.

"막사로 돌려보내라우. 기냥."

또 하나의 전쟁

1

그 봄날 오후, 제6구역 64수용소 앞에서 벌어진 사건은 거제도 포로수용소 개설에서 폐쇄까지 통틀어 전무후무한 사건이었다.

오후 2시가 조금 지났을 무렵, 드문드문한 행인들 속에 계급장도 없는 한국군 군복차림에 작업모를 쓴 후줄근한 차림새의 청년 하나가 양쪽 겨드랑이에 목발을 끼고 신작로 쪽에서 상동리 쪽으로 한길을 따라 천천히 걸어 올라오고 있었다. 청년은 왼다리가 번정다리인데다 술에 약간 취해서 걸음걸이가 상당히 위태로워 보였다.

길 양쪽의 포로수용소 철조망 안쪽 언저리에서 서성거리고 있던 포로들의 눈에 그 모습은 사실 이색적인 구경거리였다.

"저 친구 국방군 상이병이잖아."

"그렇군. 다리병신이 되어 집에 돌아왔나 보네 뭐."

"우리도 우리지만, 쟤도 이 지랄 같은 전쟁 때문에 신세 왕창 조졌군. 쯧쯧!"

포로들은 약간의 안쓰러움까지 담긴 호기심으로 수군거렸는데, 청년이 64수용소 앞을 지날 때 짓궂은 포로 하나가 장난말을 툭 던진 것이 발단이었다.

"어이, 국방군 상이병! 어디서 어쩌다 그 꼴이 됐냐?"

순간, 우뚝 걸음을 멈춘 청년이 소리 난 쪽을 후딱 쳐다보았다. 술기운으로 다소 풀어져 있던 눈빛이 동물적인 분노로 사납게 변했다. 그의 입에서 욕설이 튀어나왔다.

"우떤 새끼고!"

"뭐라고?"

"나 춘천전투에서 네 같은 인민군놈들 쐬죽이다가 다쳤다 와."

"아니, 저 자식이……."

말을 건 당사자뿐 아니라 주위의 포로들도 어안이 벙벙해진 가운데, 청년은 아예 작정한 듯 오른쪽 목발을 왼쪽 겨드랑이로 옮겨 모으고는 자유로워진 오른손으로 삿대질까지 하며 큰 소리로 외쳤다.

"야, 이 뺄개이 새끼들아! 여어가 이북인 줄 아나? 그따우 사진 붙여놓고 지랄들 하고 자빠졌거로. 그라고 거기 뭐락고 써 놨노. 뭐 우째? 우리 민족의 영명한 영도자이시며 조선인민군 최고사령관이신 김일성 장군 만세? 하하하! 웃기지 마라. 영명한 지도자 좋아하네. 개새끼락해라."

"아니, 저, 저놈이!"

"또 그 콧수염 붙인 놈은 뭐꼬. 전세계 약소민족의 해방자이시며 조선민족의 친근한 벗인 위대한 쓰따린 대원수 만세? 에라, 이 쓸개빠진 놈들아! 쓰따린 대원수? 김일성이하고 똑같은 개새끼다."

"저놈 죽여라!"

"죽여라!"

자기들한테는 신격화되어 있는 지도자에게 그토록 상스럽고 험한 욕설을 하는 데 분격한 포로들은 일제히 외치며 돌멩이를 집어 던지기 시작했다.

그런데, 그에 대한 청년의 대응태도는 상식을 벗어난 것이었다. 다른 행인들이 질겁해서 줄행랑을 치는데도 청년은 그 자리에 버티고 서서 오른팔을 기역자로 쳐들어 얼굴을 가리며 여전히 욕설로 대항하고 있었다.

그러나, 그 정도로써 우박처럼 날아오는 돌세례로부터 자신을 보호할 수 있을 리 없었다. 무수한 돌멩이는 무방비 상태인 청년의 몸을 무자비하게 두들겨대고, 비틀거리면서도 자세를 가누려고 애쓰는 청년은 금방 피투성이가 되었다.

그때였다.

가까운 초소에서 처음부터 그 광경을 지켜보던 한국군 경비병 두 명이 별안간 득달같이 달려오며 포로들을 향해 조준사격을 가하기 시작했다. 마치 전투현장에서 위기에 빠진 전우 구출에 뛰어든 것처럼 병사들의 얼굴은 분노와 결의에 차 있었다.

동료들이 총상을 입고 픽픽 쓰러지는 바람에 포로들은 주춤했으나, 다수에 의한 군중심리는 곧 야수적인 분노로 돌변하고 말았다. 그들은 날아오는 총탄을 겁내지 않고 아우성치며 병사들을 향해서도 돌멩이를 던지기 시작했다. 사태가 의외의 방향으로 걷잡을 수 없이 확대되고 만 것이다.

한국군 제32경비대대 병력이 트럭을 타고 출동한 것은 5분이나 지났을까 해서였다. 극렬하던 포로들도 그제야 사태의 심각성을 깨닫고는 어느 정도 이성을 되찾아 저만치 물러나서 삿대질과 욕설로 태도를 바꾸었다.

출동할 때만 해도 이틀이 멀다 하고 일어나는 단순소요 정도로 가볍게 생각했던 경비병들은 피투성이가 되어 쓰러져 있는 상이병을 발견하자 깜짝 놀랐고, 초소경비병의 설명을 듣고는 눈들이 뒤집혔다.

"저 빨갱이새끼들!"

"모조리 쏴죽여!"

그나마 지휘장교가 냉정을 잃지 않고 부하들을 재빨리 강력하게 제어했기 망정이지, 하마터면 대형 참사가 벌어질 뻔했다.

상이병이 지휘장교의 지프에 실려 제64야전병원으로 후송될 즈음, 뒤늦게 미군 경비대와 앰뷸런스가 도착했다.

미군 경비장교와 포로대표가 한동안 설전에 가까운 협상을 벌인 끝에 포로 사상자들도 앰뷸런스에 실려 역시 야전병원으로 후송되었다. 그러고 나자, 소동의 현장에는 돌멩이만 어지럽게 널린 채 언제 그랬냐는듯 다시금 평소의 분위기로 되돌아갔다.

상동리 이장 옥치조의 집에 느닷없이 군인들이 찾아온 것은 이옥례가 저녁준비를 하고 있을 때였다.

고샅 쪽에서 저벅저벅 구두소리가 들려와 무슨 일인가 하고 휑하게 열린 사립짝 밖을 내다보던 치조는 마당에 군인 세 명이 불쑥 들어서는 바람에 간이 철렁했다. 장교 하나와 사병 둘이었다.

"여기가 옥상국 씨 댁입니까?"

앞장선 장교가 물었다.

치조가 그렇다고 대답하자, 장교가 다시 물었다.

"옥상국 씨 아버님 되십니까?"

"그런데요. 무신 일로……?"

"저는 32경비대대에 근무하는 김 중위라고 합니다. 다름이 아니고, 아드님 일로 여쭐 게 있어서 찾아왔습니다."

"그누마가 무신 사고라도 쳤습니꺼?"

치조가 놀라서 묻는 데 이어, 옥례도 부엌에서 허둥지둥 뛰어나오며 외쳤다.

"옴마씨! 무신 일이요. 군인아저씨요, 우리 상국이가 뭐를 잘못했어예?"

옥례의 과민반응에 장교는 곤혹스런 미소를 지었다.

“아드님이 뭘 잘못한 게 아니라……. 이해가 되시도록 설명하기가 좀 그렇군요. 간단히 말씀드리면, 아드님이 포로들과 싸우다가 다쳐서 지금 64야전병원에 있습니다.”

“아니, 포로들캉 싸우다니요?”

치조가 어안이 벙벙해서 되묻는데, 옥례는 손뼉을 치기까지 하며 호들갑을 떨었다.

“아이고! 우리 상국이가 다쳐서 병원에 입원했어예? 아이고! 무신 이런 일이 있노. 군인아저씨, 제발 좀 자세히 말해 보이소. 우찌 됐어예?”

“아, 말씀하시게 임자는 좀 가만 있거라. 거 참!”

치조의 호된 나무람에 옥례는 찔끔해서 쏙 들어가고, 장교는 아까 오후 2시 무렵에 64수용소 앞에서 벌어진 사건을 간략하게 설명했다.

“……그렇게 되어 옥상국 씨는 지금 군병원에서 치료받고 있는데, 좀 다치기만 했을 뿐이니까 가족들께서 우선 안심하시라고, 그래서 제가 이렇게 찾아와 소식을 전해드리는 겁니다.”

“일부러 알려주니 고맙소만, 참말 생명에는 지장이 없습니꺼?”

치조는 불행 중 다행이다 싶으면서도 미심쩍은 마음을 완전히 털어낼 수가 없어 물었다.

장교가 싹싹하게 대답했다.

“아, 물론입니다. 제가 왜 거짓말을 하겠습니까. 금방 드러나게 될 사실을. 원래 다리도 불편한 데다 그런 봉변을 당하다 보니 약간 심하게 다쳐서 혼자서는 보행이 불가능할 뿐입니다.”

“군인아저씨, 가아가 원래 다리병신이 아입니더. 멀쩡한 몸으로 군대 나가서 다치가이꼬 그리된 깁니더. 아이고, 세상에 이런 변이 어딨노.”

옥례가 항의인지 하소연인지 모를 소리를 했다.

"잘 알고 있습니다. 그렇기 때문에 저희들이 더욱 각별히 보살피고 있습니다. 제가 아까 부대원들을 데리고 현장에 출동했는데, 아드님이 돌에 맞아 피흘리는 모습을 보고는 대원들이 모두 눈이 뒤집혀 포로들을 다 쏴죽이려고 하는 걸 간신히 말렸어요. 그게 우리 국군의 전우애 아니겠습니까."

"그 나쁜 놈들도 좀 피흘리도록 놔두지 와 말렸소."

옥례가 새된 소리로 항의하자, 장교는 웃으면서 말했다.

"어머님, 저희들인들 왜 그런 기분이 아니었겠어요. 그렇지만, 개가 문다고 똑같이 그 개를 물 수는 없는 일 아닙니까? 더 큰 사고를 예방하기 위해 참은 겁니다."

"잘 했습니더. 백번 그래야지요. 아니, 그나저나 그놈우 자석이 포로들이 시비를 걸거나말거나 못 들은 척 그냥 올라올 일이지, 자기가 무신 독불장군이락고 맞상대를 하노. 나 참!"

치조는 하도 기가 막히고 어이가 없어 하늘을 쳐다보며 탄식했다.

"젊은 혈기가 용납하지 않았겠죠. 전장에서 공산군을 상대로 싸웠던 군인으로서. 어쨌든 지금 우리 부대에선 아드님의 용감성이 큰 화제가 되어 있습니다. 정말 장한 아드님 두셨습니다."

"장하나마나……."

치조는 되뇌다가 말을 끊었다. 갑자기 목이 타면서 술 한 잔 생각이 간절했다.

군인들이 돌아갈 듯이 경례를 했으므로, 치조는 자기가 아들을 만나러 갈 수 없겠느냐고 황급히 물었다.

장교는 매우 난감해 하면서 대답했다.

"병원도 군부대일 뿐 아니라 미군들 관할이라서 좀 어려울 겁니다. 아버님, 걱정 마십시오. 제가 책임지고 이삼일 후에 데려다 드리겠습니다."

그렇게까지 말하는데 아들을 만나러 가야겠다고 부득부득 고집을 부릴 수도 없는 노릇이었다.

군인들이 돌아간 후, 치조부부는 맥이 빠져 한동안 넋을 놓고 앉아 있었다.

"군인 말대로 참말로 괜찮으까, 상국아부지?"

"괜찮겠지 뭐. 그 꼴로 집에 와도 그렇고, 군병원에서 치료해 줄 모양이니 불행중다행이지 뭐."

"아니, 그 문디자석이 미쳤지. 제 혼자 그 많은 포로들을 우찌 당할 기라고 그런 엉뚱한 객기를 부릿겠소."

"글쎄 말이다."

치조의 퉁명스런 대꾸였다. 걱정이 슬며시 분노로 바뀌었다.

상이병이 되어 집에 돌아온 이후의 상국은 점점 개망나니가 되어 가고 있었다. 일상생활에서 밤낮의 구별이 뒤죽박죽이고, 어디서 어떻게 얻어 마시는지 몰라도 외출했다 하면 술에 곤죽이 되어 돌아왔으며, 며칠만큼씩 집에 코빼기도 안 비칠 때가 허다했다. 충고나 잔소리를 할라치면 '알았습니더' 하는 한마디로, 말을 차단하는 것이 아니라 스스로 꽁무니를 빼어 물러나버리는 식이어서 도무지 말발이 먹혀들어가지 않았다.

멀쩡하던 사지육신이 저렇게 되었으니 본인 마음인들 오죽하랴 싶어 치조는 처음에 이해를 했지만, 하는 꼴을 보면 도가 넘치다 못해 이제는 자기 불구를 스스로 이용하는 것처럼 느껴질 때가 없지 않았다.

도대체 저놈의 저 작태가 언제까지 계속되려나. 어느 때에 가서나 좀 마음을 잡고 자기 자리로 돌아오려나. 부모님 전상서를 보내

오던 듬직한 아들은 어디로 갔단말인가.

암담한 생각에 갑자기 목이 칼칼해지면서 술생각이 간절했다. 저녁밥이고 뭐고, 며칠 전 딸이 가져온 술병을 꺼냈다. 아내가 지청구하거나 말거나 홉들이 유리컵에 한 잔 가득 부어 들이켰다. 톡 쏘는 액체가 입속을 얼얼하게 하고 식도를 훑으며 내려가 금방 몸속에 퍼지자, 비로소 살 것 같았다.

그러다가 문득 훌쩍이는 소리가 들려 돌아보니, 아내가 부엌문 앞에 퍼질러앉아 소리죽여 울고 있었다.

치조는 다시금 목뿐 아니라 이번에는 가슴속까지 칼칼해져 얼른 술을 한 잔 더 따라서 들이켰다.

상국이 돌아온 것은 사흘이 지난 날 오후, 마침 치조 혼자 집을 지키고 있을 때였다. 지난번에 집에 찾아왔던 장교와 함께였다.

장교는 치조에게 경례하고 웃으며 말했다.

"아버님, 약속대로 아드님 데려왔습니다."

"수고가 많습니더. 정말 고맙습니더."

그리고 아들의 몰골을 바라본 치조는 억장이 무너졌다. 온 얼굴이 타박상 흔적으로 일그러져 딴사람 같은 데다 오른쪽 눈두덩에 커다란 반창고까지 붙어 있었다. 더군다나 양쪽 겨드랑이에 목발을 끼고도 몸을 잘 가누지 못해 병사 두 사람이 부축해 주어야만 했다.

"아부지, 걱정 끼쳐서 죄송합니더."

상국은 딴에도 히죽 웃으며 용서를 구했으나, 꼴이 엉망이다 보니 웃는 얼굴이 무슨 탈처럼 일그러져버렸다.

"아니, 이놈아! 얼마나 다쳤기에 이렇게……."

치조는 기가 막혀 말끝을 맺지 못했다.

“부모 되신 입장에서 가슴이 아프시겠지만, 이제 며칠 안정만 하면 괜찮을 정도니까 너무 걱정하지 마십시오.”

장교는 치조를 위로하고 나서, 평상에 엉덩이를 걸치고 앉은 상국의 어깨를 툭툭 쳤다.

“자넨 우리 경비대 영웅이야. 몸조리 잘하고 어서 건강을 회복하라고. 알았지?”

“예.”

“혹시 다음에 내 도움이 필요하거든 32경비대대로 날 찾아와. 알았어?”

“예.”

장교는 치조에게 경례한 다음, 부하 둘과 함께 돌아가버렸다.

남은 두 사람 사이에는 짧은 동안 어색한 침묵이 흘렀다. 먼저 입을 뗀 것은 상국이었다.

“어무이 어데 가셨습니꺼?”

“밭에 올라갔다. 그거는 뭐꼬?”

상국의 옆에 놓인, 열십자 모양으로 끈을 묶은 작은 종이상자를 턱짓하며 묻는 소리였다.

“바르는 약이랑 붕대랑……뭐, 그런 겁니더.”

“눈두덩은 우찌된 것고?”

“몇 바늘 꿰맸나 보네요. 별 거 아입니더.”

마치 남의 일을 이야기하듯 천연덕스러운 아들이 쥐어박고 싶을 정도로 얄미웠다.

“상국아.”

“예.”

“네 허황한 심정을 와 헤아리지 몬하겠나마는, 아무리 그래도 그러는 기 아이다. 도대체 부모 속을 이렇게까지 태워서야 되겠나?

느그 엄마가 네 꼴을 보몬 또 얼매나 놀래서 난리를 피우겠노.”

 “죄송합니더. 인자아 다시 안 그러께요.”

 “어나, 이놈우 자석아. 낙숫물이 딴 데 떨어지겠다. 쯧쯧!”

 치조가 짐짓 눈을 부라리며 타박하고, 상국은 또 히쭉 웃었다.

 그때, 큰길 쪽에서 자동차 엔진소리가 들려왔다. 상국을 태우고 왔던 지프가 출발하는 모양이었다.

 상국이 목발 하나에 의지해 몸을 일으켰다. 치조가 얼른 부축해 주려고 했으나, 본인이 단호히 거부하므로 그냥 내버려두었다. 하기야 평상에서 아래채 마루까지는 몇 발짝 되지 않았다.

 동생이 회사 따라 장승포로 감으로써 이제는 독차지가 된 아랫방으로 들어가는 아들의 뒷모습을 지켜보자니, 이제는 호들갑장이 마누라가 돌아와서 아들을 보고 난리를 피울 것이 걱정되기 시작했다.

 예상은 빗나가지 않았다.

 해거름에 밭에서 돌아온 옥례는 아들의 모습을 보자 대성통곡했다. 웬일인가 하고 이웃사람들이 삽짝 밖에서, 아니면 담 너머로 기웃기웃 들여다볼 정도로 그녀의 울음과 넋두리 사설은 질펀했다.

 치조뿐 아니라 아들 본인까지 창피하다 못해 벌컥 화를 내서야 찔끔해져서 뚝 그쳤지만, 소란떨기만 그렇다뿐이지 앓는소리 같은 중얼거림과 눈물은 끊이지 않고 계속되었다. 아내의 충격과 상심이 저 정도인가 싶어 치조가 은근히 속으로 놀랄 정도였다.

 그러나, 그것은 약과였다. 치조가 막연하게 염려하던 일이 그예 벌어진 것은 그날밤이었다.

 “여보, 상국아부지. 저 놈 저거 영 병신 된 거 아일까?”

 “조금 다쳤을 뿐인가 본데, 뭐 그래쌌느노.”

치조는 진짜 아들의 상태가 가볍다고 보는 듯이 말했다.

"아니, 저기이 우째 쪼끔 다친 것고. 얼굴이 저 정도면 몸떵이는 또 얼매나 돌을 맞았겠노. 아이구, 무시라! 생각만 해도 소름이 돋네."

"개궂은 강아지 벌한테 콧등 쏘이듯, 한 번 오지게 혼이 났으니 앞으로 조심하겠지."

"참말 그렇기나 했으몬……."

"안 되겄나."

이런 대화를 도란도란 주고받다가 어느 결에 잠이 든 치조부부였다.

한밤중이었다. 치조는 옆자리의 아내가 벌떡 일어나며 새된 소리로 외치는 바람에 자기도 소스라쳐 놀라 잠이 깨고 말았다.

"아이고, 상국아부지!"

"와? 뭐꼬?"

"우리 상은이가 담요를 가이꼬 산에 올라가요!"

순간, 치조의 놀람과 충격은 걷잡을 수 없었다.

"뭐라꼬?"

"여보, 이놈우 가시내가 ……. 이 일을 우짜몬 좋노오!"

"어허!"

치조의 입에서 그예 절망의 탄식이 터져나왔다. 부르르 떨리는 주먹을 간신히 거두어 들였다. 그는 극도의 자제력을 발휘해 아내를 꽉 껴안고 침착하게 타일렀다.

"당신 와 이라노. 정신차리라."

"와요? 상은이년이……."

"쉬이! 지금 한밤중이다. 아랫방 상국이 깨겄다."

"상국이? 아니, 군대 간 우리 아아가 돌아왔소?"

옥례가 경기를 일으키듯 흠칫하며 뱉은 말이었다.

"임자 제발 정신 좀 차리라아!"

치조는 아내의 등을 토닥이며 작은 소리로 안타깝게 부르짖었다. 세상에 이런 절망적인 노릇이 어디 있는가.

"와 이라요, 와?"

어느 순간, 옥례가 소스라치듯 놀라며 남편을 밀쳐냈다. 깜빡 오락가락하던 정신이 제자리로 돌아온 모양이었다.

얼른 눈치 챈 치조는 아내의 몸을 안고 쓰러지며 목소리를 바꾸어 속삭였다.

"됐다 됐다. 그양 자자. 내가 잠꼬대를 했는갑다."

"차암, 이녁도……."

"그래, 내가 잠을 깨워서 미안하다. 자자."

치조는 일부러 손을 아내의 가슴에 집어넣어 잠시 젖무덤을 더듬는 척했다.

옥례는 죽은 듯 가만히 있었다. 남편의 수작, 그리고 자기를 둘러싼 분위기 전체가 어쩐지 정상이 아니라는 사실을 감지한 모양이었다.

아랫방 쪽에서 문이 열렸다가 조용히 도로 닫히는 기척이 들려왔다.

아하! 차라리 이대로 같이 딱 죽어버렸으면…….

치조는 잠에 빠져드는 숨소리를 일부러 내며, 아무도 모르게 절규하였다.

2

임덕현은 요즈음처럼 세상 사는 일이 신바람나고 행복한 때가 일찍이 없었다. 장승포로 회사와 차고지를 이전한 거제여객은 빠르게 정상화되면서 경영상의 안정을 되찾았고, 황태봉이라는 부담스러운 존재를 떨어냈으며, 특히 옥상은과 함께 차린 신접살이가 너무나 즐거웠기 때문이었다.

덕현은 거제경찰서에서 가까운 장승포4구의 2층짜리 일본식 적산(敵産) 가옥 한 채를 매입해 1층은 회사 사무실로 사용하고, 2층은 살림집으로 부분개조를 했다. 차고는 마땅한 장소가 없어, 장승포5구의 수리조선소 근처 빈터를 주차장 겸 작업장으로 이용하기로 했다.

장승포로 옮긴 이후 덕현이 회사 경영 자체보다도 더 신경을 쓴 것은 상은의 마음을 완전히 사로잡는 것이었다. 어린 처녀인지라 언제 어떤 계기로 마음이 갑자기 바뀌어 자기 곁을 훌쩍 떠나버릴지 모르기 때문이었다. 그런 우려에서 그녀의 환심을 사는 데 온 정성과 비용을 아끼지 않았다.

기실 상은의 가장 큰 걱정은 자기에 대한 주위사람들의 시선과 평판이었다. 당연한 일이었다.

표면적으로는 종전처럼 경리직원이고, 편의상 2층의 구석방 하나를 숙소로 사용하며 자취하는 것으로 했다. 그렇지만 주위 사람들, 특히 친동생인 상기를 포함해 회사 직원들이 색안경 끼고 자기를 바라보리라는 사실을, 아무리 어린 소견이라 할지라도 그녀가 모를 리 없었다. 차림새나 평소 근무태도에서 매우 조심하긴 했지만, 항상 뒤통수가 근지럽고 가슴이 조여드는 기분인 것은 어쩔 수 없었다.

덕현은 그런 상은을 깨지기 쉬운 보석처럼 주의를 기울여 살살 다루고 아끼며 사랑을 쏟았다. 나한테 이런 순정도 있었던가 싶어 스스로도 내심 놀라고 있었다.

이런 상황에서 돈은 더할 수 없는 무기였다. 그는 상은의 여심을 자극하기 위해 금목걸이와 값비싼 외제 옷을 사서 선물로 억지로 떠안기고, 명목상의 월급 외에도 따로 봉투를 준비했다가 남모르게 집어주었다.

"자꾸 이라몬 우짭니꺼. 싫어예."

상은이 심리적 부담을 감당하지 못한 나머지 마침내 봉투를 받지 않겠다고 강한 거부감을 보이자, 덕현은 사랑스럽고 귀여워서 어쩔 줄 모르겠다는 듯이 싱글벙글하며 다독거렸다.

"아뭇소리 말고 주는 대로 받으라. 아, 내 돈 벌어 너한테 쓰디 않고 어따 쓰갔어? 그리구 이건 부모님께 효녀노릇하란 뜻으루 주는 게야. 자세히 모르디만, 너희 형편 어렵디 않네?"

"아무리 그렇더라도……. 그라고 인자아는 집에 가지도 몬합니더."

"어째서?"

"꾸중을 들을 일이 겁나고……동생이 집에 가서 무슨 소리를 했는지도 모리겠고……."

그 상기는 회사가 장승포로 옮겨오고 바로 버스 조수 일을 그만두게 해서 연초삼거리 공장의 황태봉 밑으로 파견조치해 돌려보냈다. 월급은 회사에서 지급할 테니 공장장 밑에서 눈치있게 용접일을 잘 배워 나중에 그 몫을 감당하라는 것이었지만, 사실은 껄끄러운 존재를 그 기회에 멀리 떼놓음으로써 상은과의 불꽃같은 열정을 만끽하자는 계산이 깔려 있었다.

상은은 덕현으로부터 그 말을 들었을 때 별다른 의견 표명을 하지 않았다. 직원에 대한 경영권자의 인사결정인만큼 이치상 자기가 따따부따할 처지가 아니기도 하지만, 그녀 역시 동생이 가까이에 있는 것이 여간 부담스럽지 않았기 때문이었다.

상은의 얼굴에 끼는 그늘을 보고, 덕현은 손을 꼭 잡으며 간곡히 말했다.

"너무 그리 어렵고 복잡하게 생각 말라니까니. 인생살이는 정답 없는 영원한 숙제 앙이겠슴? 우리가 이렇게 된 건 다 운명입메. 운명이 시킨 게야. 솔딕히 이건 나하고 상은이 두 사람 인생 앙이야? 누구도 옆에서 감 놔라 배 놔라 할 권리 없슴메. 엄밀히 말하므 부모님도 마찬가지구. 어차피 평생 같이 살 것도 앙이잖네? 다소 정신적 부담이야 있갔지만, 마음 크게 먹구 견디믄 시간이 해결해 줄 거고망. 용기르 가져라."

"그래도……. 우선 김씨 얼굴 쳐다보기가 민망해예."

"김용식이? 내일 당장 모가지 자르디 뭐."

"안 됩니더."

상은이 깜짝 놀란 듯 단호히 반대하므로, 덕현은 의아해서 그녀를 쳐다보았다.

"앙이되다니, 와?"

"그 사람 아아가 둘이나 되고, 가정형편이 어려운가 봅디더. 그러니 회사 그만두락하몬 우찌 되겠습니꺼."

덕현은 상은의 아름다운 마음씨가 기특하고 사랑스러워 껴안고 입이라도 맞추고 싶었다. 그는 웃으며 말했다.

"사무능력은 꽤 있는 친구디만서두, 네한테 심리적 부담으 주는 존재람 가차없이 잘라야디 어드래."

"그러지 마이소. 사람이 착실하지 않습니꺼. 그라고……."

상은은 부끄러운 듯이 말끝을 맺지 못했다.

"그리구, 뭘?"

"그 사람, 요새 와서는 나한테 그전처럼 이래라 저래라 반말 안하고 존댓말 비슷이 말을 해예."

"기래? 하하하!"

덕현은 웃음을 터뜨리고 말았다.

"와 웃습니꺼?"

"그 친구, 눈치 빨라서리 영리하게 구는 게 우습꼬망. 아무리 나 이래 저보다 한참 어리지만서두, 사장 사모님 대접으 해야갔구마 싶은 게지."

"그런 말이 어딨어예."

상은은 얼굴이 빨개지며 펄쩍 뛰었다.

"사실이, 현실이 그렇잖네. 이리 옵세, 사모님. 마이 와이프. 내 보물단디."

덕현은 상은을 와락 껴안고 키스를 퍼부으며 몸을 더듬어 옷을 헤쳤다.

상은은 마치 맹수에게 물린 어린 짐승처럼 빠져나가려고 바동거렸지만, 그 몸부림이 차츰 약해지다가 마침내 포기상태가 되었다. 그러는 동안 그녀 또한 자신도 모르게 숨결이 가빠지고 있었다.

밤배가 들어오는지, 방파제 쪽에서 선박 엔진소리가 들려왔다.

그러던 어느 날, 덕현이 경찰서장과 점심식사를 하고 회사에 돌아가 보니, 황태봉이 사무실 소파에 앉아 차를 마시고 있었다.

"어, 황형, 어쩐 일임둥?"

덕현은 짐짓 반기는 척하면서도 괜히 가슴이 철렁했다.

"사업 잘 되심두?"

부스스 일어나며 인사조로 툭 던지는 가벼운 질문이지만, 말하는 사람의 표정이 굳어 있는 만큼 비꼼 내지 은근한 협박처럼 들렸다.

"잘되긴 뭐……. 앉소. 점심으 어째 했슴?"

"먹었슴다."

덕현이 맞은편 소파에 앉자, 황도 따라서 엉덩이를 내려놓았다.

“시간으 좀 당겨 왔음 같이 식사르 했을 텐데. 참, 부인은 이제 건강함둥?”

“그럭더럭 괜찮은 편입메.”

“그런데 장승포에는 무스기 일로……?”

“사장님 만나러 왔슴다.”

“나를? 무슨 일루다?”

“좀 따질 일이 있수다.”

“따지다니, 나한테 뭘 따져. 아니, 지금 나한테 시비르 걸려구 왔단 말입메?”

덕현은 처음에 긴장했으나, 그 긴장감은 이내 불쾌한 반감으로 바뀌었다. 그 감정이 그대로 그의 얼굴에 나타났다.

사무실 분위기가 갑자기 팽팽해졌고, 김용식과 상은 역시 표정이 굳어졌다.

황은 아주 작정하고 온 듯, 말에 거침이 없었다.

“사장님이 어찌 받아들이든 개의치 않갔슴다. 난 내 할 말 해야 갔고, 다음 일은 사장님이 어드케 받아들이고 어드런 대답으 하느냐에 따라서리 태도르 결정하갔슴다.”

“아니, 뭐가 어드래? 모처럼 만났기로 그나마 지난 정리르 생각 해서리 좋은 낯으루 대하는 사람한테, 당신 지금 말투 그게 뭐이 야. 내 대답에 따라서리 태도르 결정하갔다고? 날 지금 협박하는 게엔가?”

“협박이라니, 내가 와 사장님을 협박함둥?”

“그럼 뭐야. 도대체 뭘 말하겠다는 게야?”

“내 권리르 찾겠다는 검다.”

“권리? 아니, 나한테서 찾겠다는 당신 권리가 뭐인데?”

“사장님 굴리고 있는 버스 석 대르 누가 만들었슴? 그것부터 대답하기오."

"그야 당신이 만들었지비. 그게 당신이 말하는 권리하고 무슨 상관임?"

"와 상관이 없슴? 처음 내 철공소 찾아와서 뭐라고 했슴? 동업하자고 하지 않았습메."

"도웅업? 아니, 내가 언제 당신더러 동업으 하겠어. 동업이 뭔데. 당신이 자금으 땡전 한 푼 대기라도 했슴? 기껏 끌어다 준 지에무씨 뚝딱뚝딱 해서리 버스 모양을 낸 것밖에 기여한 게 뭐이가. 그건 기술공여에 불과하고, 기런 게 동업으 조건이 된다므, 기럼 운전수는 어떻고. 운전수도 '내가 운전기술로 차 운행해 회사에 돈 벌어다 주니까니 동업자 대우르 해주오' 해도 되갔네? 말 되는 소리르 해얍지. 그동안 아무 하는 일 없는데도 월급 꼬박꼬박 챙겨 줬고, 마지막에 반년치 월급으 일시불로 지급했고, 이전하면서리 회사부지랑 시설이랑 다 당신한테 넘겨줬잖았슴."

"그 땅이 원래 사장님 땅입메?"

수세에 몰리던 황은 옳다구나 하고 목소리를 높여 항변했다.

그러나, 그 정도에 위축될 덕현이 아니었다.

"물론 당신 땅도 있디. 마, 엄밀히 말하므 착하구 어수룩한 토박이 땅을 점거하고 있는 것에 불과하디만. 내가 말하는 회사부지란 내 돈으로 매입해서 늘린 부분으 말하는 게요. 그리고 또, 당신 마누라 아픈데도 돈 없어 둑게 되었을 땐 어드케 했디? 내 어드케 해줬냐고. 그 부분은 여기 있는 김용식 씨나 미스 옥도 잘 아는 사실입메. 요컨대, 사람이 염치르 알아야디. 이거야말로 적반하장에 배은망덕도 유분수가 아니고 뭐네. 나 참!"

결국 황은 혹 때려다 혹 붙이고, 되로 주고 말로 받는 꼴이 되었다.

처지가 난감해진 황은 감정을 주체하지 못해 벌떡 일어나며 탁자를 뒤집어엎었고, 보다 못한 김이 달려들어 꾸짖으며 말리는 바람에 몸싸움으로 번지고 말았다. 책상이 쓰러지고 사무집기가 날고 난장판이 벌어졌다.

급기야 가까운 경찰서에서 순경 두 명이 달려와 황에게 수갑을 채워 연행함으로써 한낮의 해프닝은 끝났다.

"뭐, 기런 백주대낮 날도둑 같은 자식이 다 있어. 땡깡만 부리믄 통할 둘 알고. 나 원!"

덕현은 어질러진 사무실을 주섬주섬 정리하는 김과 상은더러 들으라는 듯이 말했다. 불쾌감과 분노가 가시지 않았지만, 이미 그의 머릿속에서는 그 나름의 계산기가 작동하고 있었다.

황가놈, 처지를 바꿔 생각해 보면 속이 편치 않기도 하겠지. 버스만 만들어 주면 평생 고생하지 않고 살게 해줄 줄 알았는데 그게 아니니까. 그렇지만 어리석은 자식, 제 분수를 알아야지. 기껏 망치로 철판 두드리는 재주밖에 없는 놈이 그 이상 뭘 더 바래. 그만 하면 내가 후하게 해준 것 아닌가? 그건 그렇고, 놈이 나중에 또 찾아와서 성가시게 굴지 못하도록, 적당한 선에서 구해주는 것으로 빚을 지워 놓는 게 낫겠지? 벼룩도 낯짝이 있을 테니까. 그렇게 해서 끈을 살려 놓는 게, 나중에 만에 하나 놈의 망치솜씨를 빌려야 하게 되는 경우를 감안하더라도 유익할 테니 말이야. 경찰로 하여 금 좀 따끔하게 혼찌검을 안기게 하고, 그때 천천히 나타나 피해자로서 선처를 바라는 척해 보이면…….

덕현의 입가에 본인만 알 수 있는 음흉한 미소가 떠올랐다.

격리수용작전

1

　전선에서는 총성이 멎은 가운데, 포로송환 문제를 둘러싼 대립으로 판문점 휴전회담은 지구촌의 주시 속에 여전히 답보 상태에 놓여있었다. 그리고 한국 국내에서는 정치권의 지각변동을 의미하는 땅울림으로 온 나라가 시끄러웠다.

　그 소란의 요체는 이승만 대통령의 독재정부와 야당의 마찰이었다.

　칠십 노구로 전쟁을 이끌며 반공의 화신으로 국제사회에 강한 인식을 심어 준 이 대통령이 특유의 카리스마로 정치 전반을 독단으로 처리하자, 이전부터 동반자 예우를 제대로 못 받고 있다는 불만을 품어 온 야당은 국회를 주무대로 해서 이승만 제거계획을 서서히 구체화해 나갔다.

　1948년 8월 15일 대한민국 정부 수립에 즈음해서 제정된 헌법은 국가의 정체(政體)를 대통령중심제로 하되 대통령은 국회에서 선출하는 것으로 규정하고 있었다.

　제헌국회의장이던 이승만은 그에 근거하여 초대 대통령이 되었으나, 국회는 한국전쟁 직전인 3월 13일 내각책임제를 골자로 한 제1차 개헌안을 상정함으로써 이 대통령에게 첫 도전장을 던졌다. 비록 부결되긴 했지만, 그 앙금은 온 나라가 전쟁을 치르는 동안에도 해소되기커녕 쌓여만 갔고, 비록 미완의 평화이긴 해도 국토 위에 짙게 드리워졌던 포연냄새가 가시고 한숨 돌릴 수 있게 되면서 다시 본격적 정쟁으로 재발하고 말았다.

4년 임기 종료가 가까워오자, 국회에서 재선되기 어렵다고 판단한 이 대통령은 1952년 1월 18일 정부 제안으로 대통령직선제 내용의 제2차 개헌안을 국회에 상정했으나, 국회는 간단히 부결시킴으로써 이 대통령에게 타격을 주었다. 그러자 위기의식을 느낀 이 대통령 정부와 여당은 관변단체를 동원하는 민중시위로 국회의원들을 협박하는 수법으로서 측면대응에 적극 나섰다.

그 첫 번째 사건이 2월 18일 부산에서 벌어진 국회의원 소환요구 데모로서, 시위대는 어려운 국난의 시기에 아무런 생산적 활동 없이 세비(歲費)나 축내고 정부에 딴죽이나 거는 무용지물 국회를 해산해 의원들을 집으로 돌려보내자고 벌떼같이 목소리를 높였다.

그에 대한 반발로 4월 17일 국회의원 123명이 내각책임제를 골자로 한 제3차 개헌안을 국회에 제출함에 따라, 전국에서 개헌반대를 외치는 관제데모대의 기세가 맹렬한 가운데 정부도 5월 14일 대통령직선제와 국회의 상하 양원제를 내용으로 하는 제4차 개헌안 제출로 받아침으로써, 마침내 정치권은 본격지진의 중심권에 휩싸이고 말았다.

정치싸움은 5월에 들어 임시수도 부산에 계엄령이 선포되고, 야당의원 다수가 체포된 가운데 대통령직선제 개헌 강행이라는 소위 '부산정치파동'을 거쳐 7월 4일의 발췌개헌안 통과로 이승만이 제2대 대통령에 당선될 수 있는 길이 트임으로써 어느 정도 진정되는 것 같았다.

어쨌든 일련의 정쟁이 진행되는 동안 17만의 불우한 거제도 포로들은 정치권의 관심 밖으로 밀려난 존재가 되었고, 그런 가운데서도 포로들은 친공 반공을 막론하고 자기들의 명운이 걸린 송환문제를 자기네한테 유리한 방향으로 끌어가기 위해 쉴 날이 없는 치열한 투쟁을 전개하고 있었다.

1952년 4월 8일.

연합군총사령부의 포로수용소 개편작업 제1단계 '오퍼레이션 스캐터(Operation Scatter)'에 따른 분류심사의 날이 밝았다.

73수용소에 한국인 문관과 미국군 헌병이 각 6명씩 도착한 것은 아침 8시였고, 포로들에게는 개인물품 챙겨 전원 광장에 집결하라는 여단본부의 명령이 떨어졌다.

전날 미리 설치한 면회심사장은 목재 칸막이를 폭 3미터 간격으로 나란히 세워 앞뒤가 완전히 트인 여섯 개의 가설공간을 만들고, 천막을 길게 접어 지붕으로 엉성하게 걸친 다음, 각 공간마다 심사석으로 쓸 책걸상을 들여놓은 것이 고작이었다.

포로들이 소대를 기본단위로 해서 각 중대장을 선두로 중대별 집결을 끝내자, 정각 9시부터 심사가 시작되었다.

이놈의 심산지 뭔지로 포로생활 제발 끝내고 당장 석방이나 된다면 여북이나 좋을까.

대열의 중간에 앉은 윤석규는 차례를 기다리면서 속으로 뇌었다.

사면성명이 방송되던 날부터 시작된 모의심사 준비와 실시, 심사결과 통계분석, 공산첩자 척결작업, 북송희망자에 대한 잔류 설득과 압박 등 일련의 대응조치 강행으로 거의 철야작업을 한 바람에 몸이 천근무게나 되는 것 같았고, 눈은 충혈된 데다 먼지라도 들어간 것처럼 깔끄러웠다.

그 며칠 동안 감찰막사에서 숨이 끊어져 암매장된 숫자를 헤아려 보았다. 모두 7명이었다. 두들겨맞아 반 죽다시피 해서 나간 숫자는 얼마나 되는지 기억도 나지 않았다.

맞고 나간 사람은 관심권 밖이고, 그의 머리를 짓누르는 것은 죽어 나간 포로들이었다. 공산당 프락치 혐의로, 또는 단순 북송희망에 대한 회유와 압박 차원에서 자행된 구타행위는 거의 자기 주관과 책임 아래 시작되어 끝났으므로, 몽둥이를 든 손이 누구 손이었던 간에 죽은 사람들은 모두 자기가 죽인 것이나 마찬가지였다.

아무리 사감이 개입되지 않은 공적 입장의 일처리였다고 해서, 몇 명은 틀림없이 프락치라는 확실한 근거가 있다 해서 그것이 정당한 살인행위가 될 수는 없었다. 전장에서의 일처럼 현실적으로는 용납이 될지언정 신은 용서하지 않을 것이었다. 죽는 순간까지 짊어지고 가야 할 부담이었다. 수용소를 나가 새로운 세상, 새로운 삶의 바다에 뛰어들면 어느 정도 벗어날 수 있을 것 같지만, 그런다고 신의 완전한 사면은 기대할 수 없다는 사실을 그는 잘 알고 있었다.

우리 수용소만 7명이니까, 반공청년단 지부단이 조직되어 있는 11개 수용소 평균으로 쳐도 줄잡아…….

순간, 갑자기 잔등이 서늘해졌다. 공산수용소에서 수없이 죽어간 반공동지들이 떠오르며, 그렇다면 이 경우와 그 경우는 무엇이 다른가 하는 의문이 들었기 때문이었다.

아니다! 절대 아니야. 우리와 빨갱이놈들이 어떻게 같단 말인가. 그들에게 살인은 단순한 유희고 재미에 지나지 않았지만, 우리에게는 살아남기 위해 부득이한 선택이었어. 절대 같을 수가 없어.

속으로 그렇게 강변했지만, 신념의 귀퉁이가 푸슬푸슬 무너져 내리는 것을 어쩔 수 없었다. 그는 자신의 두 손을 내려다 보다가 소스라치게 놀라며 눈을 부릅떴다. 손이 온통 피투성이였다. 진동하는 피비린내…… 씻어도 씻어도 지워질 것 같지 않았다. 내가 어떻게 이런 인간으로 변해버렸단 말인가. 어쩌다가…… 이런 저런 생각에 지금 자기가 무엇 때문에 어디 있는지조차 깜빡 망각할 지경이었다.

저만치 앞에 선 중대장이 손짓으로 자기를 부른다는 사실을 문득 깨닫고, 석규는 비로소 현실의 자리로 돌아왔다.

어느덧 자기 차례가 되어 있었다. 벌떡 일어나 소지품이 든 종이 상자를 들고 심사대상자가 없는 심사장을 향해 빠르게 걸어갔다.

심사장 안에 발을 들여놓자, 심사관인 한국인 문관과 미국군 헌병이 따분한 표정으로 그를 쳐다보았다. 두툼한 기록부를 앞에 펼쳐 놓은 문관이 대뜸 물었다.

"몇 번?"

"40298번입네다."

"이름?"

"윤석굽네다."

잠시 대장을 훑어가며 확인한 문관이 미리 준비되어 있는 질문서에 따라 1번 항목부터 묻기 시작했다.

"어때? 자진해서 북한으로 돌아가길 희망하나?"

그 질문에 '예'라고 대답하면, 그 다음 항목들은 묻지도 대답하지도 않은 채 심사가 끝나 소지품 들고 곧바로 두 개의 정문을 통과해 밖으로 나가 송환희망자들만을 위해 마련된 다른 수용소로 가게 되어 있었다. 반면에 '아니오'라고 대답하면 7번까지 모든 항목의 질문에 대답해야 하고, 그런 과정을 거쳐 송환거부자로 최종판정이 나면 이중철조망 안의 빈 공간에 일단 들어가 대기하도록 미리 정해져 있었다.

첫 번째 질문에 대한 석규의 대답은 말할 나위 없이 '아니오'였다.

간단히 끝날 상대가 아니라고 판단한 문관은 아예 책상 모서리에 팔꿈치를 고이고 석규를 빤히 쳐다보며 다음 질문들을 던지기 시작했다.

"자넨 그럼 송환을 확실히 반대하는 건가?"

"기렇습네다."

"자네가 돌아가지 않으면 북에 있는 가족들한테 어떤 영향이 미칠지 신중히 생각해 봤나?"

"내 가족은 둑고 아무도 없습네다."

"좋아, 그럼 자넨 송환자들이 고향에 다 돌아간 다음에도 이곳 거제도에 기약도 없이 오래 남아 있게 될지 모른다는 사실을 알고 있나?"

"예. 하지만 그건 상관없습네다."

"자네가 장차 어디로 가게 될지, 유엔군사령부는 아무런 약속도 해 줄 수 없어. 그래도 괜찮아?"

"자유대한민국 땅 안에 있는 것만으로 충분합네다."

"자넨 아직도 폭력을 써서라도 송환을 거부하겠다는 확고한 결심이 서 있나?"

"물론입네다."

"그럼 마지막 질문이야. 이번 결정에도 불구하고 자네가 북송이 된다면 어떻게 하겠나?"

거침없던 대답이 이 마지막 질문 앞에서 멈칫해졌다. 석규의 뇌리에 형언할 수 없는 복잡한 감정이 끓어올랐다. 분노인지 슬픔인지 절망인지, 이도 저도 아닌 다른 무엇인지 아니면 모두인지, 그 자신도 알 수가 없었다.

왜 대답이 없느냐고 심사관이 물었을 때에야 석규는 주먹으로 책상을 내려치는 심정으로 부르짖었다.

"만약 열차로 북송된다면 기차 바쿠에 깔려 둑고, 배를 타고 간다면 바다에 빠져 죽갔습네다. 이게 분명한 결심입네다."

심사관은 눈이 뚱그래서 빤히 쳐다보았다. 놀라움 같기도 하고, 어쩌면 감동의 빛 같기도 했다. 심사관이 옆자리의 헌병을 돌아보며 영어로 뭐라고 말하자, 헌병은 고개를 끄덕였다.

"좋아. 자넨 이중철조망 안에 들어가 있어."

심사관이 필요 이상으로 큰 소리로 말했다.

한 줄기 시원한 바람이 석규의 전신을 훑고 지나갔다.

그는 들어간 쪽의 반대편으로 심사장을 벗어나 철조망 쪽으로 걸어가기 시작했다. 이상하게 마음이 가뿐했다. 뭔가 해 낸 것 같은, 그렇게 홀가분할 수가 없는 기분이었다.

정문에 도착한 석규는 많은 눈이 자기를 주시하고 있다는 사실을 문득 깨달았다. 이중철조망 안에 옹기종기 모여 있는 송환거부자들이었다. 좁은 공간에 너무 많은 사람이 들어차서 가장자리에 있는 사람은 자칫하다가는 쇠가시에 찔릴 판이었다. 그런데, 그들의 눈길이 모두 석규 자기에게 쏠려 있었다.

순간적으로 그의 머릿속 회로가 빠르게 돌아갔다.

저들은 내가 누군지, 어떤 일을 했는지 알고 있다. 그렇기 때문에 더더욱 다른 사람보다 흥미롭게 지켜보는 거야. 그렇다면…….

경비원포로 대신 미국군 병사가 임시로 지키는 안쪽 철조망을 통과한 석규는 망설임 없이 그 대기자들 속으로 비집고 들어가 앉았다. 누군가가 아는 체를 했으나, 고개만 끄덕이고는 무릎을 두 팔로 안고 눈을 감았다. 어쩐지 그렇게 해서 의식으로나마 주위 상황으로부터 자유로워지고 싶었다. 그렇게 눈을 감자, 일시에 피로가 몰려왔다. 누적된 피로였다. 고개를 늘여 턱을 무릎 위에 얹었다. 금방 스르르 잠이 들 것 같았다.

그러나, 그 분위기에서 잠을 들이기란 역시 무리였다.

갑자기 주위가 수선스러워져 눈을 뜨고 바라보니, 자리를 박차고 일어난 대기자 둘이 정문 밖으로 막 나가려는 송환희망자에게 달려들어 욕을 퍼부으며 폭행을 가하고 있었다.

정문 밖에 대기하던 미국군 경비병들이 뛰어들어와 난투극을 뜯어말리고는 이중철조망 양쪽 입구에 1개분대씩 지키고 서서 송환거부 대기자들에 대한 압박감시를 펼침으로써 그 소동은 일단락되었다.

덕분에 이중철조망 안의 포로들을 겁낼 필요가 없어진 송환희망자들이 정문을 나가며 욕을 퍼부어 댔다.

"이 새끼들아! 너희들 죽을 날도 얼마 남지 않았어."

"미국놈 똥이나 처먹고 잘 살아."

"야! 늬들 백번 후회할 테니, 어디 두고 보라우."

그러자 송환거부 포로들도 마주 대거리를 함으로써 왁자한 설전이 벌어지고, 그러다가 병사들의 '갓뎀! 썬 오브어 비취!' 하는 호통에 잠잠해졌다.

석규의 날카로워진 신경줄을 잡아당기는 성가신 일은 그뿐이 아니었다.

"아니, 저런저런!"

"야! 저건……."

여럿이서 탄성을 지르는 바람에 웬일인가 하고 보니, 정문을 나가는 포로 가운데 팔뚝의 '반공' 문신을 없애려고 자기 입으로 물어뜯는 자가 있었다. 팔에도 입에도 피가 시뻘건 모습은 흡사 무슨 악귀와 같았다.

그 모습을 보는 순간, 석규는 날카로운 고드름이 잔등이에서 가슴속으로 콱 박히는 듯한 충격을 느꼈다. 소름이 끼쳐 몸을 부르르 떨었다.

인간으로서 어쩌면 저럴 수가!

석규는 속으로 부르짖었다. 그러다가 다음 순간, 자신도 모르게 호흡도 움직임도 딱 멎어 굳어지고 말았다. 과연 나는 저 포로와 어디가 얼마나 다를까 하는 의문이 뒤통수를 쳤기 때문이었다. 갑자기 구역질이 일었다.

2

분류심사는 결과적으로 파행을 면치 못하고 말았다. 반공포로들이 장악한 수용소에서는 관리당국의 계획대로 별 무리 없이 진행되어 무사히 끝났지만, 그 외의 다른 수용소는 공산포로들의 거센 저항과 방해로 심사작업이 제대로 진행되지 못했기 때문이었다.

특히 박사현과 이학구 등 공산포로 지도부가 있는 제7구역의 76·77수용소를 비롯해 제6구역의 62·64수용소, 의용군 수용시설이면서도 제6구역과 떨어져 있는 제8구역의 85수용소, 그리고 제9구역의 92·95수용소 등 모두 7개 수용소 3만2000명에게는 심사반이 접근조차 할 수 없었다. 그들은 살벌한 구호가 적힌 플래카드를 입간판으로 세우거나 연에 매달아 하늘에 띄우고, 김일성과 스탈린의 대형 초상화를 앞세워 연일 상투적인 데모를 벌였다. 그 기세가 너무나 극렬하기에, 그것을 진압하고 분류심사를 강행하는 것은 많은 피를 보아야만 가능한 노릇이었다.

강경파인 미국 제8군사령관 밴플리트 장군은 무력으로라도 분류심사 방침과 의지를 관철해야 한다는 주장인 데 반해, 유엔군총사령관 릿지웨이 장군은 유혈사태를 빚으면서까지 강행할 생각이 없었다. 릿지웨이는 그 문제의 수용소 속에 섞여 있는 반공포로들의 운명보다도 유혈사태로 휴전회담이 어려워지는 것을 더 염려하였던 것이다.

　결국 미국합동참모본부는 릿지웨이의 손을 들어주었고, 그 바람에 7개 공산수용소 안에 섞여 있던 상당수 반공포로들은 구원의 손길이 차단된 상태에서 무참히 학살되거나 강제로 북한에 송환되는 비운을 피할 수 없게 되었다.

　마침내 관리당국의 분류심사 중도포기가 거의 확실해지자, 박사현은 이학구와 이임철, 엄정섭 등을 불러 승리를 자축하는 조촐한 술자리를 베풀었다.

　"거 보기요. 우리가 세게 버티면 모질디 못한 미군새끼들 결국 물러서디 않고 배깁네까."

　거나해진 엄정섭이 술잔을 들며 기염을 토하자, 이임철이 아첨하는 눈길로 박사현을 바라보며 말했다.

　"이 모두 총책 동무의 탁월한 지도력량 덕분입네다. 정말 이번 승리는 값진 승립네다."

　"기런 말 마오. 다들 같이 애쓴 덕분이디. 옥에 티라고, 모든 수용소가 다 일사불란하게시리 거부하디 못한 거이 불만입메."

　"어쩔 수 없디 않습네까. 심사 해봤자 남반부에 남겠다는 반동새끼들이 얼마나 되갔습네까. 오히려 일부, 공화국건설에 짐만 될 쓰레기 같은 놈들을 추리고 가는 것도 괜찮갔지요. 반동도 열성반동을 제외하고는 제 부모처자식 있는 고향으로 돌아가려고 할 겁네다."

　그렇게 말하는 이임철도 다른 사람도 하나같이 큰 착각을 하고 있었다. 북송거부자의 규모가 희망자보다 곱절도 더 된다는 사실을 미처 몰랐던 것이다. 북송희망자가 그들의 수용소로 분산 배치되지 않고 별도로 수용되어 있기 때문에, 그들로서는 자세한 사정을 모르는 것이 당연했다.

약 17만 명 포로들 가운데 북한송환 희망자는 중공군을 제외하면 남한 출신 의용군과 억류민간인을 다 포함해도 겨우 6만5000명밖에 되지 않았고, 더구나 그것은 분류심사를 받지 못한 채 애간장을 태우며 공산수용소에 억류되어 있는 반공포로가 그대로 합산된 숫자였다.

집계결과는 공산군측은 물론 유엔군측에게도 큰 충격이었다. 사실은 지난 2월 포로교환에 관한 협상을 하면서 본회담과는 별도로 비밀회담을 가져, 그 자리에서 피차 도로 주워 담을 수 없는 실언을 쏟아놓았던 것이다.

"우리가 추산하는 송환희망포로는 11만6000명이다. 이들을 돌려주겠다."

"무슨 엉터리 수작! 그처럼 적을 리가 없다."

"그렇다면 분류심사를 해서 확인하도록 하자."

"좋다. 정확한 조사결과를 제시하라."

그런데 그 결과가 너무나 뜻밖으로 나타났으니 파열음이 나오지 않을 리가 없었다. 공산군측은 유엔군측이 이승만과 장제스의 끄나풀을 이용해 온갖 야만적 범죄를 자행함으로써 포로들이 송환을 거부하지 않을 수 없는 조건으로 몰아갔다고 억지 생트집을 부렸고, 유엔군측은 그쪽이 분류심사에 동의하지 않았느냐며 면박을 주면서도 애초에 스스로의 입으로 제안한 숫자가 있는만치 참으로 난감한 입장에 빠지고 말았다.

위쪽에서 벌어지는 그런 곡절을 미처 알 리 없는 공산포로 지도자들은 눈앞의 승리에만 취해 희색이 만면해 있었다.

"우리의 이런 투쟁이 보고로 올라가믄 수령동지께서 몹시 기뻐하시갔지요?"

"물론입네다. 이걸 계기로 판문점회담에서 국련군 대표가 죽을
쑤면 쑬수록 우리한텐 유리해지는 것이니까니. 허허허!"
엄정섭과 이임철이 이런 자화자찬을 늘어놓자, 박사현이 시종일
관 아웃사이더 같은 태도를 취하고 있는 이학구를 바라보며 조금
불만스러운 듯이 물었다.
"기런데, 총좌동무는 아까부터 어째 말이 없소?"
그 바람에 이임철과 엄정섭의 시선까지 자기한테로 쏠리자, 이학
구가 어색하게 몸을 조금 움직이며 대답했다.
"아니, 방금 저는 어제 일을 잠시 생각하고 있었습네다."
"기래요……."
박사현이 고개를 주억거리고, 이임철과 엄정섭도 갑자기 김이 빠
져 수굿해졌다.

이학구가 말하는 '어제 일'이란 제9구역 95수용소에서 일어난 폭
동이었다. 분류심사가 실시되다 만 4월 10일 제9구역 95수용소에서
벌어진 포로와 경비대의 충돌은 어찌 보면 지난달 3월 16일 50여
명의 반공포로가 탈출하여 빚어졌던 소동의 불씨가 다시 불붙은 것
이라고 할 수 있었다.
그날 오후 6시 무렵 포로 세 명이 저녁식사를 마치고 산책을 나
왔다가 정문보초를 서고 있는 한국군 경비초병을 조롱하고 시비를
건 것이 발단이었다.
"어이, 보초! 너 몇 살이야? 집에 돌아가 어머니 젖이나 먹어야
겠구나."
"근데, 와 기렇게 말라 비틀어졌네? 꼭 쫓겨나 굶고 돌아다니는
강아지새끼 같다야."
"입성은 또 어떻구. 대동강 다리 밑 거렁뱅이 꼬락서니 아니가.

하하하!"

 "야, 국방군. 차라리 이리 들어오지 그래. 배불리 먹고 지내다 우리랑 함께 이북으로 가는 게 어때?"

 그 말을 들은 경비초병은 얼굴이 시뻘개져서 입에 담지 못할 상소리로 욕을 퍼부었다. 자기네딴에는 농담으로 한 말인데 조카뻘 나이밖에 안되는 어린 사람한테 험한 대거리를 들은 포로들은 제풀에 성이 나서 돌멩이를 집어던지고, 그에 대해 경비초병은 M1소총을 어깨에서 벗어 들고 방아쇠를 당겼다.

 단순히 위협사격으로 쏜 것이지만, 격앙된 감정을 자제하지 못해 자신도 모르게 총구가 수평을 향한 것이 상황을 악화시키고 말았다. 포로 한 명이 중상을 입어 피를 흘리며 쓰러졌고, 총소리를 들은 포로들이 벌떼같이 정문 쪽으로 달려나왔다. 급보를 받은 한국군 경비대가 출동했다. 그래서 95수용소 포로 전체와 구역담당 경비대의 대결국면으로 사태가 커져버렸다.

 진압병력과 함께 현장에 달려온 제31경비대대장은 재빨리 문제 초병을 본부막사로 빼돌리고, 부상포로를 제64야전병원으로 후송하기 위해 앰뷸런스를 불렀다.

 그러나, 포로들이 순순히 응할 리 만무했다.

 "이 짐승 같은 놈들아! 와 걸핏하면 비무장인 사람한테 총질이네 총질이."

 "총을 쏠 땐 언제고, 이제 겨우 후송하겠다면 다야?"

 "미제국주의 압잡이들! 저 새끼들 죽여라!"

 포로들은 부상자를 막사로 데려다 숨기는 한편, 갖은 욕설과 투쟁구호를 외치며 경비대를 향해 투석전을 전개했다. 한편으로는 은닉하고 있던 칼·도끼·대창·쇠막대기 따위 무기를 가져와 휘둘렀다. 험상한 기세와 시위를 누그러뜨릴 분위기가 전혀 아니었다.

뒤늦게 미국군경비대가 출동했다. 미국군은 한국군을 뒤로 물리고 전면에 나서서 부상자 후송을 촉구하고 포로들을 진정시키려 했으나 소용없었다. 포로들은 미국군을 상대로 차마 돌을 던지지는 않았지만, 거센 항의와 위협적인 기세는 여전했다.

언어소통이 되지 않아 죽을 쑤는 미국군 지휘관을 보다 못한 경비대대장이 나서서 포로대표를 보고 통첩을 발했다.

"너희들, 정 이렇게 부상자를 내놓지 않고 고집을 부리면 우리가 들어가 찾아내고, 저 기탑의 인공기를 찢어버리겠다. 어떡할 테냐?"

"뭐가 어드래? 이 병신 같은 간나새끼야! 어디 할 테면 해 보라우. 들어오는 즉시 네놈부터 찔러죽일 테니까니."

부하들이 보는 앞에서 심한 모욕을 당한 대대장은 마침내 중대장에게 돌격명령을 내렸고, 그에 따라 주변 병사들과 감시망루의 초병은 즉각 사격준비태세에 들어갔다.

그러나, 그것은 너무나 무모한 도전이었다. 잦은 충돌과 총격사건에 골치가 아픈 수용소장 돗드 장군이 포로들을 자극하지 않기 위해 수용소에 들어갈 때는 총기를 휴대하지 못하도록 엄명을 내려놓은 상태였으므로, 중대장 휘하의 90여 명 한국군 병사들은 무장이라곤 곤봉 하나씩이 고작이었다. 그러니 곤봉을 휘두르며 뛰어들어봐야 칼과 창 등의 흉기로 무장한 포로집단에게 상대가 될 리 만무했다.

절대 불리한 조건 아래 수용소에 진입한 경비병들이 한동안 악전고투하고 있을 때, 핏발 선 눈으로 아군의 곤경을 지켜보던 한국군이 사격명령도 떨어지기 전에 누가 먼저라고 할 것 없이 일제히 방아쇠를 당겼다. 콩볶듯한 총성과 함께 포로들이 픽픽 쓰러짐으로써 공격이 주춤해지자, 공격부대가 그 틈을 타서 후퇴하기 시작했다.

사격중지명령으로 총성은 일단 멎었으나, 상황은 이미 극도로 악화된 다음이었다. 무수한 포로들이 절명하거나 쓰러져 울부짖고 신음하는 처참한 광경이 벌어졌고, 동료들의 피를 본 포로들은 이성을 잃었다. 분노한 그들은 철수하는 경비대를 뒤쫓아 돌멩이를 집어던지며 정문으로 파도처럼 쏟아져 나오기 시작했다.

미국군 지휘장교는 그때까지도 수용소장의 방침에 따라 평화적으로 사태를 수습하고 싶었다. 자기 부하병력을 투입해 완충지대를 설정해 한국군 경비병들의 안전한 철수를 보장하는 동시에 포로들의 진출을 막으려고 했다.

그러나, 그런 미적지근한 태도가 오히려 사태를 악화시키고 말았다. 포로들은 더욱 기세가 등등해 미국군에게도 무차별 투석공격을 가하며 압박을 늦추지 않을 뿐 아니라, 이미 경비초소를 때려부순 것으로도 모자라 감시망루까지 점령하려고 달려들었다.

기관총이 설치되어 있는 감시망루가 포로들의 손에 들어가면 그 다음의 상황은 생각만 해도 끔찍한 노릇이 아닐 수 없었다. 일촉즉발의 긴박한 단계에 이르자, 미국군 지휘장교는 다급한 나머지 사격명령을 내리고 말았다. 이번에는 한국군뿐 아니라 미국군까지 총을 쏘기 시작했다.

제아무리 기세등등한 포로들도 혼합부대의 무차별 총격에는 당할 재주가 없었다. 그들은 픽픽 쓰러지는 동료들을 돌볼 겨를도 없이 앞다투어 정문 안으로 달아나기 시작했다. 그리고 나서야 사태는 진정국면으로 접어들었으나, 피해는 너무나 컸다. 포로들은 30명이 죽고 80여 명이 중상을 입었으며, 경비대 측은 한국군 사망 5명과 미군을 포함한 10여 명의 부상자를 내고 말았다.

이학구가 그 사건을 들먹여 초를 치는 바람에 이임철과 엄정섭은 모처럼의 술자리 흥이 깨져 벌레 씹은 표정이었으나, 박사현은 대수롭지 않다는 투였다. 그는 이학구의 잔에 술을 부어 주며 말했다.

"이 총좌동무, 너무 신경쓰지 말기요. 아, 피 흘리디 않는 혁명투쟁이 어찌 가능하갔소. 그 정도 피해는 약과로 봐야디. 이제 우리가 봉기해서 이놈으 수용소를 점령할 때 백 배로 갚아주면 되니까니."

"위에서 명령이 떨어졌습네까? 작전개시일이 정해졌습네까?"

엄정섭이 물었다.

"기렇디는 않아. 결정적 시기를 기다립시다. 그보다는 지난번 최고사령부의 지령을 속히 이행해 성과보고를 올리는 거이 현재의 우리한텐 급선무요."

"아, 고위직을 납치감금하라는 것 말씀입네까?"

이번에는 이임철이었다.

"기럼. 어떤 놈을 체포하는 게 효과만점인지는 자명한 거 아니갔소? 내가 따로 구상하는 바가 있으니 걱덩말고, 오늘은 좀 기분좋게 마십시다. 자!"

박사현의 건배 제의에 따라 잔들이 부딪쳤다.

3

극심한 부작용을 불러일으키기는 했으나, 어쨌든 분류심사 작업이 끝나고 북송자와 잔류자가 결정됨으로써 거제도 포로수용소에는 일시적이나마 평화가 찾아들었다. 반공수용소 포로들은 공산포로의 기습테러나 파괴공작 공포로부터 해방되어 모처럼 발뻗고 잘 수 있게 되었고, 공산수용소 포로들은 관리당국의 압박을 이겨내고 분류심사를 받지 않은 채 자기네 수용소를 장악함으로써 나름대로 마음의 여유를 가지게 되었다.

포로들은 한가한 시간을 이용해 취미생활까지 만끽했다. 가장 대중적인 오락이 영화이고, 연극공연과 음악회도 열었다. 또, 각종 운동경기의 대대별 시합으로 열띤 응원전을 펼치기도 했다.

그런 행사들 말고는 소질과 취향 또는 희망에 따른 개인활동도 할 수 있었다. 그림을 그리기도 하고, 성악이나 대중가요에 심취하기도 했으며, 개인별 수준에 맞추어 한글공부 또는 영어공부로 향학열을 불태우기도 했다.

그런 여가활동은 수용소 개설 초기부터 시작된 것이었지만, 분류심사를 계기로 마찰과 소요가 잦아들면서 더욱 활기를 띠었다. 친공 반공의 싸움만 없다면 거제도 포로수용소는 세계에서도 유래가 없는, 그야말로 포로들의 천국이었다.

석규가 자기 왼쪽 장딴지를 칼로 찔러 상처를 내고 제64야전병원 외과병동으로 실려 간 것은 그럴 즈음의 어느 날이었다. 조양숙을 그렇게 해서라도 만나야할 정도로 그의 애간장은 바작바작 타고 있었다.

양숙은 다리에서 피를 철철 흘리며 나타난 석규를 보자 깜짝 놀랐다. 사랑하는 남자를 오랜만에 보는 기쁨이 문제가 아니었다. 군의관이 응급처치를 하고 상처를 꿰매는 동안, 그녀는 옆에 붙어서서 안타까운 듯 석규에게 물었다.

"어쩌다 이렇게 다쳤어요?"

"다친 거이 아니야."

"그게 무슨 소리죠?"

"내래 일부러 상처를 냈디. 병원에 오려구."

석규가 씩 웃고 대답하자, 그녀는 새된 소리를 질렀다.

"아니, 뭐라구요?"

군의관이 눈이 뚱그래져 손놀림을 멈추고 쳐다보자, 양숙은 서투른 영어로 얼른 둘러댔다.

"디스 맨 이즈 마이 브라더."

"오우, 디어!"

군의관은 미심쩍은 눈빛으로 두 사람을 번갈아 쳐다보며 고개를 끄덕끄덕하고는 처치를 계속했다.

이윽고 봉합이 끝나자, 양숙이 익숙한 솜씨로 붕대를 감아주었다. 그런 다음, 군의관에게 양해를 구하고 절룩거리는 석규를 빈방으로 데리고 들어갔다.

"이게 무슨 미련한 짓이에요?"

분명히 나무라는 어투였다.

석규는 그런 그녀가 고맙고 사랑스럽고, 한편으로는 재미있기도 했다.

"기럼 어드케. 숙이를 꼭 만나야 하니까니."

"아니, 아무리 그렇다고 어떻게 칼로 자기 다리를 찔러요? 끔찍해."

그 마지막 말이 묘하게 석규의 가슴을 꼬집었다. 그는 단도직입 용건으로 들어갔다.

"여러 니야기 할 겨를이 없고, 숙이는 어드케 할 작정이네?"

"뭘요?"

"분류심사 받았을 거 아니가. 설마 니북에 가겠다고 한 건 아니갔디?"

"내가 어떻게 했을 거 같아요?"

양숙은 짐짓 짓궂은 미소를 띠고 석규를 빤히 쳐다보았다.

"속터지게 하지 말구 날래 말하라우. 이남에 남겠다고 했디?"

"그럼요. 아버지 엄마랑 동생들 두고 어떻게 이북에 가겠어요.

거기가 아무리 공산주의 낙원이라 해도."
　"오, 기래! 잘 생각했어. 정말 잘했어."
　석규는 와락 얼싸안았다.
　"내가 북에 안 가기로 한 게 기뻐요?"
　"기럼. 기쁘디 않구. 거긴 한마디로 사람 살 곳이 못 돼. 나 같
은 니북 출신들이 거의 안 돌아가갔다구 버티는 거 보면 모르갔
어? 거기 가족들이 있는데도 이남에 남갔다고 하는 사람들 보라
우."
　"하지만, 쉬운 결정이 아니었어요."
　"그게 무스기 말이네?"
　"우여곡절이 많았다구요."
　여자수용소는 원래부터 공산당 세력이 절대적이었다. 따라서, 나
약한 여자포로들은 원하든 원하지 않든 간에 주도세력에 휩쓸려 모
두 북송희망자가 될 처지였다.
　그런 강압적 기류가 여자수용소 분위기를 지배하고 있을 때, 뜻
하지 않은 이변이 일어났다. 여자 포로 한 명이 분류심사 바로 전
날 밤 북송반대 혈서를 써놓고 목을 매어 자살해버린 것이다. 더구
나 그녀는 미모에다 성품이 서글서글해 누구한테나 호감을 주어 왔
기에, 그녀의 자살소동이 불러일으킨 파문은 절대적이었다. 공산지
도부 역시 큰 충격을 받은 나머지 심경의 변화를 일으켜, 모든 여
자포로로 하여금 북송이든 잔류든 개인희망에 따라 거취를 결정하
도록 허용했던 것이다.
　사상문제에 상관없이 이북에 갈 생각이 전혀 없으면서도 주위가
두려워 애를 태우던 양숙 같은 여자포로들이 그런 행운을 얻은 것
은 순전히 한 동료의 눈물겨운 자기희생 덕이었다.
　"죽은 녀자는 안됐지만서두, 숙이가 북송되지 않게 된 건 덩말

다행이야. 자나 깨나 걱정했는데, 아, 이젠 안심해도 되갔군.”
　“석방되면 우리 만날 수 있을까요?”
　“거 무스기 말이네? 당연히 만나야지. 만나야 하구말구.”
　“어디서 어떻게 만나죠?”
　“같이 석방되문 좋갔지만, 떨어진들 와 만날 수 없갔네. 좁은 땅안에서 내 숙이 한 사람 못 찾갔어? 념려 말라우. 내 죽어도 찾을테니까니.”
　양숙은 만일을 생각해서 서울 자기 집 주소를 적어 주었지만, 자기들의 바로 코앞에 어떤 운명적인 시련들이 기다리고 있는지, 신이 아닌 그들이 알 리가 없었다.

　다소의 무리와 파행이 부득이했을망정 포로들은 대체로 그처럼 갈 사람 남을 사람으로 분류됨으로써 이제 송환이든 석방이든 그 날을 기다리는 한가한 입장이 되었지만, 그런 사람들에 비하면 77 수용소의 김병수는 특이한 케이스라고 할 수 있었다.
　어쩌다 피란길에 나서기는 했지만, 공산당 체제에 대단한 악감정이나 거부감이 있어서가 아니었다. 피란 가지 않으면 전쟁통에 죽을지 모른다는 그쪽 사회의 불안분위기에 떠밀린 것이 이유의 전부였다. 그렇기 때문에 형편이 허락하면 고향의 아내한테 돌아간다는 생각은 단순하면서도 절대적이었다.
　그런데, 포로생활을 하는 동안 언제부터인지 모르게 가슴 밑바닥에서 한 가닥 연기 같은 회의가 모락모락 피어올랐다.
　북으로 가는 것만이 능사냐. 두 식구가 네 식구 된들 뾰족한 수가 있는가. 가난한 형편 나아질 가망이 있는 것도 아니고. 어차피 같이 고생할 바에는, 마누라한테 미안하지만 용오 이놈을 데리고 이남에 주저앉는 게 어떨지 몰라. 여긴 모든 게 넉넉하고 자유로운 세상이라고 하니, 건강한 몸뚱이 하나 잘 건사해 끌고 나가면 뭐든지 해서 돈도 좀 모으고 이놈을 사람답게 키울 수 있을 거야. 그러고 있다가 남북통일이 되면 마누라하고 딸내미 찾아 만나면 되지. 통일까진 안 돼도 언젠가 왕래 정도는 할 수 있게 되지 않겠어. 다 한 나라 한 민족인데. 무슨 철천지 원수지간이라고.

병수는 이런 미적지근한 생각에서 어린 아들한테 넌지시 물어보기도 했다.

"너 집에 가고 싶지?"

"응."

"엄마랑 용순이 많이 보고 싶지?"

"보고 싶어. 아빠, 근데 왜?"

"아니, 그저……. 그런데 말이다. 이런 건 어떨 거 같냐? 이 수용소에서 나가게 되면 여기 이남에 남아서 말이다, 아빠 열심히 일해서 돈 많이 벌고, 넌 학교에 들어가 공부 열심히 해 훌륭한 사람이 되는 거 말이다."

"집에 가서도 그렇게 하면 되잖아."

"말은 쉽지만, 이북에선 모든 게 부족하고 어렵기에 하는 소리야. 너는 여기서 이렇게 하고 평생 살아라, 하고 당에서 시키면 그대로 따를 수밖에 없거든. 너도 대강 알잖아? 그런데, 이남에선 이렇게 저렇게 시키는 사람도 없고, 서울이든 어디든 원하는 데 가서 살아도 되고, 누구든지 열심히 일하면 돈 많이 벌 수 있고, 누구든지 열심히 공부하면 훌륭한 사람 될 수 있다나 봐. 너도 그런 사람 되고 싶지 않아?"

"응. 근데, 엄마하고 용순이는?"

"그건……이 다음에 통일이 되고 어디든지 자유롭게 갈 수 있게 되었을 때 찾아가 만나면 되지."

"그게 언젠데?"

"그건 아빠도 몰라. 하지만 그렇게 오래 걸리진 않을 거야."

아들과 이런 대화를 나누면서도 마음의 큰 줄기는 역시 고향에 돌아간다는 것이었고, 설령 분류심사를 받았다 하더라도 주저하지 않고 북행을 원한다는 대답을 했을 것이 틀림없었다.

그런 병수가 결정적으로 심경의 변화를 일으킨 것은 아들의 갑작스러운 병 때문이지만, 달리 보면 운명의 장난이었다.

분류심사 실시 문제를 놓고 관리당국과 포로지도부가 팽팽하게 맞서 수용소 전체에 긴장감이 감돌던 날, 용오가 갑자기 오른쪽 아랫배가 아프다고 징징거렸다. 배탈이 났나 보다 싶어 살살 주물러 주자, 더 아프다고 비명을 지르며 울었다.

그제야 병이 단단히 났구나 싶어 겁이 덜컥 난 병수는 부랴부랴 서두르며 난리를 피운 끝에 앰뷸런스를 불러 아들을 싣고 제64야전병원에 달려갔다. 급성맹장염이었다. 다행히 급히 손을 썼기에 제시간에 수술을 받아 무사할 수 있었다.

진땀이 나도록 종종거린 끝이라 녹초가 된 병수는 단 하룻나절 동안에 겪은 일이 실로 꿈만 같았다. 만약에 이곳이 포로수용소가 아니고 평강 고향에서였다면 어쩔 뻔했나 싶으니 정신이 아찔했다. 천금같은 아들을 잃어버릴뻔 하지 않았는가.

그런 생각이 들자, 갑자기 정신이 홱 돌아오는 느낌이었다. 북송 대열에 끼어서는 안 되겠다는 생각이 뒤통수를 아프게 때렸다.

그래. 이북으로 돌아가는 건 어리석은 짓이야. 세상을, 앞날을 더 크게 내다봐야지. 사람이 어디서건 못 사나. 여편네와 딸년도 소중하지만, 하나뿐인 아들놈은 더하지 않은가. 공산당이 그동안 해 온 짓거리를 볼작시면 고향에 돌아가 봤자 뻔할 뻔자다. 그러니 차라리 이남에 남아 열심히 돈 벌어서 아들놈 하나 사람답게 키우는 것도 괜찮을 듯싶구나. 장사로 치면 충분히 남는 장사지.

병수는 아들을 수술실에 들여보낸 뒤 병원 휴게실 의자에다 극도로 피곤한 몸을 던지고는 손가락이 뜨겁도록 담배를 빨면서 골똘히 생각했다. 하얀 환자복을 입은 포로가 옆에서 뭐라고 말을 붙여 왔지만, 귀에 들어오지도 않았다.

실내에서는 금연이라고 간호사가 지적을 했다. 밖으로 나와서 퀀셋 벽에 기대앉아 다시 담배를 피우면서도 그 생각에 계속 매달렸다. 그리하여 마침내 내린 결론은 역시 이남에 남아야 되겠다는 것이었다.

77수용소에서 그는 우수한 일꾼이었다. 철물공작소에서 익힌 솜씨를 발휘해 지도부의 요구대로 각종 무기를 열심히 만들었다. 그래서 지도부의 칭찬을 받고, 자신도 뿌듯하게 생각했다. 그 무기들이 어디에 쓰이는지 고민한 적도, 그럴 필요를 느낀 적도 없었다. 좋아서 한 일이 아니라, 단지 시키니까 한 일이었다. 그 흉기가 사람을 죽이게 되더라도 자기 책임이 아니었다. 전쟁이 자기 책임이 아니듯이. 그러니 북송대열에서 이탈해 이남에 남더라도 꺼릴 것이 전혀 없었다.

기회는 지금뿐이다!

그는 속으로 부르짖었다. 아픈 아들을 데리고 공산당 천지인 77수용소에 되돌아가면 다시는 기회가 없었다.

벌떡 일어난 그는 다시 들어가서 한국인 통역관을 붙들고, 아들이 수술 받고 나면 단 며칠이라도 입원하게 되느냐고 물어 보았다. 당연히 그렇다는 대답을 듣고는 간절히 호소했다.

"그럼 그동안 제가 옆에서 지키며 보살필 수 있도록 해 주십시오. 어린놈이라 제가 옆에 없으면 울고불고 난리를 피울 겁니다.

제발 부탁입니다."

갖은 소리로 애원하자, 통역관은 고개를 끄덕이며 가능하도록 힘써 보겠다고 했다.

결국 병수의 희망이 이루어져, 회복을 기다리는 아들의 병상 옆에서 며칠을 같이 지낼 수 있도록 선처를 받아내는 데 성공했다. 그렇지만 온 정신은 딴 데 쏠려 있었다. 간단한 수술이고 어린애 몸이라서 회복이 빠르기 때문에 사오 일이면 퇴원할 수 있다고 하므로, 그 안에 어떤 수를 쓰든지 반공포로들이 있는 수용소로 재배치되어야만 했다.

그렇다고 섣불리 누굴 붙들고 도움을 청할 수도 없었다. 77수용소에 있을 때, 병원이야말로 공산당의 공작 소굴이라고 들은 적이 있었다. 그러니 환자도 간호사도 일단 경계대상이었다. 군의관은 미국인이라 말이 안 통할 뿐더러, 설령 한국말을 알아듣는다 해도 일개 포로인 자기 호소에 귀기울여 줄 것 같지도 않았다.

역시 찾는 곳에 길이 있었다. 누구한테 매달려야 할지 몰라 조바심으로 애를 바작바작 태우며 두리번거리던 병수 앞에 다음날 구원의 천사가 나타났다. 무슨 용무인지는 모르나 병원에 찾아온 한국군 장교였다.

병수가 알 턱이 없지만, 그 장교는 한미연합정보처의 박상열 중위였다.

박 중위를 본 순간, 병수는 지옥에서 부처님을 만난 것 같은 심정이었다. 앞뒤 생각할 겨를도 없이 그의 앞에 불쑥 다가가 말을 붙였다.

"저, 장교님. 급히 말씀드릴 게 있습니다."

"무슨 일이오?"

박 중위는 너무 갑작스러운 대면이라 걸음을 멈칫하며 물었다.

"여기선 보는 눈이 있어서 그렇고, 잠깐 짬을 내서 제 말을 들어 주십시오. 제발 부탁합니다, 장교님."

"당신 환자요?"

"아닙니다. 저는 77수용소에 있는데, 아들이 어제 맹장염 수술을 받아서 간호하고 있습니다."

생면부지인 장년포로의 분위기가 예사롭지 않은 데다, 더군다나 정보사각지대인 77수용소 소속이라지 않는가. 정보장교로서 판단회로가 빠르게 작동했다.

박 중위는 병수를 빈 수술실로 데려갔다.

"그래, 나한테 하고 싶다는 얘기가 뭐죠?"

박 중위는 병수에게 담배를 권하고 물었다.

"장교님도 잘 아실 겁니다만, 77수용소는 지도부가 온통 악질 공산당이라서 분류심사도 못 받고 모두 이북으로 돌아가게 되었습니다. 허나, 저는 아들놈도 있고 해서 이남에 남고 싶습니다. 아니, 꼭 남아야 합니다. 그러니 북송되지 않도록 우익수용소로 보내 주십시오. 77엔 절대 돌아갈 수 없습니다. 제발 저하고 아들놈 살려 주십시오."

병수는 목매는 소리로 간절히 애원하며 눈물까지 글썽였다. 그동안의 노심초사가 북받친 것이다.

"77수용소에서 무슨 일을 맡고 있소?"

"철물공작소에서 일하고 있습니다."

"철물공작소……."

박 중위는 되뇌었다. 귀가 번쩍 뜨이는 소리였다.

"거기서 각종 무기를 만든다는 정보가 있는데, 사실이오?"

"그럼요. 제 손으로 만든걸요. 칼, 창, 도끼, 쇠로 만들 수 있는 간단한 무기는 뭐든지 만듭니다. 그렇게 날마다 만들어서 수두룩이 쌓아 두고 있습니다. 위에서 명령만 떨어지면 철조망 부수고 나간 다고 지도부가 큰소리를 치고 있답니다.”

“그게 언젠데?”

“그건 잘 모르겠습니다. 저 같은 말단이야 알 수 없지요. 하지만 지도부가 하는 말들로 보건대 조만간 뭔가 일을 벌일 것 같습니다. 장교님, 어쨌든 전 이미 77엔 돌아갈 수 없는 사람입니다. 그러니, 우리 부자 제발 우익수용소로 보내 주십시오.”

병수는 다시 간절하게 매달렸다. 그로서는 결사적이 되지 않을 수 없었다.

잠깐 생각한 박 중위가 말했다.

“알겠소. 내가 알아서 처리할 테니깐 안심하고 기다려 봐요. 이 름이 뭐지요?”

“저는 김병수고, 아들놈은 김용오라고 합니다. 장교님, 우릴 제 발 좀 살려 주십시오.”

“소속은?”

“6대대 1중대 3소대입니다. 장교님만 꼭 믿겠습니다.”

박상열 중위는 약속을 지켰다. 용오가 회복되어 퇴원해도 좋게 되었을 때 전격적으로 손을 써서 김병수 부자를 73수용소에 재배치 시켜준 것이다. 사실 그의 직책과 영향력으로서는 어려울 것도 없 는 일이었다.

“여긴 반공수용소니까 안심해도 괜찮아요. 이 사람들은 조만간 육지로 이송될 예정이고, 휴전협상이 타결되는 대로 석방될 겁니 다.”

73수용소 정문까지 손수 차로 데려다가 인계를 한 다음, 박 중위가 병수에게 한 말이었다.

병수는 감격에 겨운 나머지 박 중위의 손을 잡고 눈물을 찔끔거리며 감사했다.

"이 은혜를 어떻게 갚아야 할지 모르겠습니다. 정말이지 장교님은 우리 부자한테 생명의 은인입니다."

"그런 공치사는 필요 없어요. 어쨌든 당신은 민간인이니까, 설령 군인들은 최악의 경우 북송된다 하더라도 민간인인 당신은 석방될 거요. 그러니 자유대한에서 열심히 행복하게 사십시오."

"그럼요. 아무튼 장교님 은혜 죽을 때까지 잊지 않겠습니다."

박 중위는 아직도 병색이 가시지 않은 용오의 까까머리를 쓰다듬어 준 다음, 차를 타고 돌아가버렸다.

병수는 아들을 데리고 한국군 경비초병과 포로 CP가 각각 열어주는 이중정문을 통과해 73수용소 안에 발을 들여놓았다. 가슴속에서 여러 가지 감정이 교차했다. 지옥을 벗어났다는 해방의 희열과 함께, 앞으로 닥치게 될 생활에 대한 호기심과 희망과 한 가닥 두려움 같은 것이었다.

그러나, 자기 앞에 당장 운명의 시련의 고비가 기다리고 있다는 사실을 그가 알 리 없었다. 감찰완장을 찬 포로를 따라 감찰부로 갔는데, 막사에 들어서자마자 누가 후려패는 듯한 목소리로 이름을 부르지 않는가.

"이보라우, 김병수!"

병수는 화들짝 놀라 목소리의 주인을 쳐다보았다.

"아니!"

병수의 눈이 뚱그래졌다. 다음 순간, 갑자기 찬물을 뒤집어쓴 것 같은 기분이었다. 목소리의 주인이 천만뜻밖에도 윤석규였기 때문이었다.

"이 새끼, 웬수는 외나무다리에서 만난다더니, 네 잘 찾아왔다."

석규가 의자에서 벌떡 일어서며 외쳤을 때, 병수의 넋은 이미 반이나 나갔다. 본능적으로 자기한테 닥친 위기를 절감하고 온몸이 사시나무처럼 떨렸다.

석규의 몸이 사천왕처럼 커 보인다고 느낀 순간, 갑자기 눈앞이 캄캄해졌다. 가슴을 사정없이 걷어채인 것이다. 신음을 토하며 바닥에 나뒹굴었다.

그 다음에는 정신이 아득해서 기억이 가물가물했다. 자기 몸뚱이가 어떤 타력에 짓이겨지고 있다는 아련한 느낌뿐이었다. 본능적으로 몸뚱이를 게고둥처럼 웅크리고 그 폭행을 고스란히 견뎌냈다. 그러면서 슬프고 혼미한 의식으로 중얼거렸다.

아, 이제, 이렇게 죽는구나!

그런 병수를 살린 것은 아들이었다. 아버지가 당하는 꼴을 목격한 용오가 미친 듯이 울부짖으며 몽둥이도 무서워하지 않고 아버지 위에 엎어짐으로써 석규의 이성을 되찾아 준 것이다.

석규는 죽은 짐승처럼 널브러진 사내와 그 몸뚱이를 작은 몸으로 감싸안으며 울부짖는 소년을 핏발선 눈으로 잠시 물끄러미 내려다보고 있었다. 실내에 있던 다른 대원들은 석규의 분위기에 압도되어 숨을 죽인 채 지켜보기만 했다.

마치 자기가 하던 짓의 어리석음을 깨닫기라도 한 듯, 불현듯 석규가 자기 손에 쥐어져 있는 몽둥이를 팽개쳤다.

그의 감정이 풀어지는 듯한 기미를 포착한 용오가 잽싸게 그의 바짓가랑이에 매달리며 울부짖는 소리로 애원했다.

"아저씨, 우리 아빠 살려주세요! 이렇게 부탁할께요. 네? 아저씨!"

석규는 아무 대꾸 없이 자리로 돌아가며, 대원 한 사람한테 눈짓을 했다.

　잠시 후, 병수는 감찰대원의 부축을 받으며 책상 앞 석규 맞은편 자리의 걸상에 가서 앉았다. 용오는 여전히 울먹울먹하면서 때묻은 소매로 눈물을 연신 훔치며 아버지 옆에 꼭 붙어 서 있었다.
　그런 소년의 모습을 바라보는 석규의 눈에 평소의 그와는 어울리지 않는, 슬프면서도 따스한 빛이 떠올랐다. 그러나 그것도 잠깐뿐, 본래의 차갑게 번득이는 눈빛으로 돌아와 병수를 향했다.
　“야, 김병수!”
　“예.”
　병수는 흠칫해서 대답하며 상대방을 쳐다보았다.
　“솔딕히 대답하라우. 여긴 어드렇게, 뭐하러 왔어?”
　“예?”
　“빨갱이 프락치로 또 공작하러 왔네?”
　“뭐라고요?”
　병수는 펄쩍 뛰었다. 자기가 엄청난 오해를 받고 있다는 의외의 사실에 기겁하지 않을 수 없었다.
　“와 기렇게 놀라네? 아픈 데 찔리니까니 기래?”
　“아, 아닙니다. 전 공산당 아닙니다. 절대 아닙니다. 빨갱이라뇨.”
　“닥치라우! 나랑 홍인조 옆에 따라붙어 염탐해서리 반동분자라고 놈들한테 일러바치잖안? 그 바람에 난 죽을 고비를 겪고 기적적으로 살아났지만서두, 홍인조는 맞아둑었어. 그런데도 아니라고 잡아뗀? 이 음흉하고 비겁한 새끼야!”
　용오가 겁이 나 또 울기 시작했으나, 석규가 무서운 눈빛으로 바라보자 울음을 뚝 그쳤다.

　병수는 석규가 자기를 공산당 프락치라고 생각하는 것이 너무나 억울하고 두려웠다. 어쩌다 입을 잘못 놀린 사소한 말 한마디가 공산당 정보망에 걸려들어 끌려가 추궁당하자, 석규와 인조가 나누던 대화를 일러바친 그였다.

　그것은 두 사람에게 무슨 억하심정이 있어서가 아니라, 순전히 자기 살기 위해서 순간적으로 엉겁결에 끌어낸 단순한 기지에 불과했다. 그 고발로 말미암은 결과가 석규와 인조에게 어떤 일로 나타났을지 짐작은 했으나, 지금까지 그리 큰 양심의 가책은 느끼지 않아 왔다. 두 사람한테 미안하기는 하지만, 자기가 살고자 한 고발이었다. 수용소 안이니까 얼마든지 일어날 수 있는 일이었다. 그렇게 자기 행위를 합리화했고, 석규를 다시 만나기 전까지는 거의 잊고 있었다 해도 과언이 아니었다. 그런 단순성과 우직성, 그리고 무식함이 관대한 처분의 근거로 받아들여져 공산당으로부터 용서를 받았고, 그에 대한 감사의 진정으로 지시에 고분고분 순종하는 정도가 아니라 열성을 다해 각종 철제무기를 생산해 바쳐 일꾼으로 칭찬을 받기도 한 병수였다.

　어쨌든 그렇게 되어 자기 주변에서 영원히 사라진 존재인 줄 알았던 석규가 천만뜻밖에도 무시무시한 흰줄 하나짜리 감찰간부 완장을 차고 자기 앞에 나타났으니, 병수로서는 세상에 나서 이보다 두렵고 놀라운 일이 없었다.

　석규가 77수용소에서 자기한테 일어난 일의 경위와 진실을 듣고 싶어 했으므로, 병수는 곧이곧대로 답변했다. 그로서는 빼고 보태고 할 필요가 없었다. 아울러 자기가 어떻게 해서 기적적으로 77수용소를 빠져나와 73수용소로 오게 되었는지에 대해서도 자세히 설명했다.

　이따금 고개를 끄덕이고 짧은 질문을 던지기도 하며 듣고 있던 석규가 그때까지와는 영 딴판인 목소리로 물었다.

"그 국방군 장교, 얼굴이 희고 잘 생기디 않았소?"

"맞습니다. 꼭 그대롭니다. 부잣집 도령처럼 생겼더군요."

병수는 맞장구쳤다. 사실의 부합에 대한 신기함보다도, 석규가 조금이라도 온정적인 모습을 보여주자 이때다 싶고 고맙기도 해서였다.

석규는 아직도 울먹울먹하며 서 있는 소년을 다시 한 번 힐끔 바라본 다음, 병수를 향해 어딘가 피곤해하는 기색으로 말했다.

"김병수 씨, 잘 들으시라요."

"예."

"기분 같아서는, 내가 77에서 당한 일을 생각한다면 당신을 때려 죽여야 분이 풀릴 것임메. 하지만, 이미 지난 일인데다 애가 불쌍해 이만 참기로 하갔소."

자기 몸뚱아리 하나 편하면 만족하는 순박한 촌놈의 무지에서 비롯된 일이고, 나는 이미 이렇게 멀쩡하지 않은가.

"고맙습니다, 윤 동무. 정말 고맙습니다."

병수는 아들의 시선도 의식할 겨를 없이 연방 굽실거리며 진정으로 감사했다.

석규의 얼굴이 찌푸려졌다.

"그놈의 동무 소린 빼기요. 여기선 그따우 용어는 쓰지 않으니까니."

"아, 예."

"내래 당신 심성을 잘 아니까니, 지금까지 한 말 그대로 믿고 용서하는 거이야요. 그러니까니 감사한 줄 알고, 여기서 있는 날까지 그저 남 하는 대로 따라하면서 조용히 지내시라요. 만에 하나라도 빨갱이놈들 프락치로 이 73수용소에 왔다면, 이 순간부터 그 생각싹 지우는 거이 신상에 좋을 것이오."

"프락치라니, 천부당만부당합니다. 절대 그런 일 없습니다. 믿어주십시오."

병수는 펄쩍 뛰며 부정했다.

"알갔소. 믿고 지켜볼 테니까니. 여기선 77과 같은 미친놈들은 없으니까, 있는 동안은 마음 푹 놓고 지내도 될 거야요. 그 다음 일이야 어떻게 될지는 나도 모르겠지만서두."

"이북에 가는 걸 싫다고 했으니, 윤 동지랑 여기 계신 분들은 다 이남에 석방되는 거 아닌가요?"

"그건 누구도 모르는 일이오. 개성인가 판문점인가에서 하고 있다는 휴전회담의 결과에 따라서 우리 운명도 결정되니까니. 만약 강제송환으로 결정이 난다면, 우리 대부분은 여차하면 집단탈출을 하든디 하다못해 자결을 할망정 그 디긋디긋한 공산당놈들 설치는 세상에는 돌아가디 않을 작정이디만, 김씨는 가족이 있는 고향에 돌아가길 바라디 않소?"

"전에는 그랬지요. 하지만, 이젠 생각이 다릅니다."

"그게 무슨 소리요?"

병수는 아들의 손을 끌어 잡으며 말을 이었다.

"이 녀석이 아프고 나서부터 마음이 바뀌었습니다. 급성맹장이었는데, 이북에 있었으면 어떻게 되었겠나 싶으니 소름이 끼치더군요. 이남에서 돈도 좀 벌고, 이 녀석이 사람답게 커서 성공하도록 뒷바라지하는 것도 가치가 있겠다고 생각했어요. 마누라하고 딸년이야 이다음에 좋은 세상이 오면 그때 만나면 되는 거고."

"잘 생각했구만. 그렇게 마음 크게 먹고 지내도록 해요. 아까는 미안했수다."

"무슨 말씀을. 오히려 제가 고마워해야지요. 아니, 진짜 고맙게 생각하고 있습니다. 다시는 윤 동지 화나게 해드리는 일 절대 없을 겁니다."

병수는 그렇게 말하면서도 마음속으로는 딴 생각을 굴리고 있었다.

그의 관심사는 오로지 석방이냐 북송이냐 하는 문제였다. 석방되기를 기대하고 77수용소에 복귀하지 않고 우익수용소에 왔는데, 석규가 하는 말을 들어보면 꼭 석방된다는 보장이 없는 모양이었다. 실망스럽기는 하지만, 그의 우려처럼 강제로 북송되는 결과가 와도 크게 개의할 필요가 없다는 생각이 들었다. 북송은 자기도 처음부터 원했던 바이고, 어쨌든 그리운 아내와 딸을 만날 수는 있지 않은가.

문제는 북송되는 도중에 77수용소 동료들 눈에 띄는 것이지만, 그래도 상관없다고 자신을 위안했다. 그들이 자기 내막을 잘 알지 못하는 이상 시치미떼면 되고, 만에 하나 추궁하더라도 극구 부인하면 그만이라는 어리석은 생각이었다.

4

유엔군총사령부의 포로처리계획 제2단계 '오퍼레이션 스프렛아웃(Operation Spreadout)' 분산작전이 실행에 옮겨진 것은 제1단계 분류작전이 공산포로들의 맹렬한 거부로 완료되지 못한 채 어정쩡한 상태에서 종결된 직후였다.

분산작전의 대강은 다음과 같았다.

첫째, 제주의 모슬포와 제주비행장에 제2포로수용소를 개설해 중공군 공산포로와 반공포로를 각각 분리해 수용한다.

둘째, 경북 영천을 비롯해 대구·광주·논산·마산·부산 거제리와 가야·부평 등 8개 지역에 제3수용소부터 제10수용소까지 8개 포로수용소를 개설해 모든 한국인 반공포로를 분산 수용한다.

셋째, 북송을 고집하는 공산포로수용소와 그 수용인원은 현재의 상태를 유지하면서 제3단계 '브레이컵' 소규모화작전에 대비하도록 한다.

그런 방침에 따라 육지로 이송되는 반공포로 제1진이 드디어 거제도 포로수용소를 출발한 것은 4월 14일이었다.

그날따라 구름이 끼고 바람이 불어 봄날로서는 약간 쌀쌀한 날씨 속에 수용소 정문을 나선 반공포로들은 경비대 병력의 삼엄한 호위 감시를 받으며 대열을 지어 장평부두로 향했다.

태극기를 앞세운 그들은 누구의 선창인지도 모르게 반공청년단가를 소리높이 불렀다.

　　우리는 백의민족 단군의 자손
　　악독한 공산제국 반대 격멸에
　　선봉대가 되리라, 우리 젊은이
　　일어서라, 선조의 피를 이어
　　광명을 맞아들일 대한반공청년단

그들은 대체로 기쁘고 의기양양해 보였으나, 1년 동안 갖은 사건과 고초를 겪으며 살아온 수용소를 돌아보는 표정은 마냥 밝지만은 않았다. 그러면서도 상기된 얼굴로 또다른 노래를 이어나갔다.

　　양양한 앞길을 바라볼 때에
　　혈관에 파동치는 애국의 핏발
　　넓고 넓은 사나이 마음
　　생사도 다 버리고 공명도 없다

보아라 우리들의 힘찬 맥박을
가슴에 울리는 독립의 소리

"아, 저 디긋디긋한 곳을 이제야 벗어납메."
"좋아할 거 없어. 육지 어딘가의 다른 수용소가 기다리고 있는데 뭘."
"그래도 공산당 빨갱이놈들헌티 언제 당할지 몰라 마음 졸일 일은 이제 없잖은게벼."
"그나저나 저 속에서 억울하게 죽어간 원혼이 몇이나 될까? 모르긴 해도 줄잡아 수백 명에서 천여 명에 이를걸, 아마."
"미국놈들 미쳤어. 포로관리를 이따우로 하는 데가 세상에 어딨노."
"그래도 이것저것 잘 멕여 준 거 하난 고마워해야디."
포로들은 이런 말들을 주고받으며 터벅터벅 걸었다.
한 무리의 포로들이 지나갈 때면 언제나 그렇듯이, 길거리에는 민간인들이 떼지어 나와 서서 바라보고 있었다. 단순한 구경꾼도 있고, 혹시라도 가족이나 아는 사람의 얼굴이 보이는가 해서 목을 학처럼 빼어 필사적으로 두리번거리는 피란민도 있었다. 어떤 노인은 눈물이 글썽해서 목쉰 소리로 끊임없이 아들 이름을 애타도록 불러 듣는 사람의 가슴이 미어지게 했다.
그 점에서는 포로들도 마찬가지였다. 이북출신 포로들은 혹시라도 가족이 피란 와서 그 민간인들 속에 끼어 있지 않나 하고 좌우를 열심히 두리번거렸다.
장평부두에는 미국해군 LST함이 입을 벌린 채 대기해 있었고, 포로들은 그 속으로 한없이 빨려 들어갔다. 이윽고 승선이 끝나자, 함정은 앞판을 들어 올려 바우도어를 닫고는 인간집단과 함께 그들의 한과 슬픔까지 가득 싣고 떠나갔다.

그렇게 시작된 반공포로 이송작업은 몇 날 며칠을 두고 계속되었는데, 첨예하게 대립하던 두 집단 중의 한 집단이 떠나는 마당에 조용할 리가 없었다.

경비병력의 삼엄한 좌우 경계 아래 이루어지는 출발이기 때문에 공산포로들은 그전처럼 돌멩이를 우박처럼 쏟아 붓는 식의 극렬한 행위까지는 자행하지 않았지만, 반공포로 행렬이 자기네 수용소 앞을 지나가면 철조망에 새카맣게 붙어서서 발을 굴리며 갖은 욕설과 악담과 저주를 퍼붓곤 했다.

"야, 이 개새끼들아! 너희들 죽을 날도 얼마 남지 않았어."

"가다가 군함 밑창이 빵꾸 나서 모조리 뒈져라!"

"우리 니북에 돌아가문 네 가족들 다 둑일 게야."

그러고도 성에 차지 않으면 목이 터져라 군가를 부르거나 '김일성 장군 만세!'와 '쓰따린 원쑤 만세!'를 외치는 등, 반공포로들을 자극해 격동시키려고 갖은 짓을 다했다.

반공포로들은 하도 겪은 일이라 이골이 나서 '너는 지껄여라 나는 귀 막겠다' 하는 식으로 무시하다가도 급기야 참지 못하고 마주 욕을 퍼붓기도 했다.

요컨대, 그것은 어처구니없는, 세상에도 별난 이별의식의 풍경이었다.

73수용소 반공포로들이 거제도를 떠나기 하루 전날, 윤석규는 모두들 출발준비로 부산스러운 저녁 늦은 시간에 김병수를 찾아 그의 막사로 갔다.

"아니, 갑자기 웬일입니까?"

병수는 일찍 자려다 말고 눈이 뚱그래서 벌떡 일어났다. 석규의 내방이 너무 뜻밖이기 때문이었다.

"이제 래일이면 이 거제도를 떠나게 되는데, 다시 만날 수 있을지 어떨지 확실치 않기에 미리 작별인사나 하자구요."

석규는 농담 비슷이 말했지만, 그것은 사실 진심의 토로였다. 문제는 그 작별인사의 상대가 왜 하필 김병수냐 하는 점이었다.

지금까지 그에게는 동료가 있을지언정 친구는 없었다. 언제부터인지 모르게 줄곧 혼자만의 세계, 혼자만의 성 속에 자신을 감금해 놓고 세상을 싸늘한 눈으로 바라보며 고독하게 살아온 지난날이었다. 집안이 풍비박산되고 부모가 비명에 죽는 비극을 겪으면서 세상을 바라보는 그의 눈빛에는 자연히 증오가 서리기 시작했다. 원하지 않는 전쟁에 끌려나와 모진 고생을 겪으면서, 포로가 되고 죽음의 문턱에서 간신히 목숨을 부지했다. 그 후, 난생 처음 영혼의 행복한 환희를 알게 해 준 여자와의 사랑이 순조롭지 못함으로써, 그러한 상황들은 그를 점점 더 피가 식고 눈물도 메마른 인간으로 변질시켰다. 그러니 그에게 진정한 의미의 친구가 있을 턱이 없었다.

그렇다고 김병수란 인물에게서 새삼스럽게 친구의 이미지를 찾으려고 생각한 것은 아니었다. 죽을 때까지 결코 잊지 못할 생생하고 강렬한 기억을 각인시켜 준 고난의 섬을 떠나게 되는 마당에 그 나름의 감회가 없을 수 없었고, 그것을 누군가와 나누고 싶었다. 그 인간적 상대가 누굴까 생각한 끝에 유일한 존재로 김병수를 떠올렸을 뿐이었다.

"잠시 나오시갔소?"

석규는 의향을 떠보는 투로 물었으나, 사실은 소망이 담긴 질문이었다.

"아, 그럽시다."

　병수는 주저하기커녕 바라고 있었던 것처럼 흔쾌히 일어났다. 그
도 어떤 면에서는 석규와 같은 심정 같은 처지였다.
　"아빠, 어디 가?"
　용오가 누운 채 걱정스러운 투로 물었다. 생체활력이 왕성한 아
이답게 수술 회복기가 빨라 어느덧 평소와 다름없는 건강을 되찾아
있었다.
　"응, 아버지 이 아저씨랑 잠시 나갔다 오마."
　"빨리 올 거지?"
　"그럼. 먼저 자고 있어."
　"잠이 안 오는걸."
　"그래도 눈감고 있어 봐."
　석규는 그답지 않은 자애로운 눈빛으로 아이를 내려다보며 까까
머리를 쓰다듬었다.
　"용오야."
　"네?"
　"너 래일 여기서 나가게 되는 거이 좋아, 아니면 싫어?"
　"몰라요."
　"몰라?"
　"네."
　용오는 시무룩해서 대답했다. 보는 앞에서 아버지를 무자비하게
구타하던 인간을 어린 마음에 아주 받아들일 수가 없었던 것이다.
　석규는 아이의 그런 마음을 읽을 수 있었고, 그렇기 때문에 미안
하다기보다는 왠지 가슴이 쓰라렸다.
　"갑시다."
　병수가 앞장서며 석규의 팔을 끌었다.
　석규는 아이에게 굳이 잘 자라는 말을 던지고는 병수를 뒤따라

목조 막사를 빠져나갔다.

　터벅터벅 걸음을 옮기는데, 세상이 이리도 아름다웠던가.

　음력 하순이라 달이 없는 밤하늘에는 별빛만 총총하고, 바람마저 잠이 든 듯 밤의 대기는 미동도 없이 대지를 덮고 있었다. 춥지도 덥지도 않은 봄날 밤의 기온은 쾌적하기 이를 데 없었다.

　누가 이끈 것도 아니건만, 두 사람의 발길이 멎은 곳은 변소가 저만치 보이는 철조망 옆이었다. 그곳에는 자연의 손이 뻗어와 가꿔 놓은 잔풀밭이 있고, 철조망보다 키가 높은 보안등이 그 일대를 비추고 있었다.

　석규가 먼저 풀 위에 털버덕 주저앉으며 상의 호주머니에서 작은 술병 하나를 꺼냈다. 배갈이었다. 다음에는 작은 통조림 캔도 하나 꺼냈다.

　"아니, 이게 뭡니까?"

　병수가 놀란 소리로 묻자, 석규가 되물었다.

　"김씨, 수용소에 들어온 이후루 술 마셔 본 덕 있소?"

　"웬걸요. 여단장이니 뭐니, 계급 높은 놈들은 입맛 꼴리는 대로 술판을 벌린다는 소린 들었지만, 우리 같은 말단한테야 당키나 한 소린가요. 이게 무슨 술이지요?"

　"짱꼴라들이 즐겨 마시는 빼갈입네다."

　"이걸 어떻게 구했소? 재주가 비상하네."

　"머리를 좀 썼디요."

　두 사람은 차가운 풀밭에 앉아 작은 병뚜껑을 잔으로 삼아 주고받으며 배갈을 마시기 시작했다. 야전용 오프너로 개봉한 통조림 캔 속에는 쇠고기 조림이 들어 있었고, 석규가 가져온 포크로 번갈아 가며 찍어서 안주로 삼았다.

　"카! 왜 이렇게 독하지요? 소주는 저리 가라네."

석규가 권하는 바람에 먼저 잔을 받아 술을 입에 털어넣은 병수가 입맛을 다시며 하는 소리였다.

"빼갈은 처음입네까?"

"예. 워낙 평강 촌놈이라 놔서……."

"마시긴 좀 거북하디만서두, 뒤끝은 아주 깨끗하답네다."

두 홉들이 병이 금방 비었고, 오랜만에 마시는 술인 데다 독주라서 취기가 빨리 돌았다.

두 사람은 모처럼 마음을 트고 각기 지내온 이력을 털어놓기 시작했다. 그리하여 비로소 상대방의 과거를 소상히 알게 되고, 가슴 속에 뭔지 모를 비애가 퍼지는 가운데 따스한 친근감을 느꼈다.

"김씨, 내래 용서해 줄 수 있디요?"

"예? 그게 무슨 말이오?"

"미안합네다. 아까 용오 녀석을 보니까니……. 내래 원래 이런 놈이 아니었는데, 어쩌다 이처럼 인간백정처럼 됐는디 모르갔소. 이제 처음으로 고백하는데, 자다가 가끔 가위에 눌리기도 한답네다. 이까짓 게 뭐라고……."

석규는 갑자기 생각난 듯 상의 호주머니에서 감찰완장을 꺼내어 철조망 너머로 휙 던졌다. 그러나 완장은 철조망을 넘어가지 못하고 가시에 걸려버렸다.

병수가 석규의 팔뚝을 꽉 잡고 세게 흔들었다.

"윤 동지, 미안한 건 오히려 나요. 다급한 판에 나 살자고 괜한 소리를 한 바람에 윤 동지가 죽을 고초를 겪은 거잖소. 그러니 내가 용서를 빌어야지."

"어찌 생각하면 우리 자신의 탓도 아니디요. 이놈의 전쟁이 사람을 몹쓸 인간으로 만든 거 아닙네까. 전장에서 쏴둑이고 둑고 하지만, 병사들에게 무슨 잘못이 있갔소. 더구나 우린 같은 민족 한 핏

줄인데. 곰곰 생각해 보면 참 어처구니없고 슬픈 일입네다.”

“그렇고 말고. 다 미친놈의 세상 탓이지 뭐요. 그래도 우린 어쨌거나 이 전쟁통에 목숨이나마 부지하고 있으니 망정이지……. 윤 동지야 이제 한창 나이니, 석방만 되면 잘 살 수 있을 거요.”

“석방, 석방…….”

석규는 되뇌며 픽 웃었다. 웃는 것이 아니라 우는 얼굴이었다.

“왜 그래. 꼭 석방이 될 거요. 젊은 사람이 희망과 용기를 가져야지.”

“그래야갔디요. 내보다두 김씨가 희망과 용기를 가져야갔습데다. 용오를 보니까니.”

“허허허, 그놈. 아무것도 모르는 철부지 어린 게 포로생활을 다 했으니 참!”

“하하하!”

실소로 시작된 웃음이 금방 파안대소로 변했다. 천진한 아이의 기막힌 체험을 이야기하다 보니 어느덧 자기들의 어처구니없는 인생에 자연스럽게 초점이 맞춰졌던 것이다.

한밤중에 호젓한 풀밭에 앉아 껄껄 웃고 있는 두 사내의 웃음소리가 왠지 애처로운 듯, 철조망에 걸린 감찰 완장이 가만히 내려다보고 있었다.

석규는 병수와 헤어져 막사로 돌아와 자리에 누웠으나, 머릿속이 착잡해서 잠이 오지 않았다. 오늘이 이 지긋지긋한 거제도에서의 마지막 밤이구나. 그동안 얼마나 많은 일들이 있었던가. 내가 여기에서 저지른 죄를 다 털어버리고 살아갈 수 있을까. 격정적인 세월의 소용돌이에 휘말려 이리저리 표류해온 나의 인생은 과연 앞으로 어떻게 될까.

석방이 틀림없이 이루어질까. 석방이 된다 해도 내 앞을 가로막는 수많은 암초들을 피해갈 수 있을까. 이 낯선 땅 어디서, 어떻게 시작해야 하나…….

그러나, 정작 머릿속을 강하게 지배하는 것은 조양숙의 얼굴이었다. 이송이 가까워올수록 이것이 영원한 이별이 되지 않을까 하는 걱정이 점점 커진 석규였다. 집주소를 알려주긴 했지만 과연 찾아갈 수 있을지도 의문이고, 막상 찾아가 만나도 자기를 대하는 그녀의 태도가 지금과 같으리라고 확신해서도 안 될 것 같았다.

차라리 지금 탈출해서 그녀를 설득해 같이 도망치는 것이 어떨까. 그렇게 해서 내 여자로 아주 꽉 잡는 것이.

분류심사 이후에는, 적어도 반공수용소의 경우 경비상태가 많이 완화되어 굳이 탈출하려면 불가능할 것도 없을 것 같았다. 죽기 일보직전의 만신창이 몸으로도 기어서 77수용소를 탈출한 자기가 아닌가.

문득, 양숙이 어쩌면 강제로 북송되지 않는다는 보장이 없다는 생각이 들자, 찬물을 뒤집어쓴 느낌이었다. 공연히 심장이 쿵쾅거리기 시작했다. 공산당원인 여자포로 지도부가 막판에 태도를 바꾸어 어떤 짓을 할지 모르는 일이었다. 여자들 마음이란 조석으로 변하지 않는가.

생각이 거기에 미치자, 도저히 그냥 누워 잠들기를 기다릴 수가 없었다. 살그머니 일어나 잠자리를 빠져나왔다. 자기 소지품에 잠깐 마음의 발목을 잡혔지만, 이내 뿌리쳤다. 그딴 것은 아무래도 좋았다. 양숙을 만나야 한다는 조급함만이 그의 뇌리를 이미 절대적으로 지배하고 있었다. 아니, 갑자기 미치도록 그녀가 보고 싶었다. 제64야전병원과 여자수용소 일대의 지리쯤은 연필로 그릴 수 있을 정도로 정확히 꿰고 있는 석규였다.

동료 포로들은 모두 코를 골면서 세상모르고 깊이 잠들어 있었다.

석규는 그들에게 무언의 작별인사를 하고 살며시 밖으로 나왔다.

한밤중에 73수용소가 갑자기 어수선해졌다. 포로 한 명이 외곽철조망을 몰래 빠져나가다가 감시망루의 초병에게 적발되고도 경고를 무시한 바람에 사살되었기 때문이었다. 더군다나 탈주자가 다른 사람도 아니고 권력이 막강한 부서인 감찰부의 기간간부 윤석규라는 사실이 밝혀지자, 너무나 뜻밖의 보고에 접한 지도부는 벌어진 입을 다물지 못했다.

날이 새어 한밤중 사고의 보다 자세한 내용이 널리 알려지자, 육지 이송을 앞두고 풀어져 들떠 있던 수용소 분위기는 잠시 술렁거렸다.

그렇지만 누구보다 큰 충격을 받은 사람은 김병수였다. 세상에 어찌 이런 일이 있을까 싶었다. 자기 귀를 의심할 지경이었다. 그러다가 사실을 사실 그대로 받아들이지 않을 수 없게 되면서는 애처로움이 뭉클뭉클 솟아나 가슴이 미어졌다.

가련한 친구! 자네 어쩌면 그렇게도 운도 복도 없나. 이제 조금만 지나면 석방될 텐데, 그 새를 못 참아서. 모진 고생 위험한 고비 다 견뎌 내고서.

눈시울이 뜨거워지며 눈물이 주르륵 흘러내렸다. 훔칠 생각도 않고 흐릿한 눈으로 창밖의 하늘을 하염없이 내다보았다. 그 어디선가 석규가 자기를 내려다보며 쓸쓸하게 웃고 있을 것 같았다. 어쩐지 그런 어린애 같은 생각이 들었다.

"아빠, 왜 그래?"

용오가 소매를 잡고 흔들며 물었다.

“아무것도 아니다.”

“거짓말. 울고 있잖아.”

“아니래두.”

병수는 두 손으로 얼굴을 쓱쓱 문지르고 아들의 손을 잡았다.

“용오야. 이제 이 수용소에서 나가게 되니까 좋지?”

“몰라. 근데, 여기서 나가면 뭐해. 딴 데 가서 또 수용소에 들어가게 된다고 아저씨들이 그러던데. 아빠, 정말 그래?”

“그럴 모양이야. 하지만 곧 석방돼.”

“정말?”

“그럼. 정말이지 않구. 석방될 거야. 꼭.”

병수는 아들의 작은 몸을 꼭 껴안았다.

윤석규의 비극적 사건도 시간이 촉박한 출발준비 분위기에 묻혀 버리고, 73수용소 포로들은 예정된 스케줄에 따라 점심을 먹자마자 각자 소지품을 들거나 메고 그토록 나가고 싶던 정문을 나서서 장평부두로 향했다.

“아빠, 저 사람들 뭐야?”

길가에 늘어서서 웅성거리며 바라보는 사람들을 보고 용오가 물었다.

“응, 구경꾼이야. 우리가 신기한 모양이다.”

“근데, 저 할아버진 왜 고래고래 소리지르면서 이름을 부르고 그래?”

“우리처럼 피란 온 사람인가봐. 군대 간 아들이 포로로 잡혀 이 속에 있는가 해서 그냥 이름을 불러보는 거야.”

“그럼 엄마도 피란 와서 우릴 찾고 있는 거 아닐까?”

“이 녀석아, 그건 말도 안 돼.”

“왜?”

“엄만 아파서 누워 있는 걸 보고 왔잖아. 그런데 어떻게 피란을 와.”

“그래두……”

“쓸데없는 소리 말고 걸음이나 똑바로 걸어.”

손목을 잡아채며 아들을 나무랐지만, 병수의 가슴은 무너지고 있었다. 몸져누운 아내를 두고 경솔하게 피란길에 오른 자기 행위는 평생을 가도 지워낼 수 없는 회한의 응어리가 아닐 수 없었다.

수월리 아랫마을과 중통골마을을 거쳐 마침내 장평부두에 도착한 73수용소 포로들은 정렬할 겨를도 없이 그대로, 입을 벌리고 대기한 LST함 속으로 차례차례 빨려 들어갔다.

용오가 무슨 발견이라도 한 듯이 말했다.

“아빠, 이거 우리가 올 때 탔던 그 군함이잖아.”

“그런 모양이다. 비슷한 배겠지.”

“이걸 타고 어디로 가는 거지?”

“모르겠다. 귀찮게 굴지 말고 잠자코 있어.”

이윽고 인원승선이 끝나고 마무리작업도 완료되자, LST함은 바우도어를 닫고 후진으로 부두에서 천천히 물러나기 시작했다.

웅성거리던 포로들은 생명력을 지닌 거대한 물체처럼 웅장한 소리를 내면서 움직이는 선체의 위용에 압도된 나머지 조용해졌다.

그럴 즈음, 스피커에서 공지사항들이 쏟아져 나왔다.

“……여러분은 이제 제1포로수용소 생활을 마치고 유엔군총사령부 지침에 따라 새로운 보금자리로 이송되고 있다. 함정이 목적지에 도달할 때까지 여러분은 전적으로 수용소 관리당국이 아닌 미국 해군 529함 함장의 지휘책임 하에 소관되는 것이며, 따라서 안전운항에 지장을 초래할 어떠한 행위에 대해서도 함장 직권으로 엄격한 처벌이 가해질 것임을 명심하기 바란다. 예를 들어, 괜히 난동을 부리거나 소란을 떠는 행위 등이 이에 해당하며, 질서를 해치는 어떤 행동도 용납되지 않을 것이다. 특히 담뱃불 같은 화기(火氣)에 각별히 주의할 것. 다시 한 번 경고하거니와, 불미한 실수 때문에 목적지에 도착해서도 다른 대원들과 함께 하선하지 못하는 불이익을 당하지 않도록 각별히 유념하기 바란다. 이상!"

윤 동지, 자네는 어째서 이놈의 지긋지긋한 섬을 그토록 떠나지 못하는가. 무슨 놈의 찰거머리 귀신이 자넬 안 보내려고 붙잡고 있기에.

아들을 안고 차가운 바닥에 앉은 병수는 스피커에서 울려나오는 소리를 귓등으로 흘리며 마음속으로 탄식했다.

깜박 잠이 들었던 모양이었다.

병수는 갑자기 주위가 어수선해지는 기미에 눈이 떠졌고, 곧 이상한 광경이 시야에 들어왔다.

미국군 흑인 수병 한 명이 여자포로 한 명을 대동하고, 모두 앉거나 드러누운 포로들 사이를 누비고 저만치서 걸어오며 뭐라고 소리를 꽥꽥 지르고 있었다. 여자포로가 수병을 앞세우고 누구를 찾는 모양이었다. 그녀는 부끄럽고 어색한 기색으로 그 뒤를 졸졸 따르면서 주위를 두리번거리며, 이따금 말을 붙이는 포로에게 간단한 대꾸를 하기도 했다.

어쨌든 모두 축 처져 널브러졌던 포로들의 눈에는 그 두 사람의 느닷없는 출현이 희한하고 신선한 구경거리가 아닐 수 없었다.

병수는 그들이 멀리 떨어져 있을 때는 함정의 진동음 탓도 있고 해서 수병이 외치는 소리를 전혀 알아들을 수 없었으나, 그들이 오류 미터 앞까지 도달했을 때, 갑자기 자기도 모르게 귀가 번쩍 띄었다. 수병이 외치는 소리가 처음에는 '윤스 큐'같았는데, 혹시 석규의 이름을 말하는 것이 아닌가 하는 생각이 번개같이 뒤통수를 쳤기 때문이었다.

병수는 자신도 모르게 엉거주춤 일어났다.

"혹시 윤석규를 찾소?"

병수는 수병의 뒤에 선 여자포로에게 물었다.

그 순간, 여자의 표정이 확 퍼졌다. 그녀는 수병을 젖히고 병수 앞으로 나서며 다급하고 들뜬, 그러면서도 어딘가 모르게 불안의 기미가 느껴지는 목소리로 물었다.

"네. 아세요? 윤석규 씨 아세요?"

"알다마다요."

"그 사람 이 배 탔죠? 어디 있어요? 네?"

여자가 다급하게 물었으나, 병수는 차마 다음 대답을 할 수 없었다. 갑자기 무엇인가 목구멍까지 꽉 차서 말이 나오지 않았다.

그러자, 가까운 자리의 어느 포로가 대뜸 큰 소리로, 그 사람 죽었다고 여자에게 대신 일러주었다.

"뭐라구요? 그게 무슨 소리죠? 아니, 방금 뭐라고 했죠?"

여자가 달려들어 싸울 듯한 기세로 그 포로에게 질문을 퍼붓는 것을 보고, 병수는 힘없이 자리에 도로 털썩 앉고 말았다. 그녀는 실성한 사람처럼 울부짖으며 포로에게 이것저것 캐물었고, 그 포로뿐 아니라 주변의 한두 명도 말을 보태어 여자를 납득시키고 있었다.

"아아!"

별안간 여자가 천장을 올려다보고 머리카락이 출렁이도록 고개를 쩔레쩔레 흔들며 단말마의 비명을 질렀다. 그러더니 무너지듯 주저앉았다.

수병이 얼른 그녀의 몸을 받쳐 안았다. 당황한 수병은 기절한 그녀를 안아들고 왔던 방향으로 허둥지둥 뛰어가기 시작했다.

"애인 관계였는가 보군."

술렁거리는 분위기 속에 한 포로가 빈정대듯 중얼거리자, 킬킬거리는 웃음과 함께 여기저기서 댓말이 이어졌다.

"거 대단한 친굴세. 포로생활하면서 연애질까지 하다니."

"누가 아니래. 그 작자 인간백정처럼 날뛰더니, 색다른 면도 있네 뭐."

"아무튼 철조망에 걸려 죽어도 여한은 없겠군."

그 말을 듣자마자, 병수의 입에서 자신도 모를 호통이 튀어나갔다.

"그만들 뒤요!"

"이건 또 누구야?"

"남의 아픈 사정도 모르고, 그런 식으로 말하는 거 아니오."

"이봐. 당신이 뭔데 남의 일 갖고 그러쇼?"

"그 사람 사연을 좀 알기에 하는 소리요. 관둡시다."

면박을 당한 포로들은 기분이 상한 나머지 여차하면 싸우려 들 기세였으나, 병수가 끝내 맞서지 않고 물러앉자 구시렁거리며 슬그머니 풀어져버렸다.

병수는 석규가 왜 철조망을 통과하려고 했는지 비로소 알 것 같았다. 자기한테 그 여자포로 이야기를 한 마디도 비치지 않은 것이 의외일 뿐 아니라 조금 섭섭하기도 했으나, 그의 성격을 생각하면 이해가 되기도 했다. 유난히 짙은 눈썹과 탐색적인 눈빛, 구릿빛에 가까운 얼굴과 함께 방금 본 여자의 울부짖는 모습까지 새삼스럽게 눈앞에 선연히 떠오르며, 가엾은 두 남녀의 비련에 엉뚱한 자기 가슴이 미어지는 것 같았다. 한편으로는 석규의 불행하고 비극적인

종말이 자기한테도 일말의 책임이 있는 것 같은 느낌을 떨쳐버릴
수 없었다.

　병수는 참담한 심정인 채 어두컴컴한 구석 쪽을 마치 그곳에 석
규가 있기라도 한듯이 언제까지나 바라보고 있었다.

　그런 아버지를, 아들은 차마 말을 붙이지도 못하고 멀뚱멀뚱 쳐
다보기만 했다.

산에 들에

1

"아이고, 상국아부지. 큰일났소!"

밖에서 막 돌아온 아내가 호들갑을 떠는 소리에 옥치조는 순간적으로 간이 철렁했다. 그가 놀란 것은 아내가 정작 말하려는 그 '큰일' 때문이 아니라, 최근 들어 부쩍 빈도가 잦아진 실성기의 또 한 번 발작이 아닐까 해서였다.

"와, 뭐꼬 또. 뭐를 그래쌌느노."

자기도 모르게 얼굴을 찌푸리며 된소리를 냈다.

이옥례는 남편의 그런 속도 모르고 자기 이야기에 마냥 신이 나 있었다.

"저어기 중통골에서 말이요, 신혼부부가 신행을 가다가 신부가 미군한테 끌리가서 몬된 짓을 당하고 미쳤다 안카요."

"뭐?"

"군인들이 신부를 끌고 들어가서 빨가벳기고……"

"치아라 고마."

치조는 벌컥 소리쳐 아내의 말을 막아버렸다. 처음에는 실성기가 도진 것이 아닐까 싶어 놀라서 그랬지만, 이번은 이야기 자체의 고약함이 불쾌해서였다.

그 이야기는 치조도 들어서 알고 있는 극히 최근의 뉴스로서, 그 내용은 다음과 같았다.

갓 장가를 든 시골청년이 아리따운 새색시를 데리고 걸어서 처갓집에 가다가 중통골 미국군 경비초소 근처를 지나가는데, 초소 앞에 나와 있던 병사들이 말을 건 것이 발단이었다. 병사가 요란하게 제스처까지 써 가며 자기한테 뭐라고 지껄이자, 영어를 전혀 못 알아듣는 무식한 신랑은 단지 상대방의 히죽히죽 웃는 얼굴만 보고는 호의로 그러는 줄 알고 자기도 따라 웃으며 '예스 오케이''예스 오케이' 하고 고개를 끄덕인 것이다. 귀동냥으로 알고 있는 유일한 영어가 그 두 마디였기 때문이었는데, 네 여자를 빌려달라는 요구에 자기가 '좋다'고 허락한 사실을 신랑이 알아차린 것은 훨씬 나중의 일이었다. 갑자기 병사들이 다짜고짜 달려들어 신부를 붙잡아 초소 안으로 끌고 들어가는 바람에 깜짝 놀란 신랑은 아내를 빼앗기지 않으려고 눈이 뒤집혀 달려들었으나, 체격조건이 월등한 데다 여러 명이나 되는 상대방을 당할 재간이 없었다. 결국 그렇게 초소에 끌려들어간 신부는 윤간으로 만신창이가 되어 나왔는데, 어린여자로서 그 충격을 이기지 못해 실성하고 말았다는 것이었다.

치조는 처음 그 이야기를 들었을 때 사실로 믿지 않았다. 세상이 하도 어수선하고 시끌시끌하다 보니 온갖 낭설과 풍설이 난무하지 않는가. 조용하고 평화롭던 고장에 포로수용소가 들어옴으로써 야기된 엄청난 문화충격의 일환으로 사람들의 정신과 마음이 혼란스러워진 탓이었다.

포로수용소 개설 초기만 해도 미국군 공병대가 고현성 성곽을 무너뜨렸을 때 축석 아래에서 용이 채 못된 이무기가 나와 군인들이 총으로 쏴죽였다느니, 양정고개 밑 동메골에 급수장을 설치하자 그 속에 큰 구렁이가 들어가 헤엄을 치고 있었다느니 하는 소문이 파다했다. 그러니 이번 사건 역시 어느 마을 누구네 아들과 딸이라는 정확성이 뒷받침되지 않은 이상 헛소문의 하나일 가능성이 다분하다는 것이 치조의 판단이었다.

옥례는 남편의 그런 속도 모르고, 다만 자기 말을 가차없이 깔아 뭉개는 처사만 마냥 야속하고 서운한 모양이었다.

"와 그라요. 이녁은 와 날로 그리 밉닥하요."

그녀는 금방 눈물이 글썽해지며 울먹이는 소리로 항변했다. 하찮은 꾸중이나 비난에도 어린애처럼 예민하게 반응하는 것이 최근 들어 실성기가 더해진 그녀의 징후 가운데 한 현상이었다.

치조는 기가 꽉 차는 가운데서도 자기가 실수하고 있다는 사실을 깨닫고 얼른 말투를 부드럽게 바꾸었다.

"지랄 안 하나. 내가 임자를 미워하기는 와 미워하노. 쓸데없는 소리를 한께 그러제."

"쓸데없는 소리가 아이요. 지나가던 신랑각시가……."

"어허 참! 그거는 어떤 실없는 인간들이 괜히 지어낸 이야란 말이다. 대명천지에 우찌 그런 일이 있단 말고. 그건 그렇고, 대체 어데 갔더노?"

특별한 볼일도 없는데 훌쩍 자취를 감추었다가 서너 시간 만에야 나타났기에 타박하는 소리였다. 아내의 이상증세가 부쩍 더해진 이후로는 그녀가 밖에 나다니는 것조차 불안스럽고 남의 이목이 거북한 치조였다.

"밭에 갔다 오다가……개마을댁 앞을 지나오는데 부른다 아이요."

"불러?"

"여럿이 날로 보고 들어오락합디더."

치조는 더 묻지 않고 입을 다물어버렸다.

'밭에 갔다 오다가'는 아내의 입에서 들을 수 있는 천편일률적인 외출의 변명이었다. 무슨 일로 어디를 다녀오거나 항상 '밭에 갔다

오다가'가 전제되었다. 더군다나 그네 밭과 개마을댁은 같은 방향
도 아니었다.

이 사람이 개마을댁 근처를 지나가자, 거기 모여 있던 동네 여편
네들이 재미삼아 불러들였겠지.

그런 생각을 하자, 가슴속에 뜨거운 소금을 한 바가지 부은 것
마냥 아렸다.

옥례의 실성기는 이미 마을에 파다하게 알려진 지 오래되었다.
사람들은 다른 사람도 아닌 옥 이장네 집에 불어닥친 불행이 남의
일만 같지 않아 애석해하고 걱정도 했지만, 한편에서는 은근히 재
미있다는 짓궂은 시선도 없지 않았다. 무엇보다도 정신이 오락가락
하면서 돌아다니는 옥례의 모습과 행태는 암담하고 따분한 현실에
침체되어 있는 그들에게 잠시나마 웃음을 찾아주는 카타르시스 효
과가 톡톡했기 때문이었다.

치조 역시 마을의 그런 분위기를 감지하지 못할 리가 없었고, 그
때문에 뒤통수가 근지러워, 꼭 보아야 할 일이 아니면 아예 외출도
삼가게 된 요즈음이었다.

그런데도 정작 장본인인 옥례는 아무것도 모른 채 평소와 다름없
이 싸돌아다니고, 사람들과도 거리낌없이 어울리곤 했다. 가족들은
그녀가 그런 자리에서 눈요기가 되고 웃음거리가 되는 것을 상상만
해도 참을 수 없어 가능한 한 외출을 못하게 하건만, 그녀는 감시
의 눈길이 잠시만 벗어났다 싶으면 어느 틈에 훌쩍 사라지고 말아
가족들의 애간장을 태웠다.

"어데 가몬 간닥고 말을 하고 댕기라."

"와요?"

"아, 당신이 어데 가서 뭐하는지는 식구가 알아야 할 거 아이

가.”
　“상은이 왔다 갔소?”
　불쑥불쑥 엉뚱한 말이 튀어나오는 것도 옥례가 보이는 이상증세의 하나였다.
　“엊그제 안 댕기갔나.”
　“상국이는 언제 온닥하요?”
　“언제 오다니?”
　“다리를 다치서 제대한닥 안합디꺼.”
　그때였다. 아랫방 문이 벌컥 열리며, 얼굴이 일그러진 상국이 마루로 튀어나왔다.
　“엄마!”
　상국이 버럭 소리를 지르자, 옥례가 깜짝 놀라며 대답했다.
　“와?”
　“정신 좀 차리라. 와 자꾸 헛소리 해쌌느노. 아, 참말 미치고 환장하겄네.”
　상국은 하늘을 쳐다보고 부르짖으며 주먹으로 자기 가슴을 탕탕 쳤다.
　“네 이놈우 새끼! 그기이 무슨 망발이고.”
　치조가 버럭 고함을 질렀다. 아들이 미워서라기보다 자기를 둘러싸고 있는 이 암담한 현실에 대한 절망과 분노의 절규라고 함이 옳았다.
　머리가 수세미 같고 수염도 깎지 않아 몰골이 꾀죄죄한 상국의 얼굴이 더할 수 없이 결연한 표정으로 바뀌었다.
　“아부지, 안 되겠습니더.”
　“뭐를, 이놈우 자석아!”
　“엄마 가둬서 묶어놓든지 해야지 도저히 안 되겠습니더.”

"아니, 뭐가 우째?"

"이기이 어디 사람이 사는 깁니꺼? 아이몬 엄마랑 함께 우리 다 같이 칵 자살하고 맙시더."

그 마지막 말은 한 자나 되는 칼이 되어 치조의 가슴을 사정없이 난자했다. 죽고 싶다는 생각이야 이미 수도 없이 가져본 그였지만, 정작 아들의 입에서 그 소리를 듣고 보니 충격과 절망감이 배가되지 않을 수 없었다.

아버지의 가슴속을 만신창이를 만든 상국은 짐승과 같은 이상한 절규를 토하고 뒤뚱뒤뚱 도로 방으로 들어가며 문을 부서져라 쾅 닫아버렸다.

치조는 얼이 빠져 굳어버린 사람처럼 충혈된 눈으로 아들의 뒷모습을 바라보며 우두커니 서 있을 뿐이었다.

그런데도 정작 옥례는 그런 남편과 아들의 태도를 이해할 수 없다는 듯이 번갈아 멀뚱멀뚱 쳐다보고 있었다.

선자산 자드락에 흐드러지게 피어 화사한 자태를 뽐내던 진달래가 어느새 시들새들해져가자, 푸르른 초목들은 하루가 다르게 점점 짙고 성성한 빛깔을 띠어 갔다.

날이 따뜻해지면서 마을사람들과 수용소 포로들은 가까운 산자락 숲속으로 들어가는 사람들의 모습을 날마다 심심찮게 발견할 수 있었는데, 그것은 소위 '모포부대'로 일컬어지는 양공주와 고객인 미국군 병사였다.

그날도 선자산 낮은 자드락 숲속에서는 짧게 네 겹으로 접은 담요 위에서 원초적 욕망을 팔고 사는 희열의 소리가 무슨 산짐승의 은밀한 기척처럼 여기저기서 새나오고 있었다.

그 중에서도 비교적 아래쪽에서 담요 위에 드러누운 미국군 흑인

병사를 걸타고 앉아 땀을 흘리며 헐떡이던 양공주 하나가 갑자기 놀란 듯 동작을 딱 멈추었다.

그러자 김이 샌 병사가 못마땅해서 쳐다보며 물었다.

"와이?"

그녀는 킬킬 웃으며 손가락질로 산 아래쪽을 가리켰다.

웬 까닭인가 하고 고개를 들어 그 방향을 바라본 병사도 흰자위가 유난히 두드러진 눈이 뚱그래져 흰 이빨을 드러내고 따라 웃으며 기성을 질렀다.

"오우 굿!"

그들이 그러는 것도 무리가 아니었다. 그들에게서 이삼십 미터 떨어진 아래쪽에 난데없는 중년여자 하나가 꾀죄죄한 모습으로 헌 군용담요 한 장을 둘둘 말아 옆구리에 끼고 얼씬거리고 있었기 때문이었다.

흑인병사가 지른 기성과 웃음소리가 들려온 방향을 후딱 쳐다본 여자는 기겁해서 아래로 뛰어달아나기 시작했다. 허겁지겁한 나머지 엎어지고 구르며 도망치는 모습은 실로 가관이 아닐 수 없었다.

그 꼴을 본 두 남녀는 근처에 다른 팀이 있거나말거나 박장대소했고, 그러고 나서는 다시금 분위기를 잡아 아까의 자세와 행위로 돌아가고 있었다.

그런데, 문제는 그 중년여자의 모습을 본 것이 그들뿐이 아니었다는 사실이었다.

옥 이장 마누라가, 상국이엄마가 담요를 들고 산에 올라갔다.

이런 소문이 상동리에 쫙 퍼진 것은 채 만 하루도 가기 전이었고, 남녀노소 할 것 없이 그 소문을 재미있어하지 않는 사람이 없었다. 본인 가족들 앞에서야 쉬쉬할 노릇이긴 해도, 듣지 않는 데서야 그보다 더 쫄깃하고 맛난 군것질감이 없었다.

아내의 어처구니없는 광태를 뒤늦게야 산들바람 같은 소문으로 알게 된 치조는 억장이 무너지는 것 같았다. 남 창피한 것쯤은 약과였다. 전생에 무슨 죄를 지었기에 자기한테 이런 일이 일어나는가 싶어 죽고만 싶었다. 그런 절망감 속에서도, 그는 아내의 정신이상을 비로소 제대로 헤아려 판단할 수 있었다.

포로수용소 때문에 보리농사 망치고 농토마저 빼앗긴 절망과 슬픔으로 정신이 오락가락하기 시작한 옥례지만, 결정적 요인은 어느 날 밭일하러 산에 올라갔다가 우연히 목격한 양공주와 흑인병사의 정사장면이었다. 되통스럽고 매사에 민감하여 감정의 낭비가 심헌 성격이 그 뜻밖의 사건에서 의외로 큰 충격을 받았고, 이후로는 자나 깨나 그 고약한 기억으로부터 해방될 수 없었던 것이다. 입버릇이 된 '밭에 갈다 오다가'는 괜히 튀어나오는 헛소리가 아니었다. 거기에다 집안의 기둥인 큰아들이 불구가 되어 돌아오고, 애지중지하던 딸이 직업전선에 나섰다가 추문의 주인공이 된 사건은 '미칠 수 있는 소질'의 싹이 제대로 자라도록 물을 준 셈이나 다름없었다.

바야흐로 치조네 집 위에 먹장구름이 칠흑 같은 어둠으로 덮여왔다.

"아부지, 인자아는 정말 더 이상 참을 수 없습니더. 엄마를 저냥 저대로 놔둬서는 안 됩니더."

상국이 아주 작정하고 아버지한테 대든 것은 그로부터 며칠 후, 또 집을 훌쩍 빠져나간 옥례가 어디를 어떻게 돌아다녔는지 가시 같은 것에 긁히고 옷도 군데군데 찢어진 꼬락서니로 돌아와서 세상 모르고 낮잠에 곯아떨어진 다음이었다.

"안 놔두몬 우짠단 말고."

"제가 안 그럽디꺼. 바깥출입을 몬하도록 가둬놓고 단속해야 한닥고 말이요.”

“이놈아, 말이야 쉽지, 하루이틀도 아이고 그 짓을 우찌 한단 말고. 가돠 놓고 문을 잠근닥고 방 안에 가만히 있을 사람이가.”

“그라몬 묶어 놓지요.”

“아니, 뭐락고?”

치조는 아들을 후딱 노려보았다. 핏발이 선 눈이었다.

그 기세에 상국은 조금 찔끔했으나, 꺼낸 말을 거둬들이지는 않았다.

“정신병원이락하는 데는 감옥소처럼 쇠창살을 친 방에 환자를 가돠 놓은닥하던데, 그럴 형편이 몬되니 묶어라도 돼야지 우짭니꺼.”

“이놈 말하는 거 보래. 느그 엄마가 짐승이가. 묶어 놓거로.”

“안 그라몬 우짠단 말입니꺼. 제정신이 아인 사람을.”

“참말로 그렇게 짐승취급을 하몬, 느그 엄마 영영 잃는 기다. 네 그거를 알아야 한다. 항상 다독거림서 평상시처럼 대해도 정신이 돌아올까 말까한데.”

“아부지! 인자아 엄마가 그 단계를 넘었다는 거를 와 인정 안합니꺼?”

“됐다. 앞으로 아부지가 책임지고 붙어서 바깥출입 몬하거로 단속하꺼마. 그 이야기는 더 이상 하지 마라.”

그렇게 아들의 기세를 꺾은 치조는 갑자기 목구멍이 칼칼해졌다. 마루에 올라앉아 마루와 부엌 사이에 끼어 있는 찬장을 열었다. 그곳에는 항상 소주병과 유리컵과 짠지보시기가 준비되어 있었다. 그것들을 주섬주섬 꺼내어 마루에 놓고 손수 잔에다 술을 가득 따라 단숨에 들이켰다. 그런 다음, 여분의 잔을 꺼내어 반쯤 따랐다. 그 잔을 들어 아들한테도 내밀었다.

“어나, 네도 한잔해라.”

목발 한 짝 짚고 마당에 우두커니 서 있던 상국은 조금 당황했다.

"됐습니더."

"받아라. 술이락하는 기, 과하면 독이 될는지는 몰라도, 이런 경우에는 무엇보다도 약이다. 앉아라."

정작 술상대라도 되는 듯이 권하자, 그제야 상국은 마지못한 척 마루 끝에 엉덩이를 붙이며 잔을 받았다. 몸을 조금 틀면서 단숨에 비웠다.

"한잔 더 할래?"

"됐습니더."

그러면서도 상국은 아버지가 잔에 다시 술을 부어주자 굳이 마다하지 않았다.

치조는 자기 잔도 다시 채워 들고는 결연한 표정을 지으며 말했다.

"네로서는 견디기 힘들기다마는, 이기이 우리한테 닥친 시련이고 현실이니 우짜겠노. 참고 견디야지. 느그 엄마 저거, 이미 동네방네 알려질 대로 알려졌으니, 우짜몬 잘됐는지도 모리겄다. 인자아는 남의 눈 쉬쉬할 것도 없고, 느그 엄마 건사하기가 오히려 쉽다. 이럴수록 우리가 서로를 다독거리고 용기를 북돋아야지 우짜겠노."

별안간 상국이 흑하고 흐느꼈다.

젊은놈 마음이 오죽하랴 싶어, 치조의 눈시울도 뜨거워졌다.

"아부지, 우리 앞으로 우떻게 살아가지예?"

"설마 산 입에 거미줄 치겄나. 무엇보다도 질긴 기 사람 목숨이니라."

"저는 기왕 이 꼴이 되고, 사람노릇하기 글렀은게 상기한테나 희망을 거이소."

치조가 후딱 노려보았다.

"뭐가 우째? 이놈 하는 소리 보래. 네 그기이 애비한테 할 수 있는 말이가?"

"죄송합니더. 하지마는 제 현실이……."

"닥쳐라, 고마. 우떤 경우에도 맏이는 맏이고 아래는 아래다. 네 그거 잊지 마라. 그라고 사람의 일은 모름지기 마음먹기에 달린 기다. 몸의 불구보다 마음의 불구가 더 문제란 말이다. 알겠나?"

"……예."

소매로 눈물을 훔친 상국은 직접 술병을 들고 아버지의 잔에다 술을 따른 다음, 자기 잔도 반 남짓 차게 부었다.

그러는 아들의 행동을 안 보는 척하며 슬쩍 훔쳐본 치조의 입가에 실낱같은 미소가 살짝 떠오르다가 사라졌다.

"그나저나 네 누이동생 말이다."

아들이 따라준 잔을 들어 반쯤 들이켜고 난 치조는 잔을 놓으며 상당히 어려운 말인 듯이, 시선은 딴 데 보낸 채 지나가는 말처럼 슬쩍 운을 뗐다.

사실 그것은 어렵기는 어려운 말이었다. 칼날같이 항상 서 있는 감정을 건드려서 자칫 장승포로 달려가겠다고 설치게 만들까 봐, 그동안 아들 앞에서는 될 수 있는 대로 딸에 관한 이야기는 가급적 삼가 온 치조였다.

"애초에 취직이니 뭐니 말을 꺼낼 때 딱 잘라 반대하지 몬한 기 후회된다마는, 네 보다시피 포로수용소 때문에 하루아침에 농사 몬 짓게 됐제, 아부지도 앞길이 캄캄해서, 그래, 네 앞가림이라도 할 수 있으몬 해라 싶어 허락했니라. 그라고, 사실 그동안 우리 식구가 아무 벌이도 없이 이나마 밥묵고 살아온 거는……지금도 마찬가지지마는, 네 누이동생이 꼬박꼬박 갖다주는 돈이 있었기 망정이

다. 그런데, 이놈우 자석이 그렇게 됐닥하이……부모된 꼴이고 책
임이고 하는 문제는 차치하고라도, 저 신세를 우찌하몬 좋겄노.”
　“우짜긴요. 본인이 알아서 할 나름이지요.”
　아들의 입에서 나온 대답이 너무나 뜻밖이므로, 치조는 놀란 눈
으로 돌아보았다.
　그 시선을 외면한 채 상국이 말을 이었다.
　“상은이 인자아 어른입니더. 아직도 아아 취급하고 걱정하는 거
는 아부지 생각이고예. 그래 가이꼬 다시 시집가는 거는……아니,
꼭 다른 남자하고 결혼할라몬 하지 몬할 것도 없지마는, 본인이 굳
이 그 사장이란 사람한테서 떨어져 나올 마음이 없는 이상 가족들
이 이래라 저래라 할 수는 없는 일입니더.”
　“아니, 네 그거 진심에서 하는 소리가?”
　치조는 아들의 소견이 하도 기특하고 신기해서 물었다.
　“나이 차이가 좀 마음에 걸리기는 하지마는, 현실적으로 따져보
몬 우리가 죽었다 깬들 그만한 재산가한테 상은이를 시집보낼 수나
있습니꺼? 우찌 생각하몬 가아 복인지도 모르지요. 상기한테 자세
히 물어봤더니, 이북사람이라 돈에 지독해서 그렇지 인간성도 그만
하몬 된 거 같고……뭣보다도 우리 상은이를 끔찍이나 위하는가
봅디더. 여자인생이 그만하몬 된 거 아입니꺼?”
　“하긴 그렇기야 하지.”
　“그러이 나무라지 말고 놔두이소. 본인 기분을 생각해서라도…
….”
　치조는 근간에 그토록 가슴 후련한 적이 없었다. 어떤 면으로는
아들이 자기보다 더 생각이 깊었다. 온종일 잠을 자거나 밖에서 술
이 취해 돌아오는 꼬락서니는 아들의 진면목이 아니었던 것이다.
　그것을 깨닫자, 자기 인식의 잘못이 새삼스레 부끄럽고 미안한

생각이 들면서, 한편으로는 잔잔한 감동이 밀려왔다. 이번에는 목구멍이 칼칼해서가 아니라 가슴에서 올라오는 어떤 달콤한 목마름으로 술이 당겼다. 그러다 보니 부지불식간에 어느덧 술병을 아버지와 아들이 사이좋게 다 비운 꼴이 되었다.

안방에서는 옥례가 이따금 알아들을 수 없는 잠꼬대를 곁들이기도 하면서 그때까지도 혼곤히 잠에 빠져 있었다.

2

"아부지."

어둑어둑할 무렵, 자전거를 끄는 상기를 뒤따라 뜻밖에도 상은이 마당에 들어서며 부르는 소리였다.

"아니, 네가 우짠 일고."

치조는 마루에 앉았다 말고 자기도 모르게 벌떡 일어났다. 딸의 방문이 너무 갑작스러웠기 때문이었다.

상은은 월급날 전후인 월말이나 월초에 한 번 집에 잠깐 얼굴을 들이미는 것이 고작이었고, 그나마도 최근에는 돈을 상기 편에 보내기만 할 뿐 직접 방문은 달을 거르기가 일쑤였다. 그런데, 이번에는 월급때도 아닌데 불쑥 나타난 것이다.

딸이 온 기척을 듣고, 병자처럼 초췌한 모습의 이옥례가 호들갑스럽게 안방에서 뛰어나왔다.

"아이고, 상은아! 우리 이것아!"

"옴마아."

"네가 어데 갔다 인자아 오노오. 이기이 얼마만이고."

반가움에 겨워 목소리가 떨리다가 이내 물기에 젖었다.

"겨우 달반밖에 안 됐는데 뭐를 그래쌌느노."

"그래도 느그 엄마 정신에는 반년턱이나 여겨질끼다."

딸의 기분을 염려해 치조가 얼른 아내를 변호했다.

모녀간에 조금은 삐꿋거리는 해후인사가 이어지고 상기는 자전거 짐판에 얹힌 누나의 선물꾸러미를 묶은 끈을 푸는 사이, 아랫방 문이 열리며 상국이 뒤뚱뒤뚱 걸어 나왔다.

"오빠아."

"응, 왔나."

상은의 애틋한 목소리에 비해 상국의 응대는 덤덤했다.

"시장하제? 저녁 차리꺼마."

치조가 엉거주춤 일어나며 말했다. 옥례가 정신이 오락가락해 주부구실을 제대로 못하게 되면서 어느덧 부엌살림은 거의 치조의 몫이 되어 있었다.

상은이 먼저 발딱 일어서며 아버지를 말렸다.

"가만 계시이소 고마. 제가 하께예."

"뭣이 어데 있는지, 네가 모린다 아이가."

"모리긴 와 몰라예. 뭐를 그리 찾아서 차릴 기 있다고……."

상은은 소매를 걷어올리며 부엌으로 들어갔다.

그런 딸의 뒷모습을 애틋한 눈길로 바라보며, 치조는 착잡한 감회에 사로잡혔다. 어쩐지 딸이 나이보다 훨씬 성숙한 여자와 같은 분위기를 풍긴다고 여겨졌기 때문이었다. 그 칙칙한 기분을 얼른 떨쳐버리며, 마침 선물꾸러미를 마루 위에 내려놓는 작은아들을 향했다.

"누야 어디서 만났노?"

"공장으로 찾아왔데예. 의논할 기 있닥함서."

"의논?"

그러자, 부엌에서 상은의 목소리가 들려왔다.

"제가 나중에 자세히 말씀드리께예. 아부지랑 오빠도 들어야 될 일입니더.”

“그래?”

반문하며 치조는 자기도 모르게 큰아들을 힐끔 보았고, 순간 두 사람이 시선이 부딪쳤다가 얼른 떨어졌다. 상은의 말이 두 사람의 가슴에 미약한 자극을 가했던 것이다. 딸이고 누이동생이지만, 현실적으로는 가장이나 다름없는 위치에 올라서 있는 그녀의 무게를 인정하지 않을 수 없는 두 사람이었다.

상은이 그 ‘의논’을 구체적으로 꺼낸 것은 저녁식사를 하고 나서 모처럼 다섯 식구가 마당의 평상에 둘러앉았을 때였다.

파인애플통조림을 따서 어울리지 않는 후식으로 가족들 한가운데에 내놓은 상은은 먼저 과일쪽 하나를 젓가락에 찍어 아버지한테 드렸다. 다음에는 손가락으로 집어 어머니 입에 넣어주면서 조심스럽게 말을 꺼냈다.

“우리 사장님이 그러데예. 대처에 가몬 옴마 같은 환자를 데려다 치료하는 병원이 있답니더. 거기다 입원시키는 기 우떠냐고 말입니더.”

“날로? 내가 와.”

옥례는 딸과 남편의 얼굴을 번갈아 멀뚱멀뚱 쳐다보았다.

“옴마는 가만 좀 있거라.”

조금 짜증스러운 듯 미간을 찌푸리며 어머니의 말을 막은 상은은 다시 아버지를 향했다.

“아부지 생각은 우떻습니꺼?”

“글쎄다. 설령 그런닥해도 어디 병원비가 한두 푼이겠나. 논마지기를 처분할 수도 없게 됐는데, 우리 형편에 그기이 가당한 일이가.”

"병원비는……돈걱정은 마이소. 제가 회사에서 빌리께예. 사장님도 허락했습니더. 얼마가 들던지……. 옴마를 혼자 보내는 기 좀 그렇기는 하지마는, 이렇게 온 식구가 시달리고 고생하는 거에 비하겄습니꺼."

난생처음인 파인애플 맛에 혹해 있던 옥례가 오락가락하는 정신에도 귀 밝은 척을 했다.

"뭐락고? 날로 어데다 보낸닥하노."

"응, 옴마를 좋은 데 구경시키 줄락고 안 하나."

"참말가. 좋은 데 어데?"

"그런 데가 있다. 가만 있으락하이."

그렇게 다독거린 다음, 어머니가 파인애플 맛에 다시 정신이 팔린 틈을 타서 말했다.

"하여튼 그라고예, 이거는 오빠하고 상기한테 관한 이야긴데……. 아까 오면서 상기한테는 대강 귀띔했습니더마는, 사장님이 그러시데예. 오빠하고 상기를 부산 어느 자동차정비소에 보내서 묵고 자고 하며 기술을 배우도록 하몬 우떡겠느냐고. 아는 데가 있는갑데예. 갈락고만 하몬, 자기 소개장만 들고 가몬 채용이 된닥합디더."

"그으래?"

치조는 은근히 놀랐다. 딸의 말이 사실이라면, 그 사장이란 인물에 대한 인식을 백팔십도 바꿔야 하지 않겠나 싶었다.

사실 그는 그동안 그 인물에 대해서 썩 좋은 감정이 아니었다. 딸의 손을 거쳐 전달되는 선처라고 할까 호의라고 할까, 하여튼 조금 떨떠름한 경제적 도움을 어쩔 수 없이 받고는 있지만, 불쾌한 선입견을 떨쳐버릴 수 없었던 치조였다. 지금이야 어린여자의 풋풋한 매력에 취해 간이라도 빼줄 것처럼 싹싹하지만, 어느 때 가서 감정이 싸늘하게 식어 가면을 벗고 전혀 다른 얼굴을 보일지 모른다는 우려가 항상 가슴 밑바닥에 깔려 있었다.

그런데, 이미 완전히 자기사람을 만든 것이나 다름없는 여자의 어머니뿐 아니라 형제한테까지 그 정도의 마음을 쓴다면, 그것은 인간바탕 자체가 호인이란 이야기가 아닌가. 치조의 가슴속에서 미묘한 안도의 물결이 일었다.

상은의 이야기는 상국과 상기한테도 귀에 솔깃한 모양이었다.

그런 형제들에게, 상은은 직접 설득작업을 펴기 시작했다.

"상기 너, 삼거리공장에다 닐로 심어 놓은 거는, 짐작하기에 사장님이 황씨 공장장하고의 관계를 생각하신 거 같아. 뭐락고 하까……부담스럽기도 하고, 그렇닥고 아주 손을 놓기도 뭐한……그래서 그 자리에 네보고 가락고 했던 거 같아. 하지마는, 알다시피 네가 거기서 배울 기술이 뭐 있노. 사장님이 네를 거기서 빼낼락하는 거는 인자아부터 황씨랑 손을 털겠다는 거 아이겠나 싶다. 그런께, 사장님이 네한테 이런 기회를 주실 때 받으란 말이다. 응?"

"느그 사장이 상기한테 뭐를 준닥고?"

옥례가 파인애플쪽을 우물우물 씹으며 또 귀 밝은 척을 했다.

"말해도 옴마는 모린다 고마."

그렇게 무시해버린 상은은 이번에는 오빠를 향했다.

"그라고 오빠, 오빠도 맨날 술만 묵고 아부지 속터지게 할 기 아이라, 장래문제도 생각해야지. 사장님이 그러더라. 다리가 불편한 게 크게 심을 쓰는 일은 몬한다 하더라도 손으로 기계 살살 만지고 고치고 하는 일쯤은 기술만 익히몬 얼마든지 할 수 있닥고. 그래가이꼬 나중에 상기하고 둘이 돌아와서, 그때는 거제여객이 뻐스뿐 아이라 화물차도 굴릴 계획인데, 형제끼리 정비쪽을 맡아도 안 되겠나, 그러더라."

"느그 사장이 그런 말도 했어?"

"하모. 안 한 말을 내가 하까. 그라고 또, 인자아 오빠 나이도 있고 한데, 그렇게 능력을 갖차놔야 장가도 가고 아아도 낳아서 가르치고 할 거 아이가."

"뭐락고? 우리 상국이가 장가를 가? 아이고, 어디 사는 처니고?"

옥례가 또 불쑥 끼어들자, 상은이 마침내 소가지를 바락 부렸다.

"차암, 묵는 기나 묵지, 와 자꾸 엉뚱한 소리 하고 그라노."

면박을 당한 옥례가 금방 코를 벌름거리며 비죽비죽 울려고 하는 바람에 기가 막힌 딸이 키드득 웃으며 얼른 껴안고는 애 다루듯 토닥거려 달래는데, 이제는 거의 면역이 된 가장과 두 아들은 아무런 반응을 보이지도 않았다.

어머니를 진정시킨 상은이 다시 자기 오빠를 보고 생글생글 웃으며 짐짓 근지러운 데를 꼬집었다.

"오빠 생각은 우떴노. 말이 없는 거를 보이 장가는 가고 싶은갑제?"

"짜석아, 나 같은 상이군인한테 시집 올락하는 여자가 어딨노."

"와 없겄노. 오빠보다 더한 사람도 결혼해서 잘만 살더라. 다리 조금 불편한 기 무슨 큰 숭이고. 그렇닥하몬 전장에 나가서 다친 수십만 명 장병들 모두가 몽달귀신 되겄네. 바보 같은 소리 하지도 마라."

단호한 태도로 오빠를 몰아붙인 상은은 다시 아버지를 향해 간곡히 말했다.

"방금 제가 한 말들은 누구보다 아부지가 잘 판단하시고, 오빠랑 상기 의견도 참작해서 결정하이소. 우짜든지 우리 가족이 이 고비 넘기고 한 번 사는 것같이 살아야 안 되겠습니꺼. 그라고⋯⋯다시 말하지마는, 돈 문제는 제가 알아서 준비할긴께 걱정 마이소."

그 마지막 말을 할 때의 상은은 목소리도 태도도 어딘가 모르게 졸아드는 것 같았고, 다른 식구 모두 그것을 느끼면서도 시치미를 떼고 있었다.

아! 그러고 보니 이 녀석이 여간 당찬 애가 아니었구나. 치마만 둘렀지, 사내녀석 찜쪄먹겠구나.

치조는 진심으로 감탄했다. 그러나, 그 감탄에 따라 올라오는 감정의 빛깔이 기쁨인지 안타까움인지, 아니면 그 둘이 복합된 것인지는 본인도 알 수가 없었다.

상기가 부산으로 가기 위해 집을 출발한 것은 그로부터 사흘 후 아침이었다.

우선 장승포로 가서 자기 누나를 만나고 또한 임 사장을 만나서 자세한 이야기를 들은 다음, 그곳에서 출발하는 부산행 여객선을 타게 될 요량이었다.

상은이 전한 사장의 뜻은 상국까지 함께 움직이는 것이지만, 그것은 본인이 아직은 별로 내키는 기미가 아니어서 유보하기로 결정을 보았다.

치조 생각에도 사장한테 너무 기대를 건다고나 할까, 어쩐지 자기네 가정이 아주 예속되는 듯한 느낌이 들어서 큰아들에게 이래라 저래라 하고 싶지 않았다. 또한, 죽음의 전장에서 돌아온 지 얼마나 된다고 집에서 내보내어 고생을 시키나 싶기도 했다.

같은 생각으로, 옥례의 정신병원 입원문제 역시 쉽게 결정을 못 내렸다. 그 정도까지 마음을 쓰는 것을 보면 상은을 아주 자기 여자로 삼으려는 것 같아 한편 마음이 놓이면서도, 그렇게까지 해서 아내를 감옥소 같은 데 홀로 집어넣고 마음이 편할 리가 없었다.

치조는 작은아들의 어깨를 손바닥으로 지그시 누르며 충고했다.

"객지 나가몬 모든 기 낯설고, 누구한테 기댈 데도 없다. 네가 부모 슬하를 떠나서, 태어나 처음으로 네 혼자 스스로를 돌보고, 자기 문제를 결정하고 처리해야 하는 처지가 됐단 말이다. 알겠나?"

"예."

"그러니, 부디 실수하지 말고 단디이 해라. 알겠제?"

"알았습니더."

숙연해져서 아버지의 간곡한 당부를 들은 상기는 어머니의 손을 꼭 쥐었다.

"옴마, 나 가꺼마."

"네가 어데 가는데. 군대에 가나?"

옥례가 눈이 뚱그래져서 작은아들을 얼싸안았다.

"아이다, 옴마. 나 취직 돼서 부산 간다 아이가."

"뭐락고? 부산? 느그 셍이도 부산 가서 전장에 나가더라. 아이고, 내 막내이! 이기이 무신 일이고."

"차암, 인자아 열여덟 살인데 무신 군대를 가노. 곧 휴전이 된닥 하던데."

"그런 소리 마라. 뻘개이포로 보이, 네보다 한참 어린 아아포로도 있더라. 야아가 뭐락하노. 안 된다!"

자기 주제를 알 리 없는 옥례가 시퍼래져서 한사코 작은아들을 붙드는 바람에 이별의 장면은 기도 안 차는 해프닝으로 변하고 말았다.

설득 반 강제 반으로 겨우 어머니를 떼놓은 상기는 눈가가 발그레해져서 아버지한테 절을 꾸뻑 한 다음, 마지막으로 형을 보고 말했다.

"내가 먼저 가서 보고 편지하꺼마."

"그래, 내 생각은 말고, 네나 단디이 잘해라."

상국은 거의 빗어 넘겨도 좋을 만큼 길고 무성하게 자란 동생의 머리를 한웅큼 쥐었다 놓으며 씩 웃었다.

저 어린놈이 이렇게 내 품에서 떨어져 나가는구나!

보따리 하나 달랑 들고 고샅을 걸어가는 작은아들의 뒷모습을 대문간에 호젓이 서서 지켜보며, 치조는 미어지는 듯한 가슴으로 그렇게 뇌었다.

이윽고 아들의 모습을 놓치자, 이번에는 강담 옆 감나무 밑으로 자리를 옮겼다. 그런 다음, 다시 시야에 나타난 아들이 한길을 따라 터벅터벅 내려가는 것을 죽 바라보다가, 그 모습이 시야에서 가물가물해졌을 때야 비로소 한숨을 폭 내쉬며 돌아섰다.

경비사령관 돗드

1

4월말까지 순차적으로 반공포로들이 모두 떠난 거제도 포로수용소에는 기묘한 평화가 찾아들었다. 투쟁의 1차 대상이 눈앞에서 사라짐으로써 공산포로들이 갑자기 허탈감에 빠져버린 탓이었다.

그러나, 그 평화는 그리 오래가지 않았다. 포로처리계획 제2단계 분산작전을 무난히 끝낸 유엔군이 5월 들어 제3단계 '오퍼레이션 브레이컵(Operation Breakup)' 소규모화작전에 들어가고, 공산포로들은 그들 나름으로 인민군최고사령부 지침에 따라 관리당국을 대상으로 한 새로운 투쟁을 벌이기 시작한 탓이었다.

분산작전이 한창 진행중이던 1952년 4월 19일, 휴전회담 포로분과위원회 유엔군측 연락장교 힉맨 대령은 송환희망 포로가 북한정규군 5만3900명, 남한 출신 의용군 3800명, 억류민간인 7200명, 그리고 중공군 5100명이라고 공산군측에 숫자를 제시했다.

유엔군측으로서는 부득이하고 또 당연한 그 숫자 제시가 본의 아니게 새로운 포로전쟁의 신호탄이 되었다. 그 전쟁 초입인 5월 6일, 미국정부는 유엔군총사령관 릿지웨이 장군을 나토군총사령관으로 갑자기 전출시킴으로써 공산군측으로 하여금 그 공백기를 이용하도록 기회를 내어준 셈이었다. 숫자를 들여다본 공산군측은 맹렬히 반발해 터무니없는 조작이라고 우겨대며, 그런 생떼의 한편으로 거제도 포로수용소에 극비지령을 내려 유엔군측이 무조건 일괄송환을 받아들이지 않을 수 없도록 특단의 투쟁을 벌이게 촉구했기 때문이었다.

'수용소 안에 들어오는 미군 관리당국자와 국방군 간부, 남반부 정부관리 가운데 가급적 거물급을 납치감금해서 협상의 제물로 삼으라고 한 지침을 즉시 시행하라.'

최고사령부로부터 이미 특별지령을 받았던 박사현을 비롯한 포로 지도부는 촉구지령을 받자, 그 제물을 수용소장 돗드 준장으로 확정하고 나름의 주도면밀한 작전계획 수립에 들어갔다.

그들은 그것이 얼마나 엄청난 폭풍을 불러일으킬지 잘 알고 있었지만, 보복을 당하리라는 걱정으로 움츠러들 위인들도 아니었다. 아니, 오히려 유혈의 보복을 은근히 기대하고 있었다. 그들의 가치관에 의하면, 포로들은 목숨밖에 잃을 것이 없는 전투원이었다. 그 목숨은 조국해방과 영광의 승리를 위해 바치기로 되어 있는 제물이었다. 수백수천의 순국희생이 발생하면, 그 몇 배 이상의 선전효과가 따라오게 되어 있었다.

제시한 송환희망포로의 숫자가 터무니없는 조작이라고 공산군측이 맹렬히 비난함에 따라, 유엔군측은 그 집계가 사실에 근거하고 있다는 증빙을 상대방에게 제시하지 않을 수 없게 되었다. 그래서 각 수용소 단위로 현재인원의 정확한 명단작성에 협조하라는 지시를 내렸다.

그러잖아도 적대적인 공산포로들이 이 지시에 순응할 리가 없었다.

"송환을 희망하는 다수 공화국전사들을 반동으로 조작해 육지로 빼돌리고 이제 와서 명단작성이라니, 언어도단이 아니냐. 그런 엉터리 잔꾀에 호락호락 응할 수 없다."

포로들이 그처럼 완강히 거부한다는 보고를 받자, 수용소장 돗드 준장은 얼굴을 찌푸렸다.

"무슨 당찮은 소리! 송환거부자들은 모두 자유의지로 거취를 결정했지 않은가."

"그야 물론입니다만, 저들이 생떼를 쓰기로 작정한 이상 뾰족한 대책이 없으니 딱한 실정입니다."

보좌관 레이븐 중령의 조심스러운 대답이었다.

"관리당국의 방침에 따르지 않으면 송환을 희망하지 않는 것으로 간주하고 처리하겠다고 놈들에게 으름장을 놓게."

"죄송합니다만, 그런 위협에 호락호락 굴할 위인들이 아닙니다. 그들은 정 명단이 필요하면 자기네 요구를 수락하라는 조건을 제시하고 있습니다."

"뭘 요구하는 건데?"

"그것은……."

레이븐이 대답을 망설이자, 부소장 피츠제럴드 대령이 대신해서 대답했다.

"자기네 대표와 사령관님의 면담기회를 달라는 것이 요구사항의 첫째입니다."

"본관하고의 면담? 그럼 그 다음 조건은?"

"그것은 면담의 자리에서 직접 제시하겠다고 한답니다."

"골치아픈 작자들. 어쨌든 그들의 희망대로 일단 대화를 시도해 보는 것은 괜찮을 것 같은데, 귀관은 어떻게 생각하나, 메이저?"

돗드는 정보참모 겸 연합정보대장 다니엘 소령을 보고 물었다.

다니엘은 조금 난처하다는 투로 대답했다.

"한 가지 요구를 들어주면 또 다른 요구를 들고 나오는 게 그들의 상투수법입니다. 사령관님께서 직접 나서시는 건 그들에게 빌미를 제공하는 실책이 될지도 모릅니다."

실책이라는 직설적 표현이 돗드의 기분을 건드렸다.

"영국 속담에, 물을 보내지 않으면 물방아는 돌지 않는다는 말이 있어. 시도하지도 않고 문제가 해결되기를 어떻게 바랄 수 있나. 본관은 책상 앞에 앉아서 보고나 듣고 사인이나 하는 근무방식엔 익숙하지 않은 지휘관이야. 더구나 우리는 제3단계 '브레이컵' 실시를 앞두고 있기 때문에 그들한테서 협조를 얻어내지 않으면 안 돼. 그러자면 뭔가 주는 것도 있어야겠지."

그렇게 말한 돗드는 레이븐에게 고개를 돌렸다.

"귀관이 일단 포로책임자를 만나게. 그래서 그들의 진의를 탐색하는 동시에 그들이 원하는 면담 날짜와 시간과 방법을 결정하라고. 알았나?"

"옛써!"

다니엘이 '스프렛아웃' 실시 때문에 공산포로들의 신경이 날카로워져 있어서 위험하다는 이유로 재고를 권고했으나, 돗드는 공연한 걱정이라고 일축해버렸다.

수용소장의 지시를 받은 레이븐 중령은 지프를 타고 76수용소로 달려갔다. 여단장 이임철 대좌와 철조망을 사이에 두고 마주섰다.

"당신은 최고대표가 아니지 않나. 본관은 최고대표와 만나기를 원한다."

통역관을 통해 레이븐의 말을 알아들은 이임철은 입술 끝을 내리며 미소를 지었다.

"귀측의 최고대표가 돗드 준장이라면, 우리측 최고대표는 이학구 총좌요. 그러니까니 최고대표가 아닌 당신이 찾아온 이상 이곳 76 캄파운드 여단장인 본관이 만나는 것이 합당하고 공평한 상면 아니갔소?"

　"본관은 돗드 장군의 위임을 받고 온 것이다. 그러므로 본관에게 말하는 것은 사령관에게 직접 말하는 것과 다름없고, 본관이 하는 말 역시 사령관의 말씀과 같은 효력을 가진다."
　"그건 나도 마찬가지요."
　"당신들은 어째서 송환에 필요한 명단작성을 거부하는가?"
　"귀측이 말하는 명단은 이미 자체적으로 작성해서리 보관하고 있소."
　"오, 그렇다면 당국에 넘겨라."
　"그것은 곤란하오."
　"어째서?"
　"기브 엔 테이크. 우리 요구사항도 들어줘야 할 거 아니갔소?"
　"본관에게 말해보라."
　"천만에! 소장한테 직접 이야기해야갔소. 소장이 오면 이학구 총좌가 만나서 요구사항을 전달하고, 동시에 우리 명부도 넘겨줄 거요."
　"오케이. 일단 보고를 올려는 보겠다. 사령관께서 응낙하신다면 당신네 최고대표와 정확히 언제 만날 수 있겠나?"
　"내일 오후 2시로 정합세다."
　"오케이. 일단 돌아가서 보고하고 다시 와서 그 결과를 알려주겠다."
　"좋소. 기다리갔소."
　나름대로 합의점을 찾았다고 판단한 레이븐 중령은 돗드에게 포로들의 요구사항을 보고하며 수락여부를 묻기 위해 부리나케 경비사령부로 달려갔다.

　다음날 5월 7일.

제2차 세계대전 당시 북아프리카와 이탈리아 전선에서 용맹을 떨친 역전의 야전지휘관 마크 W. 클라크 대장이 신임 유엔군총사령관으로서 수행보좌관 도널드 베넷 중령을 대동하고 항공편으로 태평양을 날아와 도쿄 하네다공항에 내렸을 무렵, 거제도에서는 세상을 깜짝 놀라게 할 전대미문의 대사건이 바야흐로 벌어지고 있었다.

그날아침, 76수용소 작업소대 대원들은 분뇨통이 반밖에 차지 않았음에도 불구하고 굳이 바닷가에 가져다 비우고 오라는 명령을 받았다.

그날따라 경비대장이 굳이 나타나서 출발대기 상태인 소대원들에게 훈시를 했다.

"소대원들은 잘 들으라우. 바로 오늘이 그동안 동무들이 교육과 연습을 통해 익힌 바를 실행에 옮길 력사적인 날입메. 따라서, 분뇨를 버리고서리 돌아오다가 미국놈 장교와 우리 대표가 정문을 사이에 두고 이야기를 나누고 있으면 일단 멈추어 대기하라우. 그러다가 수용소 안에서 호루라기 소리가 들리면, 그것을 신호로 일제히 목도채를 몽둥이 삼아 미군들을 위협하면서 장교를 정문 안으로 잽싸게 밀고 들어오는 것입메. 알았네?"

"예엣!"

"이 작전은 우리 전체의 운명과 직결된 중요한 작전이므로 절대 실수나 차질이 있어서는 안 된다는 사실을 명심하도록. 따라서, 복장을 단정히 하고, 신발끈도 단단히 조이도록 하라우. 알았네?"

"예엣!"

작업소대 대원들은 다소 긴장한 가운데 경비대장의 유난스런 훈시를 다 듣고서야 분뇨통을 메고 정문을 나서서 한국군 경비분대의 호위감시 속에 고현만 바닷가로 향했다.

그러고 나서 76수용소는 평소와 다름없는 평온하고 한가한 분위기로 돌아갔지만, 그 표면의 한 꺼풀을 벗기고 유심히 들여다보면 팽팽한 긴장 속에 긴박하기 그지없는 움직임이 진행되고 있었다.

　어제의 사전조율에 따라 수용소장 돗드가 보좌관 레이븐을 대동하고 76수용소 정문 앞에 도착한 것은 오후 2시가 약간 지나서였다.
　그런데, 미리 마중 나와 기다리고 있는 것은 기대와 달리 이임철이었다.
　"어찌된 것인가. 이학구 총좌가 나오기로 하지 않았나?"
　돗드는 차에 앉아 있고, 레이븐이 내려가서 이임철에게 엄중히 따졌다.
　그러나, 이임철은 태연했다.
　"유감스럽게도 이 총좌한테 갑자기 바쁜 일이 생겼소. 그래서 내가 대신 나왔수다."
　"이건 약속위반이다. 수용소장에게 이런 무례가 어디 있나."
　"그래서 양해를 구하는 거 앙이갔오. 아무튼 내가 전권을 위임받았으니까니, 소장더러 내려와 나랑 만나라고 하시오."
　"그럴 수는 없어. 할 말이 있으면 본관한테 하라."
　"그렇다면 이야기는 끝난 게로군. 명단이 필요하지 않다믄 그냥 돌아가도 무방하오다."
　"우롱하는 건가, 아니면 협박인가?"
　"편할 대로 판단하시구레."
　레이븐과 이임철 사이에 이런 입씨름이 계속되자, 차 속에 앉아서 두 사람의 대화를 듣고 있던 돗드는 조바심이 나서 자진해 문을 열고 나왔다. 포로들을 너무 격의 없이 대하는 바람에 부하들로부터 '겁 없는 프랑크'라는, 다소의 우려와 빈축이 발려진 별명을 얻고 있던 돗드는 그 순간까지도 자기가 얼마나 어리석은 짓을 하고 있는지 꿈에도 자각하지 못했다. 그렇기에 그는 난감한 표정의 부관을 보고 이렇게 말하기까지 했다.

"격식을 너무 따지는 것은 별로 바람직하지 않아. 이 친구가 하는 말을 들어보기로 하세."

그러고는 이임철을 보고 통역을 통해 말을 건넸다.

"귀관의 관등성명은 어떻게 되는가?"

"인민군 제40사단 참모장 이임철 대좌요. 지금은 이 76수용소 여단장이오."

"귀관이 최고대표를 대신한다고?"

"그렇소."

이임철은 슬쩍 회심의 미소를 지었고, 돗드는 그 미소를 자기에 대한 우호의 표시로 받아들였다.

"오케이. 정 그렇다면 그것을 인정하기로 하고, 그래서 본관에게 명단을 넘기기 전에 요구할 사항이란 어떤 것인가?"

"첫째, 포로대표조직에 관한 규약을 만들어 우리끼리 회의를 열 수 있도록 허용해 주시오."

돗드는 어처구니가 없었으나 계속 들어보기로 했다.

"흠! 그리고?"

"둘째, 행정사무에 필요한 비품과 사무기기가 부족하니 충분히 공급해 주기 바라오."

"그것이 다인가?"

"셋째, 각 단위수용소 간의 자체연락용으로 쓸 수 있도록 차량 두 대를 제공해 주면 고맙겠소."

"그런 터무니없는 요구가 어디 있나."

"어쨌든 넷째, 피복과 개인사물에 대한 검열을 폐지해 주시오."

"이것 봐, 커널 리. 당신들은 엄연히 포로의 신분이야. 그런데도 당신은 관리당국이 그런 무리한 요구를 다 들어줄 수 있을 거라고 생각하나? 참으로 어이가 없군."

이임철은 작업소대 포로들이 도착하기를 기다리며 여유있게 대답했다.

"들어주고 말고는 그쪽 판단에 달렸지요. 아무튼 우리 요구사항은 명백한 거니까 잘 생각해서 조치하기 바라오. 그러지 않으면 인명부는 결코 당신 손에 들어가지 않을 것임은 물론이려니와, 앞으로 귀측의 어떤 방침이나 지시에 대해서도 우리는 협조하지 않을 것이오."

돗드와 이임철 사이에 이런 껄끄러운 대화가 오고갈 무렵, 분뇨통을 비우고 돌아오던 작업소대 포로들이 마침내 정문 앞에 당도했다.

수용소장과 경호병들에게 진로를 막힌 그들은 분뇨통을 땅바닥에 내려놓고 교섭이 끝나 길이 트이기를 기다리는 것처럼 천연덕스러운 얼굴로 잠자코 서 있었다. 미국군 장교 납치극을 수행하는 임무를 부여받고 교육과 예행연습을 거듭한 그들이었으나, 상대가 보통 장교도 아닌 바로 수용소장임을 알자 내심 놀라고 긴장하지 않을 수 없었다.

불과 몇 분의 시간이 더디게 흘렀다. 자신들도 모르게 등에선 한 줄기 식은땀이 흘렀고, 목도를 잡은 두손은 차갑고도 딱딱하게 굳어졌다. 왜 신호를 보내지 않는 걸까.

바로 그때, 갑자기 철조망 안쪽에서 날카로운 호루라기소리가 들렸다.

그 순간, 작업소대 포로들이 잽싸게 목도채를 들고 휘둘러댔다. 경호병들이 갑작스레 벌어진 사태에 당황하는 사이 포로들 일부가 돗드를 에워싸고 정문 안으로 밀어넣었다.

"노! 감히 이게 무슨 짓이야. 난 수용소장이다. 이거 봐! 노!"

이게 웬 날벼락이란 말인가.

돗드는 결사적으로 버둥거리며 부르짖었으나, 아귀처럼 달려드는 무리를 당해낼 재간이 없었다. 기승을 부리는 포로들을 제압하려던 경호원들은 그제서야 그들을 마구 밀어헤치며 돗드를 구하려했다. 그러나 상황은 이미 종료된 뒤었다. 돗드는 힘 한 번 쓰지 못한 채 끌려 들어갔고, 포로들도 우르르 후퇴했다. 순식간에 철조망은 굳게 닫혔다.

돗드 납치작전이 의외로 손쉽게 성공하자, 철조망 안에서 지켜보던 포로들은 일제히 고함을 질렀다. 그것은 기쁨의 환성인 동시에 경호병들에 대한 위협시위였다.

실로 눈깜짝할 사이에 일어나고 끝난 일이었다. 포로수용소장이 포로들에게 포로로 잡히는, 세계전사에도 전무후무한 해프닝이었다.

2

돗드 납치사건은 현지 경비사령부는 말할 것 없고, 관할권을 보유한 미국 제8군사령부·후방기지사령부·유엔군총사령부뿐 아니라 한국의 육군본부·국방부·경무대까지 벌집 쑤신 듯 발칵 뒤집어놓고 말았다.

수용소장 납치 뉴스는 삽시간에 전파를 타고 널리 퍼져나가 전세계의 최대 화젯거리가 되었다. 구체적인 포로정책도 없이 17만이나 되는 대집단을 오로지 제네바협정만을 기준으로 적당히 관리하며 휴전협정 조인에만 급급하다가 뒤통수를 얻어맞은 미국정부로서는 이만저만 당혹스럽고 체면 구기는 악재가 아니었다.

수용소장 납치에 성공한 공산포로들은 재빨리 다음과 같은 고지판을 내걸고 시위에 들어갔다.

'우리는 돗드를 생포했다. 우리 요구만 해결되면 돗드의 안전은 보장된다. 그러나, 만일 무력사용이나 발포와 같은 실력행사가 발생한다면 돗드의 안전은 보장할 수 없을 것이다.'

피츠제럴드 대령은 얄궂은 운명으로 다시 실질적인 수용소장 임무를 수행하게 되었다. 그는 총검으로 무장한 경비대 병력을 동원해 76수용소를 포위하고, 가까운 감시망루의 기관총은 일제히 총구를 76수용소에 겨누어 집중사격 태세를 갖추며 위협을 가했다. 그러면서도 돗드의 안전이 염려되어 섣불리 진격명령을 내리지 못하고 스피커 방송을 통해 76수용소 포로들을 압박했다.

"76캄파운드 포로대표는 잘 들어라. 돗드 장군을 즉시 석방하라. 만일 불응하면 중대사태가 발생하게 된다는 사실을 알아야 하며, 그 책임은 전적으로 76수용소 자체에 있음을 명심하기 바란다. 다시 한 번 말하겠다. 돗드 장군을 즉시 석방할 것이며, 무모하고 무의미한 반항을 중지하라. 이 경고를 무시하면 실력행사에 들어가겠다. 거듭 경고한다. 돗드 장군을 즉각 석방하라. 30분의 유예를 두겠다. 만약 30분이 지나도 응하지 않으면 쳐들어갈 것이다."

포로들은 경고방송이 엄포에 불과하다고 코웃음쳤지만, 그래도 일말의 불안감은 어쩔 수 없었다.

"돗드가 자기 부하들에게 무력사용을 자제하라는 명령을 내리도록 하는 거이 좋을 것 같소."

이학구가 이임철을 보고 하는 소리였다.

"놈들이 진짜로 쎄게 나올 것 같습네까?"

"그야 모르디. 피츠제럴드인가 하는 놈은 성깔이 좀 있는 자식

아니오."

"그렇다면 돗드로 하여금 명령서를 적게 하고, 우리가 전달하면 되갔지요. 그 작자 지금 감정이 격앙되어 있으니까니, 그와 통하는 데가 있는 총좌동무가 만나 설득해 보시라요."

"그래야겠군."

이학구는 돗드가 감금되어 있는 막사에 찾아갔다.

CP에 의해 철통같은 경계감시가 펼쳐진 막사 안에 들어가자, 뜻밖에도 돗드가 걸상에 앉아 가슴을 움켜쥐고 괴로운 표정을 짓고 있었다.

"아니, 와 그럽네까?"

이학구가 놀라서 외치자, 돗드는 그 경황에도 화가 머리끝까지 치밀어올라 소리를 질렀다.

"커널 리. 이런 법이 어디 있소? 신사적 면담을 약속하구서 이런 야만행동을 하다니. 본관을 당장 내보내 줘. 그렇지 않으면 당신은 이 사태에 대한 무거운 책임을 면하지 못할 거야."

이학구는 그의 노기를 묵살한 채 물었다.

"그건 그렇고, 와 그럽네까? 어디 아픕네까?"

"난 위궤양이 있단 말이오. 또 아파오기 시작했소."

"아, 그렇습네까. 잠깐 기다리시라요."

이학구는 밖으로 나가 경비책임자에게 뭐라고 지시를 하고 돌아왔다. 그러고는 여유로운 얼굴로 본론을 끄집어냈다.

"우리는 장군을 해칠 생각이 전혀 없습네다. 안심하시라요. 우리가 제시한 요구사항만 수락하믄 무사히 나갈 수 있습네다."

"요구사항은 검토한 후 긍정적인 방향으로 해결하는 것이 순서가 아니겠소? 그럴 작정으로 본관이 직접 찾아온 건데, 이런 폭거는 오히려 일을 어렵게 만드는 어리석은 짓이야. 수용소장으로서 명령하건대, 본관을 내보내 주시오. 지금 당장!”

“미안하지만, 장군은 현재 우리한테 명령할 입장이 아닐 텐데.”

이학구는 노골적으로 조소를 띠었다. 능글맞게 웃고 있는 그의 얼굴에는 승리를 쟁취하여 압도적 우위를 점한 자의 여유가 가득했다.

“아니, 뭐야?”

“이 일은 수만 명 애국전사 모두의 결의를 반영한 것이기 때문에, 장군을 석방하는 데는 의견조율에 시간이 걸립네. 나 혼자 당장 결정할 수가 없고, 장군 자신의 협조가 필요합네.”

“내가 뭘 어떻게 협조해야 한단 말이오?”

“지금 밖에선 경비대가 실력행사할 채비를 하고 있습네. 그렇게 되믄 유혈충돌이 불가피할 뿐 아니라, 장군의 안전도 보장할 수 없소. 그러니까니 밖에 전달할 메시지를 하나 써 주기요.”

“메시지? 어떤 내용으로?”

“이렇게 쓰시라요. ‘지금 협상 진행중이므로, 오후 5시까지는 어떠한 무력사용도 해서는 앙이 된다’ 라고.”

이임철의 말에 또다시 격분한 돗드가 외쳤다.

“이봐요, 커널 리. 본관을 어떻게 보고 그런 요구를 하는 거요? 본관은 절대 그따위 걸 쓸 수 없어.”

쓰라니 안 쓰겠다느니 옥신각신하고 있을 때, 경비책임자가 땀이 밴 얼굴로 숨을 헐떡이며 들어왔다. 그리고 이학구한테 작은 약병 하나를 건넸다.

병을 받아 든 이학구는 코르크마개를 뽑고 돗드한테 내밀었다.

“드시라요.”

“이게 뭐요?”

“이건 ‘활명수’라고 하는 우리나라 구급위장약입네.”

"활명수?"

엉겁결에 받아든 돗드는 병을 쳐들고 갈색 유리병 속에 찰랑거리는 액체를 미심쩍은 듯이 들여다보았다.

"나도 속상하는 일이 많다 보니 위염을 앓고 있어 이걸 구해다가 필요할 때마다 마시는데, 아주 직읍네. 남반부에 있는 것 중에서 가장 내 마음에 드는 게 이겁네. 장군 부하들이 급히 약을 가져오도록 조치를 취했지만서두, 우선 이거라도 들어보시라요."

돗드는 이학구의 말을 반신반의하면서도 권하는 대로 마셨다. 달콤하면서도 박하향처럼 화한 액체가 식도를 거쳐 위 속으로 들어가 퍼지자, 거짓말처럼 통증이 멈추며 속이 가라앉았다.

"오, 베리굿! 거 참 신기하군."

"괜찮습네까?"

"속이 아주 편안하오. 아프지도 않구."

"다행입네다. 성의가 통해서 나도 기쁩네다."

껄끄럽던 대치국면은 활명수 한 병 때문에 대화가 부드러워지고, 돗드는 종이를 달라고 해서 이학구가 원하는 메시지를 자필로 적고 사인을 해서 주었다.

돗드의 메시지를 전해 받은 피츠제럴드 대령은 내심 구원받은 심정이었다. 사실 30분 시한통첩을 발하기는 했지만 포로들이 그것을 끝내 무시할 경우, 그 다음이 난감하기 짝이 없기 때문이었다. 끌려들어간 경비사령관의 신변위험을 보면서 시간을 질질 끌 수도 없고, 그렇다고 해서 엄청난 유혈사태를 빚을 것이 뻔한 공격명령을 내리는 것도 부사령관의 애매한 지휘권으로서는 실로 두려운 도박이 아닐 수 없었다.

어쨌든 시간을 번 피츠제럴드는 76수용소 정문에 다가가서 이학구를 불러냈다.

"오랜만이오, 대령."

이학구는 능청스럽게 인사말을 건넸다.

"돗드 장군의 상태는 어떻소?"

"위궤양이 도졌다고 하길래 내 상비약을 줬더니, 거뜬히 나아서 아주 좋아하십데다."

"그게 사실이오?"

"아니, 내레 와 쓸데없는 거짓말을 합네까? 좋은 대접 받으며 아주 펜안히 있으니까니 걱정하지 마시라요."

"커널 리. 난 도대체 이해할 수가 없군. 이 사태가 얼마나 엄청난 파장을 몰고 올지, 당신 모른단 말이오? 지금이라도 돗드 장군을 석방하고 합리적인 절차에 따라 당신네 요구사항이 반영되도록 하는 게 현명할 거요. 그렇지 않소?"

"글쎄요. 난 대령의 그 말에 별로 신뢰감이 생기지 않는구만. 지난번 거절당한 기억이 하도 생생해서……."

이학구의 시큰둥한 대꾸에는 나름대로 이유가 있었다. 피츠제럴드가 소용소장일 때, 포로의 자체대표 선출권과 각 수용소 간의 자유왕래 허용을 요구했다가 거부당한 적이 있었기 때문이었다.

"어쨌든 문제를 이성적으로 해결합시다. 도대체 당신네가 원하는 게 뭐요?"

"우리가 원하는 건 제네바협정이 정한 바에 따른 정당한 대우요. 당신네 관리당국은 우리를 한낱 포로로만 취급할 뿐 인권에는 전혀 관심을 갖지도 않잖소? 우리는 인간다운, 인도주의에 합당한 대우를 원하는 겁네다."

"무슨 소리! 그럼 우리가 당신네를 학대했단 말이오?"

"물론이오. 지금까지 발생한 사망자 수가 얼마나 되는지 집계해 보면 단적으로 드러나잖소."

피츠제럴드는 그 황당하고 뻔뻔하기 짝이 없는 궤변에 열이 뻗쳤으나, 문제 해결을 위해서는 참는 수밖에 없었다.

"그 의견에는 동의할 수 없지만, 이 사건의 본질하고는 상관없으니 그냥 지나갑시다. 단도직입으로 묻겠는데, 돗드 장군을 석방할 거요 말 거요?"

"물론 석방해야지요. 우리가 장군을 붙잡아 둬서 뭐하갔소. 니북에 데려갈 것도 앙이구. 하지만, 그 전에 우리 요구를 들어줘야 합네다."

"어떤 요구요?"

"각 수용소의 대표자 2명씩 소집해 우리 76수용소에서 대표자회의를 갖도록 허락해 주기요."

"그 요구만 들어주면 돗드 장군을 석방할 거요?"

"물론입네다."

피츠제럴드는 미심쩍었으나, 일단 믿어보지 않을 도리가 없었다. 지난날 상대의 요청을 묵살한 바도 있고 해서 다시 한 번 소장 석방 조건을 다짐해 받은 뒤 승낙하고 말았다.

거제도 포로수용소가 개설된 후 처음이자 마지막으로 합동 대표자회의가 열렸다. 여자포로수용소까지 포함하여 각 수용소의 포로 대표 2명씩 구수회의에 참석하기 위해 76수용소에 속속 도착하자, 76수용소에서는 그들이 무슨 개선장군이라도 되는 듯이 광란의 제식행진까지 벌이며 열렬히 환영했다.

철조망 밖의 경비대는 자기들이 그곳에 와 있는 이유와 목적도 잊은 채 그 희한한 퍼레이드를 구경하느라 정신이 쏙 빠져 있었다. 그야말로 주객이 전도된 어이없는 일이 아닐 수 없었다.

누구보다 애가 바짝바짝 타는 사람은 피츠제럴드 대령이었다. 이학구가 약속대로 돗드를 즉각 석방하지 않을 뿐 아니라, 재면담을 요청해도 회의에 시간이 걸린다며 나타나지 않았기 때문이었다.

그렇다고 불같이 쳐들어갈 수도 없었다. 보고를 접한 미국 제8군사령관 밴플리트 장군이 현장지휘관의 흥분과 오판을 염려해 즉시 무력행위 엄금 명령을 내린 탓이었다.

밴플리트는 그와 아울러 5월 7일 오후 5시 기준으로 거제도 전역에 비상경계령을 발동하고, 한국군에 협조를 요청해서 해군함정과 해병대가 출동해 거제도 앞 해상에서 대기하도록 하는 동시에 공군기도 초계비행을 하도록 하는 등, 만반의 예방조치를 취했다.

그런 가운데 부산의 후방기지사령부 참모장 윌리엄 크레이그 대령이 현장관리 중책을 맡고 L-19기 편으로 거제도에 날아온 것은 저녁무렵이었다.

그러나, 크레이그라고 해서 그 난국을 타개할 뾰족한 묘안이 나올 리 없었다. 상황을 점검해 정확한 보고를 후방기지사령관 얀트 소장에게 올린 다음, 피츠제럴드와 이마를 맞대고 초조하게 밤을 지새우는 것이 고작이었다.

5월 8일.

아침이 밝자, 상황은 새 국면으로 접어들었다.

정식 임기만료가 5월 12일까지인 유엔군총사령관 릿지웨이 장군은 후임자인 클라크 장군과 형식상의 협의를 거친 다음, 서부전선 코만도작전에서 용맹을 떨친 야전지휘관인 미국 제1군단 참모장 찰스 F. 콜슨 준장을 신임 포로수용소장에 발령하고, 2개 대대병력과 1개 전차중대를 LST함에 탑재시켜 급히 거제도로 보냈다. 그로써 포로수용소의 한미합동 경비병력은 1만1000명 사단규모에다 탱크부대까지 갖추게 되었다. 또한, 해상은 물론 공중까지 경계망이 펼쳐져 포로들의 탈출을 완전 봉쇄함으로써 거제도는 일촉즉발의 화약고 같은 형국이 되고 말았다.

그런 긴박한 상황이 펼쳐진 가운데 제13대 경비사령관으로 부임한 콜슨 준장은 도착하자마자 나름의 의욕을 발휘하기 시작했다. 반백의 머리에 금테안경을 쓰고 몸집이 우람한 콜슨 장군은 경비사령부에 여장을 풀 사이도 없이 곧바로 76수용소 정문에 찾아가 포로대표를 불러냈다.

군관복장에 대좌 계급장까지 버젓이 붙인 이임철이 참모 서너 명을 대동하고 일부러 활기차게 걸어와 콜슨과 대면했다.

그 꼬락서니를 본 콜슨은 배알이 꼬였으나, 상황이 상황인만큼 가급적 내색하지 않고 대화를 시도했다.

"본관은 신임 경비사령관 콜슨이다. 당신이 포로들의 최고대표인가?"

"아니오다. 장군이 말하는 최고대표는 이학구 총좌고, 나는 이 76캄파운드를 맡은 여단장입네다."

"돗드 장군은 지금 어떤 상태인가?"

"안락의자에 앉아 위궤양 약도 갖다 먹으면서 아주 후한 대접을 받고 있수다레."

"단도직입으로 명령하겠다. 돗드 장군을 즉시 석방하고 무장시위를 해제하라. 순순히 응하지 않으면 진공할 것이고, 당신들은 그 결과에 따라 엄중한 처벌을 면할 수 없을 것이다."

"그런 위협에 우리가 굴복할 것 같소? 일전불사의 각오루다 충분한 무장을 갖추고 있으니까니, 당신네가 진공하면 참 볼만한 활극이 벌어지갔지요. 돗드 장군은 그 즉시 처참하게 둑게 될 거이고. 그러니까니 우리의 정당한 요구사항을 받아들이는 것이 좋을게요. 돗드 장군도 승낙한다고 서명했소. 자, 보시구레."

이임철이 참모가 건네준 종이를 받아 내밀자, 콜슨은 손사래를 쳤다.

"돗드는 이제 이곳 경비사령관이 아니야. 그러니까 그의 서명은 효력이 없어."

"무슨 소리요. 이건 장군이 부임하기 전, 그러니까니 명백한 수용소장인 돗드 장군이 직접 서명한 것이라 법적으루 정당하단 말입네다. 받으시라요."

"본관은 받지도 않으려니와 인정하지도 않겠어."

"그렇다면 읽어줄 테니께루 잘 들어보시라요."

이임철은 큰 소리로 읽기 시작했다.

"첫째, 수용소내 포로들의 자치행정조직을 인정한다. 둘째, 수용소와 수용소 간을 잇는 전화선을 가설하고, 수용소와 경비사령부 간에 직통전화도 가설한다. 셋째, 천막·책걸상·종이·잉크·필기구 등 필요물품을 정기적으로 충분히 공급한다. 넷째, 포로들의 자체 연락용 스리쿼터 2대를……."

"갓뎀! 당신들은 엄연히 포로의 신분이야. 그런 터무니없는 망발이 어딨어."

콜슨은 마침내 버럭 소리를 지르고 말았다.

"본관은 부득이한 경우 무력을 동원해도 좋다는 허락을 총사령관으로부터 직접 듣고 온 사람이야. 이곳 제1포로수용소 경비사령관으로서 분명히 말하는데, 내일 오전 8시까지 돗드 장군을 무조건 석방하라. 알았나? 불행한 꼴을 당하지 않으려면 지혜로운 판단을 내려야 할 것이다. 9일 오전 8시. 더 이상은 용납하지 않겠다."

콜슨은 그렇게 최후통첩을 던지고 돌아섰다.

신임 수용소장의 의지가 만만찮다고 본 포로들은 돗드와 콜슨의 직접대화를 통해 국면을 유리하게 전환한다는 기발한 꾀를 생각해

냈다. 심약해진 돗드가 구출을 호소하면 콜슨도 인정상 어쩔 수 없으리라는 계산이었다. 결과적으로 포로들의 계산은 적중한 것이 되었다.

선임자와 후임자로서 직접 통화하고 싶다는 돗드의 간절한 뜻이 보고경로를 통해 올라오자, 콜슨은 선뜻 단안을 내릴 수 없었다. 자칫하면 포로들의 농간에 휘둘리는 결과를 초래할 수 있다는 우려와, 곤경에 처한 돗드에 대한 인간적 동정심이 동시에 가슴을 흔들었다.

그는 끝내 후자 쪽에 기울어지고 말았다. 그래서 경비사령부와 76수용소 간의 직통전화가 삽시간에 가설되었다.

드디어 벨이 울리고 통화가 시작되었다.

"헬로우? 전화 바꿨습니다. 나 콜슨입니다."

"아, 제너럴. 돗드입니다. 이렇게 심려를 끼쳐서 대단히 미안합니다."

"천만에요. 그런데 어떠시오, 지금 형편이?"

"신체상에 해로운 대우는 받고 있지 않소이다. 위궤양 약도 마음대로 먹을 수 있고, 의자도 초라하긴 하지만 안락의자올시다. 허허허! 헌데, 장군께선 이 사람을 석방시키기 위해 시한통첩을 하셨다지요?"

"그렇습니다. 내일 오전 8시까지 장군을 석방하지 않으면 공격하겠다고 공갈을 쳤소이다. 그들이 어떤 반응을 보이고 있습니까?"

"이들은 대단히 흥분해 있고, 강경파는 결사항전을 주장하며 당장이라도 나를 살해하자고 하는 모양이오."

"오, 저런!"

"제너럴, 이건 나로선 참 하기 어려운 말인데, 무력사용을 당분간 유보해 주실 수 없겠소?"

"장군의 딱한 사정은 잘 알지만, 이 사람은 밴플리트 장군의 작전명령을 받고 왔소이다. 그러니 난감하기 이를 데 없군요."

"내가 죽고 사는 건 문제가 아니올시다. 나 한 사람 희생으로 미합중국의 위신을 살릴 수만 있다면 결코 죽음을 마다하지 않겠소. 허나, 대대적인 유혈충돌이 빚어질 경우, 그 뒷감당을 어떻게 하시겠소? 그렇게 되면 군사작전상의 정당성이나 명령권자가 누구냐의 차원이 아니라, 엄청난 정치적 후폭풍이 따를 겁니다. 그리고, 지금 이들은……제너럴, 듣고 있소?"

"예, 말씀 계속하시오."

"이들 중의 온건파가 지금 새로운 제안서를 준비하는 모양입니다. 그러니 그 제안서를 접수하고 검토할 동안까지만이라도 실력행사를 유보해 주시면 고맙겠소. 부탁합니다."

"장군의 심정은 잘 알겠소이다. 일단 정한 시한까지 그들의 태도를 지켜보고 결정하도록 하지요. 아무쪼록 몸조심하십시오."

"고맙소, 제너럴."

확실한 대답은 하지 않았지만, 콜슨은 9일 오전 8시로 정한 통첩 시한을 자기가 연장하지 않을 수 없으리란 것을 알고 있었다. 포로들의 지연술책에 넘어가고 있는지도 모른다는 생각이 들었으나, 어쩔수없이 동료로서 돗드의 딱한 처지를 외면할 수 없다는 동정심에 더 지배되고 있었다.

약점을 간파한 포로들은 9일 아침 8시가 되기 직전에 문제의 제안서라는 문건을 관리당국에 전달했는데, 내용은 다음과 같았다.

첫째, 귀측은 포로에 대한 야만적 행위, 모욕, 고문, 혈서에 의한 항의 강요, 위협, 감금, 대량학살, 기총사격, 독가스와 세균무기 및 원자탄 시험에 관련한 포로 사용을 즉각 중지하고, 국제법에 의한 포로의 인권과 생활권을 보장하라.

둘째, 조선인민군과 중화인민지원군 포로의 불법적이고 불합리한 소위 자의(自意) 송환을 즉각 중지하라.

셋째, 수천 명의 조선인민군과 중화인민지원군 포로를 재무장 또는 노예화하기 위한 강제심사를 즉각 중지하라.

넷째, 조선인민군과 중화인민지원군 포로로 구성된 포로대표단을 즉시 승인하고, 귀측은 이 대표단과 긴밀히 협조하라.

본 대표단은 이상에 제시한 문제 해결을 위한 만족할 만한 서면 회답을 받은 후 돗드 장군을 귀측에 인도할 것이다. 우리는 열의와 성의가 있는 회답을 기다리는 바이다.

"이 자들이 본관의 인내심을 시험해 볼 작정인가 보군 그래."

문제의 제안서를 번역해서 올린 문건에 나열된 요구사항을 훑어본 콜슨은 실소했다. 한국인 문관을 시켜 그 문건을 영어로 번역하고 그것을 다시 다듬다 보니 시간은 이미 오전 8시를 지나 있었다.

"그들의 상투적 지연전술입니다, 제너럴. 벼랑 끝에서 살짝 비틀어 시간을 버는 그런 수법 말이지요."

연합정보대장 다니엘 소령의 진단이었다.

"통첩시한이 이미 지났는데, 어떻게 해야 합니까?"

피츠제럴드 대령이 콜슨에게 조심스레 묻자, 그의 대답은 의외로 시원했다.

"내일 오전 10시로 연장하고 그렇게 통보하시오. 이것이 최종시한이며, 그때까지 돗드를 석방하지 않으면 즉시 공격하겠다고."

그렇지만 콜슨은 나름의 고심 끝에 다소의 부작용과 불이익을 감수할지언정 명색 미합중군 장성을 포로의 손에 죽게 할 수는 없다고 생각했고, 이미 그렇게 정한 바에야 시간을 단축하는 것만이 최선이란 판단 아래 교섭을 적극적으로 서둘렀다. 그들의 제안서 내용을 잠정적으로 받아들이는 선에서 타협점을 찾자는 생각이었다.

"그것 보라우. 미국놈들은 물러터져서 버티면 다 통하게 되어 있다니까니. 놈들의 무력시위는 역시 엄포용이라니깐."
비밀지하도로 77수용소에서 76수용소로 건너온 박사현은 이학구의 보고를 받고 흡족한 듯이 말했다.
"하지만 구두약속일 뿐, 각서를 받아내야 합네다. 각서에 어떤 내용을 담느냐 하는 문제루 놈들과 줄다리기할 일이 남아 있습네다."
"총좌동무의 장기(長技) 아니갔소? 잘 요리하라우. 가급적 돗드를 붙잡아 두는 시간을 늘일수록 놈들에게 타격을 줄 수 있으니까니."
"말씀은 지당하지만, 그렇다고 너무 질질 끄는 건 어떨는디 모르갔습네다. 끈질기게 물고 늘어져 지치게 만드는 것까진 좋지만, 그 단계를 지나면 오히려 역효과를 불러일으킬 수 있으니까요."
"그런 점도 없지 않디."
"그래서 제 생각엔 돗드를 래일 저녁때쯤은 풀어놓는 걸루 하고, 그 사이에 최대한의 성과를 얻어내야 할 거 같습네다."
"좋아요, 좋아. 그렇게 하기요. 헌데, 돗드란 친구는 어드케 하고 있소?"
"안락의자에 앉혀 활명수도 멕이문서 잘 대접하고 있습네다. 하긴 그 안락의자도 그에겐 가시방석일 테지만서두."
"하하하! 안락의자에 활명수라……. 거 재미있구만. 허나, 그 정도로는 너무 싱겁디 않소? 기왕 여기 들어온 이상 죽을 때까지 기억에 생생할 뜨거운 맛을 단단히 뵈주고 내보내야디."

“인민재판에 회부하는 게 어드럴까 싶습네다.”

이임철의 아이디어였다.

“인민재판? 그거 기발하군 기래. 포로수용소장을 포로들이 인민
재판에 회부한다……. 흐흐흐! 상징성이 있고 파장효과도 크지 않
갔소, 이 총좌동무?”

“그러자면 일단 각서를 꼬투리로 붙들고 자꾸 수정제안을 하며
시간을 벌어야 할 것입네다.”

이학구는 썩 흔쾌하지 않은 듯한 얼굴로 말했다.

“좋소. 기렇게 하기요. 그리구 하루 단위로 투쟁 내용을 자세히
정리해서리 최고사령부로 타전(打電)하도록 하오.”

박사현의 승인이 떨어짐에 따라, 이학구를 비롯한 포로수뇌부는
돗드를 인민재판에 회부하기 위한 기소자료 초안 작업에 들어가는
한편, 수정제안 내용에 머리를 쥐어짰다.

9일 하룻동안 포로들의 요구사항에 대한 콜슨의 회신 각서를 어
떤 내용으로 하느냐 하는 문제를 놓고 줄다리기가 계속되었다. 콜
슨은 전체 미국군뿐 아니라 미합중국 자체의 위신이 걸렸다는 판단
아래 가능한 대로 애매한 표현으로 비켜가고자 하고, 박사현을 비
롯한 포로 수뇌는 보다 확실하고 자극적인 표현을 고집했다. 그러
다 보니 자구 하나 글자 하나마다 입씨름으로 몇십 분이나 걸리기
도 했다.

그런 가운데서도 76수용소에 대한 포위압박의 강도는 더욱 높아
갔다. 공격전투 경험이 풍부한 증원병력과 중화기가 속속 도착해
포진하고, 탱크들은 포문을 열어 수용소 주요 막사들을 겨냥해 금
방이라도 불을 뿜을 것 같았으며, 하늘에서는 이따금 초계기가 저
공비행으로 굉음을 울리며 지나갔다.

신경이 날카로워진 포로들은 그들 나름으로 협상과 별도의 대응

전략을 수립했다. 76수용소에 대한 공격이 개시되면 나머지 모든 수용소에서 일제히 봉기해 불을 지르고 경비대를 공격하는 한편, 철조망을 부수고 전원 탈출한다는 것이었다.

그것은 이미 수립되어 있는 '거제해방구' 건설 내지 남반부 전역에 대한 교란공세의 개시를 의미했다.

10일 오전 10시라는 한계점을 목표로 화전(和戰) 양면의 뜀박질이 그처럼 숨가쁘게 계속되고 있을 무렵, 76수용소 일각에서는 그날의 주인공 돗드가 본인도 모르게 놀아날 화려한 희극무대가 준비되고 있었다.

"장군, 식사 배불리 했습네까?"

저녁이 되어 돗드가 수용소장 전용식당에서 운반되어 온 양식을 깨지락거리다 말고 물렸을 때, 이임철이 통역관을 대동하고 들어오며 제법 나긋나긋한 태도로 물었다. 그러다가 음식그릇을 보더니 곤란하다는 표정을 지으며 말했다.

"아니, 이 좋은 음식 어째 더 안 드십네까?"

그나마 신사적 매너를 견지하려는 듯한 이학구에 비해 매번 시빗거리를 찾으려는 듯 눈을 번득이며 자기 주변에 얼찐거리던 이임철이 별나게 부드럽게 나오자, 돗드는 이상한 생각이 들었다.

"별로 식욕이 없소."

"저런! 우리 조선 속담에 '금강산도 식후경'이란 거이 있답네다. 아무리 좋은 구경도 배가 불러야 흥이 난다는 뜻이지요."

"잘은 모르겠지만, 의미에는 공감이 가는군."

"그럴 테지요. 바로 장군한테 해당되는 속담 같은데."

이임철이 싱글싱글 웃으며 하는 소리였다.

"그게 무슨 말이오?"

"아닙네다. 그럼 나가실까요?"

"어디로?"

"가보면 압네다."

돗드로서는 좋고 싫고가 있을 수 없었다.

오후부터 하늘이 흐려지는가 싶었더니, 밖에는 어느새 가랑비가 내리고 있었다. 뺨이며 목덜미에 와 닿는 차가운 빗방울과 그 빗줄기로 인하여 부옇게 흐려진 불빛 속에 어렴풋이 떠오른 수용소 전경이 돗드의 마음을 한없이 울적하게 만들었다.

이임철이 돗드를 데려간 곳은 강당이었다.

돗드는 의아한 생각이 들었다. 강당 안에 많은 포로들이 모여 있고, 단상의 의자에는 얼굴이 익은 이학구를 비롯해 포로 수뇌급들이 죽 늘어앉아 있었기 때문이었다.

무슨 회의를 하려는 모양이군.

돗드는 이렇게 막연히 짐작했지만, 그것은 기도 안 찰 코미디 단막극이고 주연배우가 바로 자신일 줄은 꿈엔들 알았을 리가 없었다.

조금 어리뻥뻥한 돗드를 이임철이 끌다시피 해서 단상의 빈 의자에 앉히더니, 좌중을 향해 큰 소리로 말했다.

"자, 그러면 이제부터 수용소장 돗드에 대한 인민재판을 시작하갔습네다. 먼저, 검찰관의 고발내용부터 듣기로 하갔습네다."

단상 오른쪽에 앉아 있던 깡마른 사내가 자리에서 일어나 종이에 적은 메모를 보아가며 목소리를 높이기 시작했다.

"본인은 본 인민재판의 검찰관으로서, 피고 돗드의 죄상을 고발하겠습니다. 피고 돗드는 이 거제도 포로수용소의 제12대 소장으로서 조선인민군 애국전사들에 대하여 엄청난 죄를 지었는 바, 그 첫번째 죄과를 지적하자면, 1952년 3월 13일 74수용소 반동포로들과

76수용소 애국포로들 간에 충돌이 발생했을 때, 예하 경비대 병사들로 하여금 무차별 발포케 하여 애국전사 12명이 사망하고 26명이 중경상을 입은 사건이 그것입니다."

통역관이 서투른 영어실력으로 통역하는 말에 무심히 귀를 기울이던 돗드는 펄쩍 뛰어오를 만큼 놀랐다. 바로 자기를 재판에 올려놓고 죄를 묻고 있지 않은가. 비로소 상황을 파악한 돗드는 몇 사람 건너 시치미떼고 앉아 있는 이학구에게 삿대질을 하며 항의했다.

"커널 리, 이게 도대체 무슨 짓이오? 본관을 군중 앞에 내세워 뭘 어쩌겠다는 거야. 이런 법이 어디 있어."

"잠자코 있기요. 장군은 지금 인민재판에 회부된 범죄자로서 심문을 받고 있는 겁네다."

"노! 본관은 범죄자가 아닐 뿐더러, 당신들한테 이런 엉터리 재판을 받아야 할 아무런 이유가 없어."

그러자, 군중 속에서 규탄하는 소리가 터져나오며, 건장한 포로 서너 명이 올라와 메다꽂듯이 억지로 돗드를 자리에 앉혔다.

소란이 가라앉자, 자칭 검찰관이란 자가 돗드 앞으로 다가와서 큰 소리로 물었다.

"피고는 이 혐의사실을 인정하겠는가?"

돗드는 기가 꽉 막혔다. 검찰관이란 자가 말하는 사건 자체가 기억에 가물가물했다. 부임하고 나서 불과 두세 달 동안에 워낙 충돌사고 인명사고가 빈번했기 때문이었다.

돗드가 눈만 껌벅껌벅하며 미처 대답을 못하자, 검찰관이 얼른 덮고 넘어갔다.

"대답을 못하는 것을 보니 인정하는 것으로 간주되므로, 다음으로 넘어가겠습니다. 두 번째 혐의는 동년(同年) 3월 16일에 발생한 사건으로서, 95수용소에서 애국전사 50명을 강제로 빼내어 반동 소굴인 93수용소로 전출시킨 것입니다. 그들 애국전사들은 정문 근처에서 미화작업을 하다가 갑자기 들이닥친 경비군들에 의해 끌려나갔던 것인데, 마침 순찰을 나왔던 피고는 그 광경을 보자 애국전사들의 애원에도 불구하고 그들을 반동수용소로 보내라고 명령했습니다. 따라서, 반동의 소굴로 끌려간 애국전사들은 모두 피살되었을 것이 틀림없습니다. 피고는 이 혐의사실을 인정하는가?”

자기가 포로 50명을 93수용소로 보내라고 명령했다는 대목에서 돗드는 정신이 번쩍 들었다. 검찰관을 향해 거칠게 항의했다.

“무슨 소리를 하는 거야! 그들은 반공포로였고, 신변 위험을 느끼자 목숨을 걸고 탈출하려던 사람들이었어. 어째서 그들이 공산포로인가? 본관은 인도주의와 본관의 직권에 따라서 정당하게 올바른 처리를 한 것뿐이야.”

그 항의는 통역의 입에서 전혀 엉뚱한 말로 둔갑했다.

“나는 그들이 애국전사인지 반동분자인지 모를 뿐 아니라 전혀 상관할 바도 아니다. 포로를 어느 쪽에서 어느 쪽으로 옮기든, 그것은 수용소장의 고유권한이다. 이렇게 말하고 있습니다.”

군중 속에서 비난의 소리가 빗발치고, 영문을 모르는 돗드는 눈만 두릿두릿 굴릴 뿐이었다.

“이 명백한 죄과에 대하여 전혀 반성의 태도를 보이지 않는 것은 엄벌에 처해 마땅한 것입니다. 그럼 세 번째 죄과입니다.”

검찰관이 말하는 세 번째 죄과란 4월 10일의 95수용소 폭동 때 빚어진 대량 인명피해에 대한 책임을 의미했다. ‘스프렛아웃’ 직후 공산포로와 한국군 경비대 사이의 충돌이 빚은 불행한 사건이었는데, 검찰관은 그 참사를 돗드의 지휘책임으로 몰아붙였다.

더욱 기가 찰 노릇은 사건 당시 만행의 증거라면서, 어디서 파내

왔는지 19구의 포로 시체를 들어다 돗드 앞에 늘어놓은 것이었다. 그러면서 이래도 죄과를 인정하지 못하겠느냐고 윽박질렀다.

돗드는 소름이 끼쳤다. 세상에 어찌 이런 일이 있을 수 있단 말인가. 한편으로 그들의 억지를 용서할 수 없다는 생각이 들어 따졌다.

"이 시체들이 모두 내 부하에게 사살된 피해자란 말인가?"

"물론이오. 그러니 죄과를 인정하시오."

"노! 노! 그건 거짓말이야. 이 시체들은 총상에 의한 사망자가 아니야. 더군다나 3월 10일에 사망한 시체라면 이미 부패되었어야 하는데, 이건 멀쩡하지 않은가. 기껏해야 48시간밖에 경과되지 않은 시체야."

"억지 부리지 마시오. 당신의 선택은 두 가지뿐이야. 시인하고 선처를 바라느냐, 부인하고 사형을 당하느냐. 어쩔 테요?"

돗드는 서투른 통역을 명확히 알아들을 수는 없었으나, '데스 페널티'라는 두 단어만은 송곳처럼 날카롭게 그의 뇌리에 찌르고 들어갔다.

아, 이놈들이 어떡하든 날 죽일 작정이구나!

돗드는 속으로 부르짖었다. 귀에서 매미소리 같은 귀울음이 들렸다. 눈을 감고 하나님께 기도를 드렸다.

주여, 이 가엾은 양을 구하소서!

시인하라고 윽박지르는 소리에 눈을 떴다.

"당신네가 꾸며낸 범죄사실을 인정할 수 없어. 그러나, 경비병들이 본관의 부하인 이상 지휘관으로서의 책임은 인정하겠소."

"좋아. 그럼 네 번째 혐의로 넘어가겠습니다."

돗드는 침이 마르며 갑자기 극심한 피로가 온몸에 찾아왔다. 다시 눈을 감았다. 그러자, 자기 몸뚱이가 갈가리 해체되어 무중력

공간을 떠돌다 쓰레기처럼 산지사방으로 날아가는 것 같은 착각에
사로잡혔다.
　밖에서는 어느덧 빗줄기가 거세어지고 있었다.

장군의 각서

1

5월 10일.

날이 밝자, 밤새 내리던 비가 그쳐 있었다. 전운이 감도는 거제도에는 늦봄 아침의 싱그럽고 포근한 햇살이 고르게 퍼져 있었다.

오전 8시가 되자, 76수용소 앞에는 경비대가 지원경계태세를 갖춘 가운데 폭동진압 주력부대로 차출되어 온 미육군 제38연대 정예군이 소총에 착검하고 방독면을 쓴 완전무장으로 전투대형을 펼쳤으며, 2대의 셔만 탱크는 화염방사기와 포구를 열어 당장이라도 굉음을 울리고 돌진할 것 같은 태세로 대기상태에 들어갔다.

그 상황이 되자, 포로들도 크게 동요하기 시작했다. 상황이 결코 간단치 않다고 판단한 것이다.

강경파는 이판사판이라는 절박감으로 격앙된 나머지 당장이라도 돗드를 죽여 결의를 보여줌과 동시에 모든 수용소가 봉기의 불길을 올리자고 주장했으나, 대체적인 의견은 돗드를 닦달해 콜슨에게 전화를 걸게 해서 시간을 벌자는 쪽으로 기울어졌다.

그러나, 돗드는 단호히 고개를 저었다.

"노! 콜슨에게 전화하지 않겠어. 본관은 명색 미합중국 장성이야. 더 이상 불명예스런 꼴을 보일 수는 없어."

돗드가 의외로 딱 잘라 완강히 거부하자, 다급해진 포로들은 관리당국에 직접 연락문이란 것을 전달했다. 돗드 석방과 관련한 대표자회의가 열리고 있으므로 시한을 연기해 달라는 내용이었다.

콜슨이 그 내용의 조속한 번역을 크레이그 대령에게 지시해 놓고 있을 때, 연합정보대장 다니엘 소령이 바쁜 걸음으로 경비사령관 집무실에 나타났다.

"메이저, 무슨 일인가?"

"긴급한 중대정보를 입수했습니다, 제너럴."

다니엘의 얼굴은 굳어 있었다.

"긴급한 정보? 그게 뭔가?"

"10시에 상황이 개시되면, 그 즉시 나머지 6개 수용소의 포로들이 일제히 폭동을 일으켜 집단탈출을 감행해 민간부락과 산으로 도주하며, 일부는 경비초소와 감시망루의 화기를 탈취해 경비대에 대항한다는 것입니다."

"뭐라고? 그게 정말인가?"

"유감스럽게도 그렇습니다, 제너럴."

"그 정보 신빙성이 있는 건가? 어디서 입수한 거지?"

"64야전병원에서 얻은 정보니까 믿을 만합니다. 병원은 이를테면 이곳 수용소 공산당 첩보공작 센터에 해당되는 곳이니까요."

콜슨은 미간을 찌푸렸다. 그 정보가 틀림이 없다면 이것은 보통 문제가 아니라는 생각이 들었다. 포로들이 탈주해 민간으로 잠입하는 경우, 그 일대의 마을들은 쑥밭이 될 뿐 아니라 무고한 다수 주민의 희생도 불가피했다.

그렇게 해서 결국엔 사태가 진정된다 하더라도 공산당놈들이 쾌재를 부르고 민간인 대량학살을 외치며 정치선전전을 펼칠 것이 명약관화한 만큼, 그럴 경우 뜨거운 물을 뒤집어쓸 사람은 누구보다나 자신이 아닌가.

그런 판단이 들자, 진짜 곤경에 처한 사람은 돗드가 아니라 자기라는 생각이 들었다.

다니엘이 돌아간 후, 콜슨은 부산의 후방기지사령관 얀트 장군에게 전화를 걸어 급보를 전하고, 상황개시를 유보해야겠다고 양해를 구했다. 얀트는 미국 제8군 참모장 무드 장군에게 통보하고, 무드는 다시 직속사령관 밴플리트 장군에게 보고했다. 콜슨이 혼자 정한 통첩시한이기는 했으나, 10일 오전 10시 상황개시는 보고계통을 통하여 이미 미국 제8군의 군사작전으로 정식화되어 있었다.

크레이그 대령이 포로측 수정안의 번역문을 갖고 나타난 것은 한 시간 남짓 지나서였다.

"번역에 미스가 좀 있는 듯합니다만, 시간이 없어 그냥 가져왔습니다."

"수고하셨소."

그러나, 읽어본 콜슨은 집무책상 위에다 홱 던져버렸다.

크레이그가 눈을 껌벅이며 물었다.

"번역이 마음에 들지 않습니까, 제너럴?"

"그게 아니라, 놈들의 수작이 가증스러워서 그래요. 아, 참 교활한 놈들이군. 이 문안 좀 봐요, 커널. 그런데도 돗드의 처지를 생각하면 대충 수락하지 않을 수 없으니, 나 원."

"그 고충 충분히 공감합니다. 그렇지만 야만적인 포로들이 명색 미합중국 장성을 해치도록 놔둘 수는 없지 않습니까. 이번 사건에 비판적인 견해를 가진 사람들도 이곳 현지의 특수사정을 고려하지 않으면 안 될 겁니다."

"어쨌든 우리측 초안에 가필해 보낸 이 수정안을 대령은 어떻게 생각하오?"

"가장 마음에 걸리는 건 셋째항목이군요. 있지도 않았던 강제심사를 인정하는 듯한 오해를 불러일으킬 소지가 다분합니다."

"본관 생각도 그렇소. 이대로는 안 되겠으니까, 이쪽 재수정안을 작성해서 저쪽에 제시합시다. 어차피 상황연기는 된 거니까. 다시 수고 좀 해 주시오, 커널."

그럴 즈음, 76수용소 쪽에서는 철조망 안팎에 숨막히는 팽팽한 긴장감이 감도는 가운데 확성기가 경고방송을 내보내고 있었다.

"76캠프운드에 경고한다. 이제라도 돗드 장군을 석방하라. 그러면 이번 사건에 대한 일체의 문책이나 처벌이 돌아가지 않을 것임을 분명히 약속한다. 30분 후면 돌이킬 수 없는 상황이 벌어진다는 사실을 부디 명심하기 바란다. 돗드 장군을 당장 석방하라. 이제 시한은 겨우 30분 남았다. 더 이상의 유예는 없다. 거듭 경고한다."

포로들은 돗드로 하여금 콜슨에게 전화를 걸도록 협박하듯 강요했으나, 돗드는 여전히 고개를 저을 뿐이었다. 그는 이미 정신공황 상태에서 자포자기에 빠져 있었다.

다급해진 박사현의 지시에 따라 이학구가 콜슨에게 전화를 건 것은 오전 10시 10분전이었다.

"아, 여기는 76캠파운드입네다. 콜슨 소장님을 대주시구레."

"내가 콜슨이오."

"아, 장군. 이학구 총좌입네다. 우리가 보낸 수정안에 대한 답신을 받지 못하고 있는데, 어떻게 된 것입네까?"

"곧 우리 쪽 재수정안이 그리로 갈 것이오."

"그렇습네까. 기다리갔습네다. 그런데, 장군. 지금 철조망 밖에서는 경고방송을 하고, 곧 공격을 개시할 듯합네다. 어떻게 된 겁네까? 수정안은 수정안이고, 그것과 통첩시한은 별개란 뜻입네까? 정 그렇다면 우리도 부득불 최후의 수단을 쓰지 않을 수 없갔군요.

우린 지금 막 돗드 장군 석방결의안을 통과시켜 놓고 있단 말입네다."

"커널 리. 방금 그쪽에 나가 있는 부대장에게 공격유보명령을 하달했소."

"아, 감사합네다, 장군. 정말 현명한 판단을 하신 겁네다."

"그러니 당신도 이쯤에서 성의를 보여야 하지 않겠소? 돗드 장군을 석방하시오."

"물론입네다. 오늘 안으로 석방하갔습네다. 그러나, 그 전에 각서 작성이라는 절차가 있지 않습네까."

어쨌거나 포로들의 벼랑끝 전술은 통한 셈이었고, 세 번에 걸친 수정안 주고받기가 이루어진 다음에야 문제의 각서가 최종적으로 작성되었다.

콜슨이 전달하는 형식의 각서 내용은 이런 것이었다.

첫째, 본인은 유엔군이 포로 다수를 살상한 유혈사건이 있었음을 인정한다. 본인은 국제법에 따라 앞으로 이 수용소의 포로들을 인도적으로 대우할 것을 약속한다. 또한, 앞으로 폭행 및 유혈사태가 발생하지 않도록 최선을 다할 것이다. 만일 그런 사건이 재발할 경우, 그 책임은 본인에게 있다.

둘째, 조선인민군 및 중화인민지원군의 자유송환 문제는 판문점에서 토의되고 있다. 따라서, 본인은 평화회의의 결정에 관여할 권한이 없다.

셋째, 돗드 준장이 무사히 석방되면 포로들에 대한 강제심사나 재무장 또는 개인심사가 없을 것임을 확실히 약속한다.

넷째, 돗드 준장이 동의한 세부원칙에 의해 포로로 구성된 포로대표단 조직을 본인이 승인한다.

본인은 귀측의 요청에 따라 이 회답을 보내는 바이다. 이 회답
이 접수되는 대로 속히, 늦어도 금일 오후 8시 안으로 돗드 준장
을 무사히 석방하겠다는 귀측의 양해 하에, 본인이 서명한 이 서
면답변을 돗드 준장을 통해 귀측에 전달하는 바이다.
포로수용소 경비사령관 육군준장 찰스 F. 콜슨

각서를 받아든 포로들은 승리의 축배를 들며 기뻐했다.
"흐흐흐, 장군의 각서라! 이거야 항복문서와 다를 거 뭐이가."
"우리는 얻을 거 다 얻고 즐길 거 다 즐긴 셈입네다. 허허허!"
"이 정도 성과면 수상동무도 틀림없이 기뻐하시갔지요?"
"판문점 남일 동무가 국련군 대표를 땅땅 을러대는 장면이 눈에
선하구만. 아, 통쾌해!"
그 반면에 콜슨을 위시한 관리당국자들의 얼굴에는 곤혹과 자조
의 그늘이 짙게 끼었고, 잔뜩 별렀다가 어깨힘을 빼야 하는 병사들
은 허탈감을 다스리지 못해 노골적으로 불평을 터뜨렸다. 포로들의
횡포에 그동안 넌덜머리가 날 대로 난 병사들, 특히나 이를 박박
갈아 온 한국군은 돗드 한 사람의 안위하고는 상관없이 공산포로의
소굴로 알려진 76수용소를 박살내고 악질 빨갱이를 모조리 소탕할
절호의 기회를 놓쳤다며 가슴을 쳤다.
그런 엄청난 파국을 몰고 온 주인공 돗드 장군이 마침내 포로들
의 사슬에서 풀려난 것은 10일 오후 9시 30분이었다.
공산포로들은 그 마지막 순간까지도 극적효과를 거두기 위해 기
발한 아이디어를 찾아냈다. 막사에서 광장을 거쳐 정문에 이르기까
지 양쪽 두 줄로 도열해 있다가 꽃다발을 목에 건 돗드가 지나가면
귀가 따갑도록 박수를 치고, 도열의 끝부분에는 이학구를 비롯한
수뇌부 면면들이 인민군 계급장까지 달고 서서 극진히 환송했다.

전대미문 포로수용소장 납치사건의 결말이었다.

그런데 한 사람, 이학구 옆에서 빙그레 웃으며 박수치는 작달막한 사내만은 계급장 없는 일반포로의 복장이어서 주의를 끌었다. 그가 바로 지도총책 박사현이란 인물임을 아는 사람은 철조망 안팎을 통틀어 포로수뇌부 몇 명밖에 되지 않았다.

이리하여 1952년 5월 10일 돗드는 납치된 지 78시간, 콜슨의 최후통첩으로부터 11시간 반만에 76수용소 정문을 벗어나 그를 기다리던 참모들의 마중을 받았다.

콜슨이 몇 걸음 앞으로 나오며 악수를 청했다.

"오, 얼마나 고생하셨소? 어떻든 무사하시니 다행이군요."

"뭐라고 감사해야 할지 모르겠군요, 제너럴."

돗드는 쓸쓸하게 웃으며 콜슨의 손을 잡았다.

곧 두 장성은 지프 뒷자리에 나란히 올라 경비사령부로 향했다.

2

돗드는 석방되었으나, 그것으로 사건이 끝난 것은 아니었다. 아니, 오히려 사건의 본질적 파문은 그의 석방 이후에 본격화되었다고 해도 과언이 아니었다.

문제는 콜슨이 작성하여 포로들에게 전달한 각서 내용이었다. 무슨 수를 쓰더라도 동료장성을 구출해야겠다는 일념에서 나온 것이기는 하지만, 그 내용은 객관적 당위성을 상실하고 있었다.

첫째 항목은 거두절미하고 경비군이 포로들을 무조건 살상했다는 내용이어서, 자세한 내막을 모르는 사람이면 포로들에 대한 가혹행위가 간단없이 자행되고 있구나 하는 오해를 하기에 딱 십상이었다.

둘째 항목이야 현실성에 입각한 바른 이야기라 할지라도, 셋째

항목은 있지도 않았던 강제심사와 비공식 개별심사가 있었음을 스스로 인정하는 것으로서, 유엔군과 관리당국의 처지를 매우 난감하게 만들기에 족한 문구였다. 게다가 '재무장'이란 애매한 용어 역시 오해의 소지가 많아, 포로들을 일부 빼내다가 한국군으로 재편입시켜 왔다는 소리 아니냐고 종주먹을 대도 변명할 말이 없을 것이었다.

넷째 항목은 지난날 포로들이 기회 있을 때마다 요구하고 그때마다 거절당한 것으로서, 그 승낙 자체가 관리당국이 손을 들었다는 의미가 되었다.

"도대체 돗드는 어째서 어리석게 스스로 비무장인 채로 찾아가 그런 치욕스러운 꼴을 당하나. 통찰력이 있는 사람이라면 포로대표를 집무실로 소환하여 세심한 무장경호 아래 면담을 진행시켰을 것이다. 게다가 콜슨의 굴욕적인 각서는 패전 이상의 오점을 남긴 것이다. 요컨대, 두 사람은 미군과 미합중국의 명예를 국제적으로 실추시키고 말았다."

두 장성에게는 비난의 화살이 집중되었고, 그 정점에는 신임 유엔군총사령관 클라크 장군과 미국합동참모본부가 있었다.

클라크 장군은 5월 12일자로 유엔군총사령관 직무수행에 들어가자마자 미국 제8군사령관 밴플리트의 변호를 무시한 채 콜슨을 전격해임하고, 그 후임에 미국 육군 제2사단 부사단장 헤이든 L. 보트너 준장을 발령하는 동시에, 제8군 관할이던 거제도 포로수용소를 총사령부 직할로 변경했다. 종전까지의 느슨한 포로관리를 지양하고 직접 바짝 챙김으로써 문제를 해결하겠다는 결의를 보인 것이었다.

클라크는 한편으로 유엔군총사령부 참모부장 블랙시어 브라이언 소장을 단장으로 한 '돗드 납치사건 진상조사단'을 파견했고, 비운의 장군 돗드와 콜슨은 조사결과에 따라 준장에서 대령으로 1계급 강등처분에 퇴역이라는 중징계를 받았다.

돗드는 그렇다손 치고 콜슨의 경우는 밴플리트가 안타깝게 여길 정도로 억울한 측면이 없지 않았다. 그러나, 야전에 익숙한 장수가 간교한 머리싸움이 필요한 협상의 거미줄에 발목이 걸려 있은 격이었으니, 그의 추락은 한마디로 억센 불운이라고 할 수밖에 없었다.

어쨌거나 결과적으로 공산포로들은 콜슨 각서라고 하는 항복문서를 손에 넣었을 뿐 아니라, 미합중국의 별 두 개를 떨어뜨리는 혁혁한 전과를 올린 셈이었다.

많은 사람들이 예측하고 우려한 대로, 콜슨 각서는 판문점회담에서 회오리바람을 일으켰다. 공산군측 대표들은 항목 하나하나에 숨겨진 그들 나름의 보도(寶刀)를 끄집어내어 상대편을 향해 휘둘렀고, 수세에 몰린 유엔군측 대표들은 각서 작성 경위의 불법성과 내용상의 허위성을 주장하며 쩔쩔매는 형국이었다.

거제도의 반란은 판문점휴전협상의 북한대표인 남일에 의해서 꾸며진 것이었다. 돗드의 납치는 유엔의 위신을 추락시키고, 유엔군으로 하여금 반항하는 공산포로들을 진압하는 과정에서 순교자를 내게 함으로써 공산측의 선전에 이용하기 위한 것이었다. 또한 휴전협상에서 유엔군측의 협상입장을 약화시키는 한편, 포로수용소의 질서 유지를 위해 유엔군의 전투병력이 전선에서 후방으로 이동될 것을 기대한 공산측 술책의 일부였다.

거제도 포로수용소의 형편은 날이 갈수록 가관이었다.

공산포로들은 연일 인공기를 높이 게양하고 유엔군의 포로정책을 비난하는 시위를 계속했으며, 각서 넷째 항목에 입각해서 명색 포로대표단은 사사건건 관리당국에 대등한 입장의 요구조건을 내걸고 성가시게 굴었다. 더군다나 구수회의를 한답시고 76수용소에 모였던 각 수용소 대표들은 그때까지도 복귀하지 않고 기거를 같이하며 결속력을 과시했고, 그 구심점에는 말할 나위 없이 박사현이라는 선동전문가가 있었다.

요컨대, 그와 같은 안팎의 정세 속에 거제도 포로수용소는 마지막 장의 대사건을 향해 달려가고 있었다.

제14대 경비사령관 보트너 준장은 포로들을 본때있게 다루겠다는 강경파 클라크 장군의 의중에 꼭 들어맞는 인물이었다.

두 차례의 세계대전에서 혁혁한 전공을 쌓았을 뿐 아니라, 한국전쟁에 참전해서는 소위 '단장의 능선' 전투에서 용맹을 떨친 우수한 야전지휘관이며, '황소'라는 별명을 들을 만큼 추진력이 대단한 보트너는 5월 14일 현지에 부임해 현황을 점검하자 너무나 기가 막혀 개탄해 마지않았다.

"아니, 이따위로 어찌 세계최강의 미합중국 군대라고 말할 수 있겠나! 지금까지의 내 군대생활 통틀어 이런 오합지졸은 본 적이 없어. 일선에서 무능하다고 찍히거나, 보충병 중에서 쓸모없는 놈들만 거제도에 몽땅 와 있군 그래."

그가 보기에 장병들은 장교부터 졸병까지 하나같이 군기가 문란하고 기합이 빠져 있었다.

보트너는 포로수용소의 관리기능을 개선하고 공산포로들을 장악하기 위해서는 특단의 조치가 필요하다고 판단했다. 그 자신이 먼저 전방에서 했던 그대로 헬멧을 쓰고 권총을 차고 군화를 신은 상시 전투무장 차림을 고집하는 한편, 부하들의 강한 불만에도 불구하고 경비요원 사무요원 구별 없이 모든 장병더러 전투복 차림에 총기를 휴대하라고 지시했다.

참모회의를 소집한 그는 이렇게 선언했다.

"본관이 보기에 이곳 포로들은 자기네가 원할 경우 임기응변식의 무장을 갖추어 충분히 공격해 올 수 있는 전투요원들이오. 그러니 보다 강한 대응이 필요합니다. 본관은 저들에게 이 섬의 주인이 누구인지를 명명백백히 확인시켜 줄 작정으로 다음과 같은 수용소 관리개선 3단계 방안을 마련했소. 첫째는 병력 증강으로 지휘권을 확립하고, 다음은 여러분도 알고 있는 기존 수용소개편계획 제3단계 '오퍼레이션 브레이컵'에 따라 500명 단위의 작은 수용소로 개편하는 작업을 서두르며, 마지막으로 북한 송환을 원한 포로들 가운데도 부득이해서 휩쓸렸을 뿐 반공사상을 가진 포로가 분명히 있을 것이므로, 가급적 이들을 분리해 내자는 것이오. 본관은 이곳에 오기 전에 클라크 총사령관으로부터 질서유지를 위해 부득이할 경우 무력을 사용해도 좋다는 허락을 분명히 받았어요. 따라서, 돗드나 콜슨 같은 전임자의 전철은 결코 밟지 않을 테니까, 귀관들도 정신 바짝 차리고 본관의 지휘에 따라주길 부탁하오."

보트너의 기백이 기백인만치 참모들은 긴장하지 않을 수 없었다.

연합정보대장 다니엘 소령이 물었다.

"방금 사령관님께서는 병력증강을 말씀하셨는데, 또 어떤 부대가 이곳에 오게 됩니까?"

"일본에 주둔하고 있는 제187공정연대를 곧 보내주기로 클라크 장군께서 약속하셨네. 게다가 네덜란드 대대, 영국과 캐나다 등 영연방여단 병력도. 귀관도 187공정연대의 명성에 대해서는 알고 있겠지?"

"물론입니다, 제너럴."

프랭크 보웬 대령이 지휘하는 제187공정연대는 지난 1950년 10월 전임 유엔군총사령관 맥아더의 북진명령에 따라 지상군의 진격에 앞서 평안남도 순천지역에 낙하해 용맹을 떨친 정예부대로 유명했다.

"사령관님의 그와 같은 지휘방침을 포로들에게 효과적인 방법으로 설명해 주는 것이 좋지 않겠습니까?"

그렇게 건의한 것은 보좌관 허드슨 중령이었다.

"물론이야. 포로대표들과의 회견을 준비하시오."

보트너의 지시에 따라 이학구를 비롯한 공산포로 지도부가 경비사령부를 찾아온 것은 5월 16일이었다.

보트너는 근엄한 태도로 그들에게 말했다.

"본관이 당신들을 보자고 한 것은 이 수용소의 평화를 위해서이다. 본관은 야전에서 화약냄새와 흙먼지를 마시며 살아온 직업군인이지만, 그렇다고 살상을 좋아하는 사람은 결코 아니야. 이 거제도가 지금까지처럼 소란스럽고 피흘리는 지상의 지옥으로 계속 남느냐, 아니면 모처럼 평화를 얻느냐 하는 것은 전적으로 당신들의 태도 여하에 달려 있다. 그런 뜻에서 본관의 지시사항을 잘 들어주기 바란다. 우선, 기탑의 인공기와 중공기 게양을 앞으로 일절 금한다. 이곳은 엄연히 대한민국 영토인 동시에 미합중국군이 관할하는 작전지역이므로, 그런 도발행위를 결코 묵과할 수 없다. 아울러 김일성과 스탈린과 마오쩌뚱 같은 자들의 초상화를 치우도록 하라. 실내에다 붙여놓고 떠받드는 것까지는 구태여 막지 않겠으나, 밖에다 내거는 것은 관리당국에 대한 도발행위로 간주하겠다. 뭐라고 적혀 있는지는 자세히 알 수 없으나, 난잡하게 세워져 있는 흉한 입간판과 플래카드 역시 마찬가지다. 그리고 앞으로는 체육경기라든지 레크리에이션 같은 건전한 집회가 아닌 정치성 시위집회는 일절 금한다. 이 명령은 지금부터 유효하고, 불복종 행위는 절대 용납하지 않겠다. 본관은 같은 말을 반복하지 않는 주의다. 다들 잘 알아들었는가? 이상이다.”

　포로대표들은 표정이 굳어지며 동요의 빛이 역력했다. 역대 수용소장 가운데 이처럼 융통성 없는 딱장대는 처음이기 때문이며, 그의 위압에 찍소리도 못하는 것에 부아가 치밀었기 때문이었다.

　“저, 소장님. 제가 한 말씀 올리갔습네다.”

　참다못한 엄정섭이 몸을 움찔하며 발언기회를 요구했다.

　안경 속에서 번쩍이는 보트너의 눈길이 그를 향했다.

　“관등성명은?”

　“엄정섭 대좝네다. 77캄파운드 여단장입네다.”

　“77캄파운드……. 그래, 뭘 말하고 싶은가?”

　“콜슨 각서의 넷째 항은 우리의 대표단 구성을 명시하고 있고, 그 내용 속에는 자유로운 활동이 보장되어 있는 것입네다. 따라서, 우리는 관리당국에 요구할 수 있는…….”

　보트너는 손바닥을 번쩍 들어 엄정섭의 말을 막았다.

　“헤이, 커널. 당신은 뭘 잘못 알고 있군. 콜슨 각서는 지난 12일 클라크 유엔군총사령관이 발표한 무효화 성명으로 이미 휴지조각이 됐다는 걸 모르나? 어쨌든 당신들은 포로의 신분이므로 뭘 요구할 수 있는 처지가 아니야. 수용소 운영에 관한 결정권은 오로지 관리책임자인 본관한테 있고, 당신네는 따르기만 하면 돼. 그 점 잊지 말고 명심하도록. 알았나? 이상이다.”

　그처럼 면박을 줘서 꼼짝 못하게 만들고는 포로대표들을 돌려보냈지만, 보트너도 그 정도에서 그들이 고분고분해질 것이라고는 기대하지 않았다.

　역시 포로들은 여전히 적기를 게양하고 공산지도자들의 초상화와 선전간판을 내걸며 구호와 군가가 난무하는 시위를 계속했다. 오히려 보트너에게 당한 수뇌부의 감정이 촉진제가 되어 전보다 더 광기를 띠었다.

보트너는 포로들에게 다시 한 번 엄중한 경고를 발하면서, 앞으로 적기를 게양하는 자는 보이는 대로 사살하라고 부하들에게 명령했다.

"흥, 미친 놈! 깃발을 단다고 쏴 죽이겠다? 어디 해보라지."

포로들은 설마 하고 코웃음쳤으나, 그 웃음은 이내 뚝 그치고 말았다. 실제로 다음날 아침에 게양대에 적기를 올리던 62수용소 포로 두 명이 경비병에게 사살되는 참사가 벌어졌기 때문이었다.

그 바람에 모든 수용소의 분위기는 갑자기 싸늘하게 식었고, 아침에 깃발을 게양하지 않거나, 기왕 게양되어 있는 깃발을 때가 타도록 아예 내리지 않게 되었다.

증원부대와 폭동진압장비가 속속 도착하자, 보트너는 유엔군총사령부의 포로수용소 개편계획 마지막 제3단계인 동시에 본인의 관리개선방침 가운데 두 번째인 소규모화작전에 착수했다.

보트너는 그 준비단계로 무력시범을 보이기로 하면서 야전군인답지 않은 노련한 정치적 결정을 했다. 그것은 그동안 철저한 보도관재에 가려져 있던 거제도 포로소용소를 매스컴에 공개함으로써 불필요한 오해를 불식한다는 것과, 극렬한 북한인민군 대신에 중공군 공산포로를 대상으로 한다는 것이었다.

5월 20일.

거제도 포로수용소 생긴 이래 최초의 취재허가로 각국 보도진이 몰려와 법석을 떠는 가운데, 증원부대로 와 있던 제9연대 3대대가 가레트 중령의 지휘 아래 중공군포로수용소인 86수용소를 상대로 작전을 개시했다. 정오 12시까지 적기와 초상화 등을 철거하라는 통고를 먼저 발한 다음, 포로들이 불응하자 탱크 2대를 앞세우고 쳐들어가기 시작했다.

"포로들에게 알린다. 대항하는 자는 즉시 사살될 것이다. 그러니 모두 막사 안으로 들어가라!"

중국어로 경고한 다음, 가레트는 부하들에게 명령했다.

"목표는 기탑과 초상화다. 기탑을 때려부수고, 공산지도자의 초상화를 철거 파괴하라!"

위용이 무시무시한 셔먼탱크가 지축을 울리며 진입하고, 그 뒤로 완전무장한 대대병력이 돌입하자, 중공군 포로들은 완전히 얼어버렸다. 대항할 엄두도 못 낸 채, 기탑이 탱크에 깔려 부서지고 마오쩌뚱의 초상화가 박살나는데도 넋을 잃고 바라보기만 했다.

상황은 단 5분만에 싱겁게 끝났다.

포로들이 대항하지 않음으로써 탱크와 병사들은 모두 철수하고, 86수용소 광장에는 태풍이 지나간 후와 같은 정적이 감도는 가운데 쓰레기만 흉하게 널려 있었다.

"그것 보라구. 공산주의자들한테 통하는 약은 오로지 파워뿐이야. 돗드도 콜슨도 진작 이런 방법을 썼더라면 그런 억울한 꼴을 당하지 않았을 건데."

보트너는 작전 성공을 자축하는 참모간담회에서 좋아하는 진한 커피를 맛있게 마시며 회심의 미소를 지었다.

그러나, 보트너의 흡족한 기분은 갑자기 걸려온 전화 한 통으로 무참히 깨지고 말았다. 이제는 제1포로수용소 부속시설이 되어 있는 부산 거제리수용소에 수용되어 있던 공산포로들이 송환심사를 반대하는 연좌시위를 벌이자 경비군이 이것을 강제해산하였고, 그 과정에 심한 충돌이 일어나 포로 2명이 사살되고 85명이 중경상을 입었다는 보고였다.

"어떻게 조치하시겠습니까, 제너럴?"

굳은 얼굴로 묵묵히 앉아 있는 보트너를 보다 못한 보좌관 허드슨 중령이 조심스럽게 물었다.

미망에서 깨어난 듯, 보트너가 분명한 어조로 말했다.

"좋아! 당장 전화해서 본관의 명령을 전달하게. 모든 포로에게 즉시 강압적인 재심사를 실시해서 공산포로들은 이곳으로 이동시키도록. 알았나?"

"옛써!"

"그리고 메이저."

보트너는 연합정보대장 다니엘 소령에게 말했다.

"이건 본관이 진작부터 생각한 건데, 주변의 민간부락을 정리해야겠어. 여기서 일어나는 일들이 놀랍도록 빠르게 판문점회담에 반영되어 시빗거리가 되는 걸로 아는데, 그건 이곳 민간인들 속에 섞여 있는 공산스파이들 때문임이 분명해. 그렇지 않은가?"

"물론 그렇습니다, 제너럴. 우리 정보팀에서도 그렇게 파악하고 있으나, 그쪽까진 여력이 미치지 않을 뿐 아니라, 민간이라 섣불리 건드리기도 뭣해 속수무책으로 지켜만보고 있었습니다."

보트너의 눈이 안경 속에서 찌푸려졌다.

"그게 무슨 소리야. 여긴 엄연히 미합중국 군대의 작전지역이야. 민간인들을 거칠게 다루어서는 안 되지만, 어디까지나 군사작전에 지장을 초래하지 않는 한도 내에서의 이야기가 아닌가. 이런 정황 아래서는 융통성이 필요해. 수용소 인근에 살고 있는 민간인들을 모두 소개(疏開) 시키자고."

"민간부락을 철거하잔 말씀입니꺼?"

"그렇네. 사실 민간부락이 포로수용소에 너무 가까이 붙어 있는 건 여러 가지로 문제 있어. 더구나 공산스파이들이 코앞에서 우리의 활동상황을 속속들이 들여다보고 있다는 건 생각만 해도 불쾌하단 말이야."

"민간부락 철거는 그리 간단하지 않습니다. 먼저 한국정부의 동의를 구해야 하고, 주민들의 생계문제도 고려해야 합니다. 피란민까지 포함해 만 명도 훨씬 더 될 사람들의 생활터전과 생계수단을 빼앗으려면 뭔가 최소한의 대책을 세워 줘야하지 않겠습니까?"

"그건 한국정부가 알아서 할 일이야. 우리는 군사적 문제만 생각하면 돼."

보트너가 단칼에 무 자르듯 말하자, 보좌관 허드슨이 조심스럽게 끼어들었다.

"제너럴. 상대가 포로라면 또 몰라도, 민간인인 경우는 더더욱 조심하지 않으면 안 된다고 생각합니다. 민간인집단을 가혹하게 취급했다는 뉴스가 혹시라도 매스컴을 타게 되면 어떻게 되겠습니까? 판문점의 공산측 대표들은 또 호제를 만났다고 물고 늘어질 테지요. 제가 생각건대, 우리 관리당국 입장에서 소개민용 수용시설을 적당한 장소에 만들어 제공하고 군용차량으로 이삿짐 운반에 편의를 제공하는 정도는 그리 큰 부담이 되지 않을 것으로 봅니다."

"그럼 소개민들의 식량 문제는?"

"그건 한국정부와 국제원조기구에 취지를 설명해서 떠넘기면 무난할 것 같습니다."

"오! 굿 아이디어. 그렇게 하도록 합시다. 그럼 지금부터 당장 포로 분산수용을 위한 소형막사 설치작업을 서두르고, 동시에 민간인 소개문제도 위쪽과 협의해서 처리해 나가자고. 소형막사는 500명 단위로, 반공포로들이 있던 빈곳에 설치하도록 하시오. 모든 건 신속하게. 본관이 전방에서와 마찬가지로, 이곳에서도 왜 워커를 신은 채 잠자리에 드는지 귀관들도 그 뜻을 알 거요. 갓뎀! 거제리

놈들 때문에 괜히 커피맛만 달아났군.”
　황소장군 보트너의 결단으로 인해 고현리 일대 원주민들과 난민
촌 피란민들은 멀쩡한 대낮에 날벼락을 만난 꼴이 되고 말았다.

불의 바다

1

"주민 여러분께 알려드립니다. 주민 여러분께 알려드립니다. 유엔군총사령부는 한국정부의 동의를 얻어 이곳 포로수용소 주변의 모든 민간인들을 이주시키기로 결정했습니다. 이 조치는 군사작전상의 필요에 의한 것이며, 주민 여러분은 오는 5월 23일 오전 0시를 기점으로 48시간 안에, 다시 말씀드리면 5월 23일과 24일 이틀 안에 현재 살고 있는 곳에서 모두 떠나야만 합니다. 포로수용소 관리당국은 여러분이 이주해 갈 집단수용시설을 각 구역 단위로 건설하고 있으며, 그곳으로 함께 가든 연고를 찾아 개별적으로 떠나든 그것은 여러분의 선택에 달렸습니다. 어쨌든 24일 이후에는 단 한 사람도 이곳에 남아 있어서는 안 되며, 그렇지 않을 경우에 발생하는 안전상의 모든 위험 내지 불행한 사고발생의 책임은 전적으로 본인에게 돌아간다는 점을 명심하십시오. 수용시설로 가시는 분들에 대해서는 본 관리당국에서 차편과 구호식량을 제공할 것입니다. 아무쪼록 주민 여러분의 자발적이고 신속한 협조를 부탁합니다. 이상, 포로수용소 관리당국에서 알려드렸습니다."

고성능 확성기를 장착한 군용차량이 포로수용소 주변을 돌아다니며 이런 방송을 거듭하자, 처음에는 주민들이 자기 귀를 의심하며 입을 다물지 못했고, 다음에는 온 가구마다 마을마다 벌집을 쑤신 것처럼 난리가 났다.

“아니, 내 집에서 떠나라고? 가왁중에 이기이 무신 소리고.”

“논도 밭도 다 빼앗아 포로수용소 짓더니, 인자아 우리꺼정 수용소에 가락고? 세상에 이처럼 기막히고 무도한 노릇이 어딨노.”

“백성이 있어야 정부도 있고 나라도 있는 법이다. 대체 이놈우 정부는 뭐하고 자빠졌노.”

“몬 간다. 나는 몬하겠다. 쥑이든 살리든 마음대로 하락해라.”

원주민들은 이렇게 떠들어대며 유엔군 당국과 한국정부를 싸잡아 성토해 마지않았고, 포로들을 상대로 한 상행위를 호구지책으로 삼고 있던 피란민들은 전쟁을 멀리 피해 와서 겨우 발을 붙일 곳을 마련했는가 싶다가 또 피란을 가야 하는 기막힌 현실 앞에서 가슴을 치고 땅을 쳤다.

그러나, 이들의 분노와 절망에 아랑곳없이 수용소장 보트너가 ‘오퍼레이션 리무벌(Operation Removal)’이라고 명명한 민간인 소개작전은 과감하게 추진되었다.

방송에 이어 군관합동 독려반이 마을마다 집집마다 찾아와서 강압적인 설득작업으로 주민들의 기를 꺾고, 이주민들에 대해서는 앞으로 1인당 하루 3홉씩의 구호식량을 무상으로 지급할 것이라고 당근을 제시하기도 했다. 또한, 23일이 임박해서는 무장한 군인들이 군화소리도 요란하게 찾아와서 화염방사기로 소각시범까지 보이며 위협시위를 벌이기도 했다.

마침내 이주명령을 받아들이지 않을 수 없게 된 주민들은 자포자기 상태에서 눈물 젖은 피란보따리를 싸야만 했다.

그 소동은 똑같은 피해자인 상동리 옥치조에게 생각지도 않은 불똥이 튀게 했다. 마을사람들이 찾아와 아우성을 쳤기 때문이었다.

“아니, 세상에 이런 법이 어디 있노. 여기가 전쟁터도 아인데 피란을 가라니, 이기이 말이나 되요?”

“관청일 보는 사람들이 아무 말 않고 팔짱 끼고 보고만 있은게 미군들이 우습게 보고 멋대로 저러는 거 아이가.”

“옥 이장이 우리 동네 대변인 아이요. 면사무소에 가서 좀 딱부러지게 이야기를 하소.”

하도 어처구니없고 답답해서 찾아와 하는 소리들이겠지만, 평소 남한테 화내지 않고 싫은소리 안 하기로 정평이 난 치조도 그만 짜증이 났다.

“불난 집 부채질하는 것도 아이고, 나한테 찾아와서 이라몬 무신 소용이요. 동네이장이 무신 힘이 있노. 면사무소고 군청이고, 그 사람들한테도 가서 얘기해 봐야 입만 아플 뿐이요. 아, 포로수용소를 지을 적에도 속수무책, 미군들 즈그 하고 싶은 대로 했는데, 이번인들 이빨이나 들어가겠소? 다들 돌아가서 이삿짐이나 제대로 챙기서 싸소. 그기이 최선의 방법인께.”

치조는 감정을 최대한 자제하며 그런 말로 점잖은 면박을 안겨 사람들을 쫓아버렸다.

제에기, 이런 때만 이장이지.

그는 머쓱해서 돌아가는 사람들의 뒤통수를 바라보며 속으로 투덜거렸다. 그 감정의 보풀에는 그동안에 쌓인, 구체적으로는 아내가 정신이상을 보이기 시작한 이후로 알게 모르게 그들로부터 받은 수모에 대한 반감이랄까 섭섭함이 묻어 있었다.

오히려 잘됐어. 이 기회에 저 사람들과 헤어져서, 피차 안 보이는 데 따로 가서 사는 것이 속편하지 않겠나.

집단이주대상은 수월리 일원, 양정리와 문동리 일원, 그리고 고현리와 치조네 상동리 일원 이렇게 세 구역으로 나누고, 그 중 고현리와 상동리 주민들을 위한 집단주거시설인지 수용소인지는 거제면 어딘가에 짓고 있다는 이야기였다.

그렇지만 치조는 정말이지 마을사람들과 함께 거기 가서 복닥거리며 살기가 싫었다. 지금이야 내 집 네 집으로 떨어져나 있지, 눈길만 돌려도 뒤통수가 보이고 코고는 소리까지 들릴 것이 뻔한 그런 데 같이 가서 마누라의 꼬락서니를 남들한테 속속들이 어떻게 보이나 싶자, 생각만으로도 진절머리가 났다.

방금도 마을사람들이 집에 몰려오자, 무슨 까닭인지도 모르고 손님대접을 한다고 부엌을 들락날락하는, 기도 안 차는 짓거리를 해 보이던 이옥례였다.

그런 아내의 꼬락서니를 의식하면 할수록 남모르는 데 따로 가서 살아야겠다는 생각이 굳어졌다. 그래서 아들에게 의논한 결과, 상국의 대답도 이랬다.

"어차피 이 집에서 떠나야 할 판이면 어딘들 무신 상관입니꺼. 아부지 뜻대로 하이소. 저는 상관없은께요."

아들의 소극적 찬성을 받아낸 치조는 다음날 아침 일찍 집을 나섰다. 딸을 만나러 장승포에 가기 위해서였다. 딸에게 이 갑작스러운 상황을 알려야 한다는 생각도 있었지만 한쪽에는 솔직히 말해 다소의 경제적 지원에 대한 기대가 묻어 있는 것도 사실이었다.

고현리 신작로에서 거제여객 버스를 탄 것이 오전 10시 무렵이었고, 장승포에 도착한 것이 11시가 조금 넘어서였다.

두모고개를 넘어 장승포 읍내로 진입해 바닷가 방죽로까지 내려와서 마지막 손님들 중의 하나로 버스에서 내린 치조는 운전사에게 물어서 회사를 찾아갔다.

사무실 문을 조심스럽게 열자, 상은이 깜짝 놀라 일어서며 외쳤다.

"아니, 아부지가 우짠 일입니꺼."

놀라기는 임덕현도 마찬가지였다. 책상너머 의자에 뒤로 자빠지려는 듯이 몸을 젖히고 앉아 신문을 들여다보던 그는 상은과 거의 동시에 벌떡 일어나 꾸뻑 절을 하며 인사말을 건넸다.

"아, 어서 오십쇼. 무스기 일로 이렇게……."

"야아를 급히 좀 봐야 할 일이 있어서 왔습니더."

치조는 딸에게보다 덕현에게 먼저 답례인사를 했다.

그 말을 들은 상은이 불안한 빛으로 물었다.

"대체 무신 일인데예?"

"잠시 밖에 나가도 되겠나?"

그러자, 덕현이 황급히 손사래를 쳤다.

"아, 아닙메. 여기서 말씀하십쇼. 그렇디 않아도 잠깐 볼일이 있어 나가려던 참임다."

그런 다음, 상은을 보고 말했다.

"아바임 말씀 듣구, 점심 대접해야 되니까니 꼭 모시고 있어라. 알았네?"

그럴 필요 없다고 치조가 단호히 사양했으나, 덕현은 자기딴에 거북하고 난처한 국면에서 허둥지둥 도망쳐버렸다. 뿐만 아니라, 사무직원 김용식조차도 화장실에 가는 척하며 일어나 치조에게 꾸뻑 목례를 하고는 자리를 피해 주었다.

그렇게까지 된 마당에 굳이 밖에 나가자고 할 필요는 없으므로, 치조는 마지못해 소파에 앉았다.

상은이 맞은편에 앉으며 물었다.

"급히 볼 일이라니, 뭔데예?"

"다름이 아이라, 우리 집 이사가게 생겼다."

치조가 어이없다는 웃음을 지으며 말하자, 상은이 깜짝 놀랐다.

"이사예? 갑자기 그기이 무신 애깁니꺼?"

"우리 집뿐 아이라 온 동네가, 우리 동네뿐 아이고 고현·수월·양정·문동까지 전부 다 내쫓기게 됐다 아이가."

치조는 긴급이주명령의 배경과 정황을 딸에게 대강 설명했다.

다 듣고 난 상은은 걱정이 태산이었다.

"그라몬 이사를 어데로 가게 되는 깁니꺼?"

"글쎄 말이다. 우리 상동하고 고현 사람들은 거제면 쪽으로 가게 되는 모양인데, 아부지는 동네사람들과 함께 가기가 싫어졌다."

"와요?"

"느그 엄마 일로 시달리고 신경쓰다 보이 괜히 정나미가 떨어졌다 하까, 아는 얼굴들이 없는 데 가서 살고 싶다. 그기이 느그 엄마한테도 안 낫겠나."

"오히려 그 반대가 아일까예? 아무래도 아는 얼굴들 있는 데가 낫지 않을지……."

"네 말도 일리가 있다마는, 아부지가 싫다. 느그 오래비 생각도 그렇고."

"꼭 그렇다몬 하는 수 없지요. 아부지 좋으실 대로 하이소. 그라몬 어디로 이사하실 생각입니꺼?"

"그기이……아직 결정은 안 했다마는, 우짠지 먼 데는 가고 싶지 않구나. 포로수용소만 벗어나몬 된께, 가까운 데다 알아볼란다. 날짜가 촉박하긴 한데."

"그라몬 빨리 그렇게 하이소."

상은은 잠시 뭔가 생각하는 듯하더니, 밖으로 나가서 사무직원을 데려왔다. 그런 다음 아버지를 보고, 잠깐 다녀올 테니까 앉아 있으라 하고 바삐 나가버렸다.

혼자 남은 치조는 사무직원의 눈에 어린 딸을 등치는 염치없는 아비로 비칠 것만 같은 자신의 주제꼴이 몹시 거북살스러웠다. 그렇다고 입 꾹 다물고 마냥 돌부처처럼 앉아 있기도 멋쩍어서 말을 붙였다.

"우리 딸아이, 서툴고 아무것도 모린께, 선생께서 잘 좀 지도해 주이소."

"아, 예……. 옥상은씨 썩 잘하고 있습니다."

용식이 허둥거리는 태도로 대답했다.

약 10분 정도 시간을 죽이고 있으려니까 상은이 돌아왔다. 다소 숨이 찬 기색인 그녀는 치조에게 봉투를 내밀었다.

"뭐꼬?"

"수용소에 안 가고 다른 데다 집이든 방이든 얻을락하몬 얼마라 도 돈이 있어야 할 거 아입니꺼."

상은은 그러면서 봉투를 아예 아버지의 호주머니 속에 찔러 넣어 주었다.

"오냐. 고맙다."

"참, 아부지도. 자식한테……."

동료직원을 의식해서 싫은소리를 하다 말고는, 얼른 목소리를 바 꾸었다.

"23일이몬 낼모렌데, 빨리 가서 이사준비 하이소. 사장님이 아까 점심 대접하시겠닥했지마는, 제가 잘 말씀드리께요."

"오냐. 그러는 기 나도 좋겠다."

"돈이 모자라도 우짜든지 일단 이사부터 하이소. 그라고 나서 아 부지가 한 번 더 댕기가시든지, 오빠를 보내든지 하소."

그러더니, 마침 성포행 버스 출발시간이 임박했다며 재촉이 성화 같았다.

용식에게 인사를 하는 둥 만 둥 하고 딸을 따라나선 치조는 뛰다 시피 한 끝에, 마침 출발하려고 움찔움찔하는 버스에 가까스로 오를 수 있었다.

자기 나이 또래의 조수 겸 차장한테 아버지라고 소개해서 차비를 면제해 준 상은은 마침 빈자리에 앉은 치조가 창문을 통해 내다보자 손을 흔들며 소리쳤다.

"옴마 잘 보살피소."

순간, 상은의 글썽한 눈물에 비친, 가늘고 예리한 작은 반사광 하나가 사금파리처럼 치조의 동공을 아프게 찔렀다.

치조의 눈에도 눈물이 핑 돌아 딸의 모습이 그만 일그러지고 말았다.

5월 23일.

오퍼레이션 리무벌 디데이가 드디어 밝자, 포로수용소 주변 마을들의 부산함이란 마치 무슨 재해위험을 감지하고 이주에 여념이 없는 개미굴 언저리를 방불케 했다.

주민들은 토착원주민, 피란민을 막론하고 당장 필요한 옷가지와 이부자리, 식량과 취사도구를 기본으로 하여 최대한 가져갈 수 있을 만큼의 이삿짐을 챙겨 가지고는 마을 한길에 나와 웅성거렸고, 여인네들은 다시 들어갈 날이 있을지 없을지 모르는 정든 집을 바라보며 장탄식에 가슴을 치거나 눈물을 쏟았다.

이윽고 이주지원 수송차량들이 도착해 사람들과 짐을 싣기 시작했는데, 그 과정에 예상치 못한 소요사태가 발생했다. 적재 한정량을 감안해 이삿짐을 될 수 있는 대로 줄이려는 군인과, 하나라도 버리지 않으려고 기를 쓰는 이주민 사이에 벌어진 승강이였다.

다소의 시간지연 끝에 이주민들은 결국 군인들의 위협적 강압책에 굴복하고, 아까운 짐을 상당량 길바닥에 내버린 채 애통해 울부짖으며 정든 고향마을이기도 하고 어렵게 마련한 피란생활의 터전이기도 한 그곳을 떠나야 했다.

아직은 '오퍼레이션 브레이컵'이 개시되기 전이라서 본래의 수용소에 그대로 남아 있던 공산포로들은 짐짝과 함께 트럭에 실려 풀풀 날리는 흙먼지 속에 어디론가 하염없이 떠나가는 사람들을 구경하느라 철조망에 새카맣게 달라붙어 저마다 생각이 깊은 눈길로 물끄러미 바라보고 있었다.

그처럼 포로수용소 관리당국의 방침과 대책에 순응해 집단수용시설로 이주하는 사람들이 있는가 하면, 치조처럼 개별적으로 이사를 하거나 도움을 얻을 만한 연고자 쪽으로 뿔뿔이 흩어지는 사람들도 적지 않았다.

치조는 수월리 앞 연초천(延草川) 건너편의 소오비마을 어느 집 아래채의 방 한 칸을 얻어 이사하게 되었다.

일금 10만 원(圓)에 최장 3년간 사용하는 조건인데, 그 마을에 사는 한 친구의 협조를 얻어 그 방을 얻자 행운이라고 생각하며 한시름을 놓았다. 돈이 아깝기는 하지만, 가까운 데서 그만한 크기의 빈방을 구하기가 결코 쉽지 않을 뿐 아니라, 얼마 전에 시집간 처녀가 쓰던 방이라 비교적 깨끗하고 부엌까지 딸려 있어서, 그네 세 식구가 거주하기에는 다소 옹색할망정 안성맞춤이었다.

어쨌든 딸의 도움으로 이사할 곳을 마련한 치조는 온 마을사람들이 복대기질 치는 것과는 달리 여유롭게 이사준비를 했고, 마을이장이란 직함의 영향력을 마지막으로 발휘해 군용트럭 한 대의 단독지원을 얻어냈다.

부러움 반 시샘 반으로 바라보는 시선들 속에 치조네가 정든 집과 상동리 마을을 떠난 것은 23일 아침, 집단수용소로 갈 사람들이 짐짝과 함께 마을 앞 한길에서 웅성거리며 수송지원차량이 도착하기를 기다리고 있을 때였다.

"아니, 상국아부지, 지금 어데로 가요?"

트럭 적재함 뒤쪽 작은 공간에 남편과 쭈그려 앉은 옥례는 이상하다는 듯 두리번두리번 주위를 살피며 물었다.

"좋은 데 간다 아이가."

"좋은 데가 어딘데?"

"가 보몬 안다."

"싫다. 우리 집에 도로 가입시더."

"인자아 임자가 들어갈 우리 집이 없어졌니라."

"와아요? 내리주소. 나 집에 갈라요."

"거 좀 가만 못 있건나!"

치조는 버럭 소리를 질렀고, 그런 다음에는 그것이 오히려 자기 감정을 주체하지 못한 데서 온 폭발임을 이내 깨닫고는 아내에게 미안해졌다.

찔끔해진 옥례가 비죽비죽 울기 시작하자, 치조는 아내의 몸을 꼭 껴안고 다정하게 위로하기 시작했다. 문득 아내의 몸피가 전보다 훨씬 줄어들었을 뿐 아니라 채워지지 않은 곡식자루처럼 흐늘흐늘 도무지 탄력이 없다는 사실을 새삼 깨닫고는 한없는 애상으로 가슴이 미어지는 것 같았다.

그러나, 그런 감상(感傷)은 오래가지 않았다. 소오비리에 도착하면서부터 난감한 국면이 연출되었기 때문이었다.

"아니, 여어가 어디고? 이 집이 누구네 집이요?"

치조네 부자가 이사 들 집 대문 앞에다 짐을 부리기에 여념이 없을 때, 차에서 먼저 내린 옥례는 불안에 찬 눈길로 사방을 두리번거리며 부르짖었다.

"앞으로 우리가 살 집이다. 조용히 해라."

치조가 타일렀으나, 그 말이 소용 있을 리가 없었다.

"우리가 와 여어서 사노. 멀쩡한 내 집 놔두고. 싫다 마! 아알란다. 집에 갑시더."

옥례는 철부지 아이처럼 투정을 부리다가 남편이 들은 척도 않자, 급기야 혼자 집에 가겠다며 온 길로 저만치 성큼성큼 되돌아가기 시작했다.

보다 못한 치조가 달려가 손목을 잡아채 부러지거나 말거나 왁살스럽게 잡아당기자, 옥례는 아프다고 비명을 지르면서 무참하게 끌려왔다.

마치 무슨 일을 저지르고 말 사람 같은 험악한 분위기로 집 앞까지 돌아온 치조는 패대기치듯 억지로 아내를 길바닥에 앉혔고, 그녀는 아픈 손목을 어루만지면서 심약한 어린애처럼 징징거렸다.

그러고 나서 이삿짐 들이는 작업이 이어졌지만, 죽을 맛인 것은 치조였다. 아내가 어느 틈에 자리를 뜰지 모르기에 일손이 바쁜 중에도 감시의 눈길을 뗄 수 없을 뿐 아니라, 무엇보다도 집주인 보기가 난감하고 미안해서였다.

옥례에 관해서는 사전언급이나 양해의 말이 전혀 없었기에, 주인은 그녀의 정상 아닌 행태를 보자 얼굴빛이 달라졌다. 그러나, 포로수용소 때문에 실성하긴 해도 크게 말썽부릴 정도로 증세가 심하지는 않다는 치조의 설명에다 소개인의 간곡한 사정이 보태짐으로써, 주인은 기왕 여기까지 왔으니 어쩔 수 없다는 듯 고개를 끄덕이며 표정을 풀고는 들어가버렸다.

겨우 이사를 하고 짐정리까지 대강 끝났으나, 치조는 여전히 긴장감을 풀 수 없었다. 아내가 언제 어느 결에 훌쩍 사라질지 모르기 때문이었다.

집을 떠나와 불안해져서 어린애처럼 칭얼대는 아내를 붙들고 앉아, 하룻밤 자고 나면 내일은 집에 돌아갈 것이라고 겨우 진정시킨 치조는 파김치가 된 기분이었다.

어쨌든 그나마 다행이었다. 내일은 또 내일의 일이었다.

2

48시간의 시간여유를 부여했지만 민간인 소개작전이 23일 하루 동안에 성공적으로 완료됨으로써, 포로수용소 관리당국은 24일이 밝자마자 빈집들에 대한 소각작업에 들어갔다.

공병대가 투입되어 때려부술 것은 부수고 무너뜨릴 것은 무너뜨린 다음 기름을 끼얹고 불을 지르거나, 그것이 여의치 않은 경우는 화염방사기를 사용했다.

그것은 구역 구분 없이 동시다발로 진행된 상황이었기 때문에, 얼마 지나지 않아 독봉산 주변 온 마을들은 화염에 휩싸여 검은 연기와 함께 불길이 하늘로 치솟아 장관을 이루었고, 수용소 안의 포로들은 한여름을 방불하게 하는 열기가 연기와 함께 끼쳐오는 바람에 숨쉬기조차 힘들었다. 그러나 심상치않은 상황에 대한 호기심과 왠지 모를 불안함에 모두들 철조망에 달라붙어 있었다.

희한한 해프닝이 벌어진 것은 소각작업이 한창 활발할 때였다.

이제는 사람이 살지않아 행인의 발걸음이 끊어진 고현리 아래쪽 신작로 삼거리에 어디선가 미친 여자 하나가 나타나더니, 상동리와 문동리 쪽으로 통하는 텅 빈 한길로 곧장 접어들어 뜀박질을 하기 시작했다.

치마도 두르지 않은 속곳차림인 데다 비녀가 빠져나갔는지 풀어헤쳐진 머리채를 말총처럼 흩날리며 달려가는 그녀의 걸음은 무슨 야생짐승처럼 빠르기가 그지없었다.

철조망 안의 포로들이나 초소의 경비병이 그녀를 발견했지만 그 희한한 광경이 재미있어서 바라보기만 할 뿐이었고, 설령 붙잡으려

한들 도저히 그 신들린 듯한 걸음을 따라잡을 재간이 없었다.

고현리를 통과한 여자가 이윽고 상동리에 다다랐을 때는 집이란 집이 모조리 화염에 싸였고, 그 구역의 소각작업을 담당한 한국군과 미국군 병사들 20여 명은 열기를 피해 한길 쪽으로 벗어나 휴식을 취하고 있었다. 병사들은 난데없는 미친 여자가 고현리 쪽에서 길바닥을 온통 휘저으며 뛰어올라오자 재미있기도 하고 한편은 한가닥 우려되는 바도 없지 않고 해서 모두 주목하고 있었다.

다음 순간, 병사들은 너 나 없이 깜짝 놀라고 말았다. 여자가 갑자기 오른쪽으로 방향을 틀어, 집집마다 온통 불길이 한참인 동네 안으로 뛰어들어갔기 때문이었다.

모두 소스라쳐 비명을 지르는 가운데, 비교적 가까운 거리에 있던 한국군 병사 하나가 비호같이 여자를 향해 달려갔다. 위기일발의 순간에 병사는 여자의 손목을 잡아채는 데 성공했으나, 그녀가 상상할 수 없는 엄청난 힘으로 뿌리치는 바람에 엉덩방아를 찧고 말았다.

여자가 후딱 돌아보았다.

순간, 병사는 가슴이 얼어붙는 듯한 공포에 사로잡혔다. 어깨숨을 몰아쉬며 땀에 범벅이 된 시뻘건 얼굴로 적의에 차서 노려보는 여자의 눈에서는 형언할 수 없는 귀기가 내뿜어지고 있었었다.

병사가 숨도 못 쉬고 멍하니 쳐다보는 사이, 몸을 돌린 여자는 화염이 충천한 어느 집 속으로 날쌔게 뛰어들었다.

그것은 실로 순식간에 벌어진 일이었다.

아내가 없어졌다는 사실을 치조가 안 것은 그날 아침이었다.

이사와 짐정리에다 아내로 인한 신경소모가 온종일 지속되다 보니 너무나 피곤해서 저녁에 잠자리에 눕자마자 곯아떨어졌다. 그런

데, 아침에 느지막이 일어나 보니, 바로 옆에 누워 있어야 할 아내
의 모습이 보이지 않았다.

이 사람이 그 새 깨어 뒷간에라도 갔나.

이런 생각을 하면서도 갑자기 불안해진 치조는 옆에 조금 떨어져
서 자고 있는 아들을 흔들어 깨웠다. 상국 역시 피곤하기가 마찬가
지여서 늦잠에 빠져 있었다.

"봐라. 느그 엄마가 안 보인다."

"예!"

게슴츠레 눈꺼풀을 들어올리던 상국이 그 말에 정신이 확 돌아오
는 듯 얼른 일어나 앉았다.

"뒷간에 가신 거 아입니꺼?"

"글쎄?"

상국이 벌떡 일어나 겉옷을 주워 입고 뒤뚱걸음으로 급히 밖으로
나가보더니 금방 되돌아왔다.

"안 보이는데요. 아무 데도."

"이거 일 났구나!"

서둘러 옷을 입고 있는 치조의 가슴속에 써늘한 바람이 지나갔
다.

치조는 주인댁에 아내가 안 보인다는 말을 차마 할 수 없었다.
아들더러 조반 지을 준비를 시키고는 슬그머니 대문 밖으로 나가서
사방을 두리번거리기 시작했다. 그렇지만 시선이 미치는 곳 어디에
도 아내의 모습은 보이지 않았다.

조금 걸어나가서 바닷가에 내려가 보았다. 지금까지 항상 내륙
산간마을에서 살아왔기 때문에 어쩌면 바닷가 풍경과 분위기에 호
기심이 발동했을지도 모른다는 생각에서였다.

그러나, 그것은 가당치 않은 희망이었다. 고현만 바닷물이 찰랑

찰랑 밀려오고 밀려가는 바닷가 눈길 닿는 곳 어디에도 아내의 모습은 보이지 않았다. 두근거리는 가슴으로, 그래도 혹시나 하는 기대를 안고 집에 돌아가 보았으나, 그를 기다리는 것은 불안과 수심에 찬 아들의 얼굴뿐이었다.

이 지경에 이르자 체면이고 염치고 고려할 일이 아니었다. 주인댁에도 알린 다음, 본격적인 수색작업에 들어갔다. 방을 알선한 친구도 눈이 뚱그래서 달려와 탄식해 마지않았고, 그러다 보니 마침내 소오비마을은 갓 흘러들어온 포로수용소동네 소개민 하나 때문에 어지간히 시끄러워지고 말았다.

그럴 때, 마을사람 하나가 치조의 귀가 번쩍 뜨이는 정보를 제공했다. 이른아침에 여자 하나가 고현 쪽으로 다리를 건너가는 것을 보았다는 것이었다. 그 사람이 전하는 모습과 행동거지에 의하면 옥례가 틀림없었다.

치조는 벌렁거리는 가슴을 안고 즉시 출발했다. 마음에 짚이는 바가 있었기 때문이었다.

그가 고현리 삼거리에 도달했을 때는 마을들을 통째 집어삼킨 화마가 이미 저만치 물러간 뒤로서, 집들은 모두 형체를 잃어버린 채 연기가 피어오르고 있었고, 후터분한 열기와 매캐한 숯냄새만 대지 위에 두텁게 깔려 있었다.

그는 곧장 상동리쪽 한길을 빠른 걸음으로 올라가기 시작했으나, 얼마 가지도 않아 초소의 경비병에게 제지당하고 말았다. 그는 미처 곡절을 알지 못했지만, 민간인 여자 하나가 스스로 불길에 뛰어든 사고발생으로 인하여 철저한 통행차단령이 내려져 있었다.

옥신각신하다가 보니 왜 경비병이 한사코 자기를 막는지 이유를 알 수 있었고, 한참 먼저 올라가 불길에 몸을 던진 미친 여자 하나가 소동의 장본인이란 사실까지 알게 되었다.

이럴수가, 세상에!

치조는 갑자기 눈앞이 캄캄해지며 사지에서 힘이 쫙 빠져나가 땅바닥에 털썩 주저앉고 말았다.

한참만에 한국군 제32경비대대 중위 하나가 지프를 타고 치조에게 달려왔다. 공교롭게도 지난번 상국이 포로들을 상대로 소동을 벌였을 때 두 번이나 집에 찾아왔던 바로 그 장교였다. 중위도 치조를 알아보고는 지프 뒷자리에 태워 상동리로 달려갔다.

중위는 가는 도중 워키토키로 어딘가와 쉴 새 없이 교신을 했지만, 머리가 터질 것 같은 치조의 귀에는 한 마디도 정확히 들어오는 것이 없었다.

상동리 마을의 상황도 고현쪽과 다를 것이 없었다. 너무나 기억이 생생한 집들이며 풍경은 온데간데없고, 시커먼 폐허들만 남아 치조의 가슴을 난도질하였다.

지프가 멎고 중위와 치조가 내렸을 때, 현장에 대기하고 있던 군인들 중의 한국군 이등중사가 중위에게 경례를 하고는 여자고무신 한 짝을 내밀었다. 중위가 그것을 받아 치조에게 전달했다.

치조는 보았다. 아내의 신발 한 짝이었다. 아내의 신발이 틀림없었다. 이제 의심의 여지가 없었다. 그는 자꾸만 꺾이려고 하는 다리를 간신히 가누며, 중위와 함께 이등중사의 안내에 따라 현장으로 접근했다.

분명히 바로 어제까지 평생을 살아온 문간이고 마당이고 집칸이면서도 그것은 이미 자기 집이 아니었다. 온통 새카맣게 타서 폭삭 주저앉았고, 감나무조차 밑동만 숯덩이로 남았으며, 강담의 돌덩이들은 죄다 무너져 내려 땅바닥에 어지럽게 널려 있었다.

그러나, 지금은 그런 것들이 치조의 눈에 한 가지도 제대로 들어오지 않았다. 그의 시선을 빼앗은 것은 오로지 하나, 헛간 있던 자리 쪽에 놓여 있는, 근처 어느 집에선가 옮겨온 것 같은 물결무늬 함석 한 장이었다. 좀 더 정확히 말하면, 불에 타서 거무튀튀하게 변한 그 함석의 아래에 깔려 있는, 불룩한 양감으로써 함석을 떠받친 어떤 새까만 물체였다.

이등중사가 함석을 들쳐 냈다.

그 아래에 드러난 것은 불에 탄 한 구의 시신이었다. 성별조차 식별할 수 없을 정도로 시커멓게 타서 일그러진 참혹한 인간의 모습이었다.

그러나, 그것은 의심의 여지도 없는 자기 아내였다. 치조는 확신할 수 있었다. 두렵거나 흉측하다는 느낌도 들지 않았다. 그 아내가 그를 반기며, 한편으로는 원망하며 외치고 있었다. 여기가 우리 집이 아니냐고. 죽어도 떠날 수 없는 내 집이 아니냐고.

치조는 어디에서 나오는지 알 수 없는 극도의 자제력으로 자신을 지탱하고 있었다. 자기 내부에 흐르고 있던 감정의 물기가 깡그리 말라버려 가는 것 같은 느낌이었다. 이 세상에는 사람의 이성을 잃게 만드는 일이 있는가 하면 더 이상 잃을 이성이 없게 만드는 일도 있는 것일까. 눈물 한 방울도 나오지 않았다.

치조는 중위에게 부탁해 그의 부하가 가져온 서너 장의 군용담요로 손수 둘둘 말아 아내의 시신을 쌌다. 불에 타서 체내의 물기가 다 빠져나간 탓인지 생전의 몸피보다 훨씬 작아진 것 같았다. 무게의 가벼움은 더 말할 나위 없었다. 아직도 약간의 온기가 남아 있었고, 그의 손바닥에다 시커먼 검댕을 묻혀 주었다.

그렇게 수습한 시신을, 여분의 담요를 길게 잘라 아래위와 중간을 꽁꽁 묶었다. 어느 병사가 건네주는 야전삽을 매듭에 꽂고는 들쳐서 어깨에 멨다. 걱정이 되는지, 혼자서 괜찮겠느냐고 중위가 물었지만, 치조는 괜찮다고 대답했다. 그리고 묵묵히 마을 뒤의 선자산으로 올라가기 시작했다.

부산에 가고 없는 막내는 그렇다손 치고, 가까이 있는 큰아들과 딸에게는 먼저 알려야 하지 않을까 하는 생각도 했으나, 그 참혹한 꼴을 차마 보여서는 안 될 것 같았다.

그렇게 아내의 시신을 메고 이리 흔들 저리 흔들, 마치 취객이 몸의 중심을 가까스로 가누는 것 같은 걸음걸이로 천천히 산으로 올라가는 중년사내의 뒷모습을, 장병들은 측은하고 불안스러운 듯이 쳐다보고 있었다.

오퍼레이션 브레이컵

1

　마침내 민간인 소개작업과 분산막사 설치작업이 끝나고 포로수용소 개편작업 마지막 제3단계 '오퍼레이션 브레이컵' 소규모화작전이 본격적으로 개시된 것은 6월에 막 들어서였다.

　포로송환 문제로 공산군측이 계속 생트집을 잡는 바람에 휴전회담이 교착상태에서 허덕이며 한 발짝도 나아가지 못하자, 그에 대한 자극제로 유엔군이 연일 맹렬한 북폭을 가하는 동시에 지상에서는 새로운 전투준비에 박차를 가하던 무렵이었다.

　수용소장 보트너는 저항이 극렬할 것으로 예상되는 제7구역의 76수용소와 77수용소는 일단 뒤로 유보하고 나머지 수용소부터 하나하나 제압해 나간다는 단계적 공략전술을 채택했다.

　그 첫 번째 대상으로 찍힌 것이 제9구역에 외따로 떨어져 있는 남한출신 의용군 수용시설인 85수용소였다. 정규군이 아닌 의용군을 타깃으로 삼은 이유는 지난번의 시범진압공격 때 중공군 수용시설인 86수용소를 제물로 삼았던 것과 같은 맥락이었다.

　6월 4일, 85수용소에 셔먼탱크 2대를 앞세운 폭동진압대가 짓밟고 들어갔다. 작전은 포로들의 별다른 저항을 받지 않는 가운데 성공적으로 끝나, 힘을 완전히 잃은 포로들은 순순히 끌려나와 미리 준비되어 있는 신설 소수용소로 분산되어 갔다.

　가까운 곳에서는 육안으로, 먼 데서는 정보조직망을 통해 85수용

소의 사정을 알게 된 다른 수용소의 공산포로들은 이를 갈며 분통
을 터뜨렸으나, 그들로서는 뾰족한 수단이 없었다. 오히려 그 다음
아니면 조만간에 자기네 수용소에도 닥칠 일이라는 생각에 전전긍
긍하며 대책 마련에 부심할 따름이었다.

　제6구역 64수용소에 폭동진압대가 들이닥친 것은 85수용소가 결
딴이 난 지 이삼일 후였다.
　신경이 날카로워진 탓으로 밤늦게까지 잡다한 상념에 잠을 이루
지 못하다가 새벽이 가까워서야 겨우 눈을 붙이기 시작해 혼곤한
잠에 빠져 있던 최윤학은 누가 흔드는 바람에 얼핏 정신이 들었다.
이미 창문 밖이 훤하게 밝아오는 시간이었다.
　"인사과장동무, 빨리 일어나십시오."
　다급한 목소리로 그의 잠을 깨운 것은 한 감찰소대장이었다.
　"무슨 일이야?"
　"큰일났습니다. 놈들이 쳐들어오고 있습니다."
　"놈들이?"
　"탱크를 앞세우고 미국놈들이……."
　말이 끝나기도 전에 윤학은 벌떡 일어났다. 소동을 알고 막사에
서 먼저 뛰쳐나간 포로들이 우왕좌왕하는 기척과 함께, 멀리 정문
쪽에서 탱크의 캐터필러 소리가 은은하게 들려왔다.
　드디어 올 것이 오고 말았구나!
　속으로 뇌는 윤학의 전신에 찌르르한 전류가 훑고 지나갔다.
　얼른 옷을 주워 입고 밖으로 뛰쳐나가자, 옆 막사에서 조금 먼저
나와 있던 감찰대장 진상용이 윤학을 발견하고 다가왔다.
　"죽일 놈들이 드디어 우리한테도 칼을 빼든게벼."
　그럴 정황이 전혀 아닌데도 진은 히죽히죽 웃고 있었다. 이미 예

고된 불가항력 사태라는 허탈감에서일까.

"어떡하죠?"

"워떻게 하긴. 싸워야지 뭐."

진은 당연하지 않으냐는 투로 대답했는데, 사실 64수용소는 매일같이 벌어지는 다른 수용소의 무참한 꼴을 보면서 그처럼 허무하게 굴욕을 당하기만 할 수 없다는 생각에 나름대로 대비를 하고 있었다.

젊은이들로 편성된 전투대원들은 각 대대별로 경비조장의 지휘 아래 그동안 자체 철물공작소에서 주로 제작한 도끼·칼·창·철봉·화염병 따위를 들고 나와 광장에 미리 파놓은 교통호(交通壕)에 들어가서 방어태세를 갖추었는데, 예비훈련을 했던 터라 그 움직임은 제법 신속하고 짜임새가 있었다. 나머지 포로들 역시 후방에서 각자 무기가 될 만한 것을 들고 형식적으로나마 지원에 나설 채비를 하고 있었다.

윤학은 그 후방의 대열에서 바야흐로 벌어질 사태를 긴장한 채 바라보고 있었다.

드디어 광장에 진입한 2대의 탱크가 엔진을 끄지 않은 상태로 전진을 멈추고, 방독면을 쓴 데다 착검한 소총으로 무장한 폭동진압대가 전투대형을 펼치자, 확성기가 째지는 듯한 소리로 울리기 시작했다.

"경고한다! 포로들에게 경고한다! 모두 무기를 버리고 나와서 항복하라. 이미 예고한 바와 같이, 여러분은 새로 마련된 수용동(收容棟)으로 옮겨가는 것일 뿐, 달라지는 것은 아무것도 없다. 휴전회담이 타결되는 대로 여러분이 원하는바 북한으로의 송환은 틀림없이 이루어질 것이다. 백해무익한 저항으로 공연히 피흘리지 말고 순순히 항복하라. 다들 두 손 머리에 얹고 정문으로 나가도록 하라.”

경고방송이 채 끝나기도 전에 교통호 쪽에서 우레 같은 야유와 욕설이 터져나오고, 그에 자극 받은 후방의 포로들도 따라 고함을 질러댔다.

폭동진압대는 한 번 더 경고방송을 했으나 포로들의 도전적인 반응에 변함이 없자, 드디어 실력행사를 시작했다.

갑자기 폭죽이 동시다발로 터지는 듯한 소리와 함께 수십 발의 연막탄과 최루탄이 교통호 쪽으로 날아와 작열하면서 삽시간에 아수라장이 벌어졌다. 자욱한 연기와 눈을 뜰 수 없는 최루가스 속에서 포로들은 어찌할 바를 모르고 허둥거렸다. 그러다가 도저히 참을 수 없을 지경에 이른 포로들은 무기를 팽개치고 눈물범벅이 되어 기침을 하면서 뛰쳐나와 아무 방향으로나 허겁지겁 도망쳤다.

그래도 전투대원 중의 상당수는 눈을 못 뜨고 연방 콜록거리면서도 미련하게 여전히 교통호를 사수하겠다는 듯이 움직일 줄 몰랐다.

포로들의 태도를 지켜보던 진압대가 움직이기 시작하면서 상황은 드디어 기폭점에 이르렀다. 병사들이 교통호 쪽으로 접근해 포로들을 압박하고, 그에 대해 포로들이 대항함으로써 일대 육박전이 벌어졌다.

포로들의 저항이 의외로 거세자, 보다 못한 진압대 지휘장교는 마침내 탱크로 하여금 막사들을 무차별 파괴하라는 명령을 내렸다. 그에 따라 2대의 탱크는 갑자기 성난 거대한 짐승처럼 굉음을 울리며 돌진해 천막이든 목조건물이든 가리지 않고 무차별 깔아뭉개기 시작했다.

그 무시무시한 기세에는 아무리 간담이 세고 물불 가리지 않는 강성포로라 할지라도 당할 재주가 없었다. 모두들 압사당하지 않으려고 앞을 다투어 막사에서 멀찍이 벗어났고, 우왕좌왕할 겨를도 없이 진압대의 총검 앞에 모두들 두 손을 번쩍 쳐들거나 머리에 얹고는 지시하는 대로 정문을 향해 뜀박질을 하고 있었다.

윤학 역시 그 속에 섞여 이리 부딪히고 저리 밀리며 정신없이 광장을 달리면서 도무지 꿈을 꾸는 것 같은 기분이었다.

이게 뭐란 말인가. 도대체 이런 난장판이 내가 갈망한 사회주의 낙원 건설과 무슨 상관이란 말이냐.

그는 속으로 부르짖었다. 맹렬한 분노가 치밀었으나, 그 분노의 대상이 누구인지는 그 자신도 몰랐다. 강압책을 쓰는 관리당국과 미국인지, 아니면 삼천리 반도를 서로 차지하려고 싸우는 남북한의 정권인지, 무모한 대항으로 피를 흘리게 하는 공산포로 지도부인지, 아니면 자기 자신인지 도무지 판단이 서지 않았다. 아니, 어쩌면 그 모두가 대상인지도 몰랐다.

동료포로들에게 휩쓸려 정문을 나서자마자 총을 든 경비병들이 거친 욕설과 함께 개머리판으로 떠밀어 미리 대기중인 2.5톤 트럭에다 몰아 태웠다.

윤학이 탄 차의 적재함이 거의 차자, 두 명의 한국군 헌병이 맨 마지막으로 올라와서 큰소리로 위협을 가했다.

"이 빨갱이새끼들! 모두 손을 머리에 얹고 앞을 향해 사열종대로 바짝 붙어 앉아. 손을 내리거나 고개를 돌리기만 하면 개머리판으로 대가리를 박살낼 거야."

탑승이 끝난 수송차량 5대는 LMG중기관총으로 무장한 지프의 호송대 옆에서 맨 먼저 움직이기 시작했다.

윤학은 눈을 감았다. 그렇게 해서라도 자기를 둘러싸고 있는 현실상황을 잊을 수 있다면 잊고 싶었다. 어느덧 가슴속의 분노가 사라진 대신 허탈감이 그 자리를 메우면서 모든 것이 귀찮기만 했다.

시간의 바퀴가 빠르게 돌아가서 어떤 결과이든 간에 자기의 운명이 어서 결정되기를 바랐다. 설령 그것이 죽음일지라도. 그 지루한 과정은 정말이지 생략하고 싶었다. 어느덧 몽롱한 상태로 빠져들었다.

한 5분 남짓이나 달렸을까.

차가 멎으며 웅성거리는 분위기에 윤학은 눈을 떴다. 저만치 COMPOUND : 73이란 간판이 눈에 들어왔다. 그곳에도 완전무장한 병사들이 기다리고 있었다.

적재함 맨 뒤에 탔던 두 헌병이 먼저 뛰어내리더니, 윤학 일행을 하차시켜 5열종대로 땅바닥에 앉게 했다. 포로를 다 푼 트럭은 차례로 금방 출발하고, 뒤이어 다른 트럭들이 잇달아 도착했다.

집합인원이 500명 선에 차자, 나머지는 곧 도착할 다른 포로들과 합산하기 위해 남겨두고는 전원 일어나게 했다.

전투헬멧을 쓴 국군중위가 훈시를 했다.

"잘 들어! 여기가 너희들의 새 보금자리다. 여기선 500명 단위로 한 캄파운드를 구성하며, 그전 수용소와 달리 하나에서 열까지, 눈 떠서 잠자리에 들 때까지 관리당국의 지휘와 직접감시 아래 정해진 시간표대로 움직인다. 그전처럼 여단이니 자치제니 하는 개나발은 없어졌고, 따라서 당분간은 계급도 없다. 다시 심사해서 정확한 리스트를 작성하기까지는 장교도 쫄병도 없다는 이야기다. 리스트 작성과 겸하여 송환희망 여부에 대한 재심사가 곧 실시될 것이므로, 그런 줄 알고 모든 지시에 순종하도록. 알았나?"

반응이 없자 중위가 다시 큰 소리로 알았느냐고 물었으므로, 마지못해 포로 몇 명이 '예' 하고 대답했다.

"자, 그럼 이제부터 옷을 벗는다. 겉옷은 물론 난닝구와 빤쓰까지 몽땅 벗어라. 모자와 신발도 마찬가지. 실시!"

너무나 뜻밖의 명령에 포로들은 어안이 벙벙해서 서로의 얼굴을 쳐다보며 머뭇거리고 있었다.

장교의 불호령이 떨어졌다.

"이 빨갱이새끼들! 말이 말 같지 않아? 뭘 망설이는 거야. 호된 기합을 받아야 정신이 번쩍 들겠어?"

그제야 포로들은 옷을 벗기 시작했고, 마침내 태어날 때 모습 그대로의 완전벌거숭이가 되었다.

늙수그레한 중년과 새파란 청년, 껑충이와 땅딸보, 홀쭉이와 뚱뚱이 등 생긴 모습이 저마다인 수백 명의 사내들이 백주에 벌거벗고 서 있는 광경은 그야말로 나무랄 데 없는 한 컷의 희화(戱畵)였다. 당사자들은 어색하고 주눅이 들어 있음에 비해 경비병들은 재미있는 구경거리라는 듯 히죽히죽 웃으며 바라보고 있었다.

"자, 그럼 앞에 달린 주머니에서 딸랑딸랑 요령소리가 나도록 새로운 보금자리를 향해 활기차게 걸어간다. 앞으로오 갓!"

장교의 구령이 떨어지자, 포로들은 73수용소 정문을 향해 걸어가기 시작했다.

"걸음걸이가 왜 그 모양이야. 평소 배불리 잘 처먹은 기운은 얻다 팔아먹었나. 좀더 씩씩하게, 번호 맞춰어 갓!"

이때쯤은 포로들도 차라리 장난기로 받아들임으로써 참담한 기분을 달래자는 심정이 되어 일부러 팔을 흔들며 구령에 맞춰 보행번호를 외쳤다.

"하나, 둘, 셋, 넷. 하나둘셋넷, 하나둘셋넷!"

정문 앞에는 미국군 보급병들이 새로 지급할 포로복을 높다랗게 쌓아놓고 기다리고 있었다. 보급병 역시 난데없는 나체들의 행렬을 보고는 싱글싱글 웃거나 휘파람으로 야유를 보내다가 포로들이 바로 앞에 도착하면 눈짐작으로 키를 잰 다음, 몸에 맞을 만한 의복과 신발을 종류별로 하나씩 골라서 안겨주었다.

이윽고 새로운 복장으로 모습이 확 달라진 포로들은 정문을 통과해 들어가 50명에 한 막사씩 배정받았다.

윤학이 들어간 곳은 천막으로 된 2호막사였다.

실내에는 가마니와 담요가 아무렇게나 쌓여 있었다. 펼쳐서 깔아보니 피복처럼 새것은 아니었다. 그전 73수용소 포로들이 사용하던 것을 그대로 옮겨다 놓은 것이리라.

문득 윤학은 떠나간 반공포로들을 생각했다.

이걸 쓰던 예전 주인들은 지금쯤 어디서 어떻게 지내고 있을까. 어쩌면 육지에 나가자마자 석방되지 않았을까. 한사코 북송을 거부하는 그들을 한국군이나 미군인들 굳이 가둬놓고 있을 필요가 어디 있느냐고. 그들 밑에 들어가는 막대한 경제비용이 얼만데.

그러자, 어쩌면 북송을 시키느니 마느니 하는 문제는 미국과 북한이 짜고 벌이는 속임수이고, 자기는 거기에 놀아나는 17만의 가엾은 미끼들 가운데 하나가 아닐까 하는 생각이 문득 들었다.

보트너가 그야말로 황소처럼 밀어붙인 '오퍼레이션 브레이컵'의 절정은 공산포로 총지휘부인 76수용소에 대한 폭동진압군의 공격과 포로들의 항쟁이었다.

6월 10일 전개된 그 충돌의 과정과 양상은 64수용소가 당한 것과 비슷했으나, 다른 점이라면 포로들의 저항이 더욱 격렬함에 따라 진짜 전투를 방불하게 할 정도로 박진감 있게 전개되었을 뿐 아니라 더 많은 피가 흘렀다는 것, 그리고 포로대표 이학구를 비롯한 지도부 다수가 체포되었다는 사실이었다.

더구나 76수용소에서는 내부수색 결과 수천 점의 각종 무기와 썩어가는 20여 구의 시체, 그리고 분리수용을 저지하기 위한 치밀한 작전계획서가 발견됨으로써 관리당국을 아연실색하게 만들었다.

76수용소의 몰락은 공산포로들의 전의를 완전히 떨어뜨리는 효과를 가져와, 19일까지 계속된 나머지 수용소들에 대한 순차적 분산수용 작전은 보트너의 희망과 의지대로 아무런 마찰 없이 순조롭게 마칠 수 있었다.

특히 모든 점에서 76수용소와 쌍벽을 이루어 온 77수용소에 대한 분산수용 작전에서 관리당국은 쾌재를 부를 만한 전과를 올렸다. 그동안 베일에 가려져 정체를 드러내지 않고 모든 폭동사태를 지휘함으로써 연합정보대를 애태우던 공산포로 지도총책 박사현의 체포였다.

이학구와 박사현은 엄중한 보호감호 아래 격리구금되었다. 박은 그 상황에서도 전혀 위축되지 않고 소련어 통역을 데려오라고 억지를 부리며, 자기는 한국계 소련시민이고 소련군의 장교라고 자랑스럽게 말했다.

또, 그는 조사관을 상대로 이렇게 기염을 토하기도 했다.

"당신들은 소련이 한국전쟁을 조종하고 있다는 사실을 증명하고 싶지요? 그럴 필요 없소. 바로 내가 그 사실의 산 증거니까."

박은 곧 심경의 변화를 일으켜 자진해 유엔군측에 협조하겠다고 태도를 바꾸고, 공산포로 조직과 운영방법, 활동계획, 판문점 남일의 지령 등에 대해 소상히 털어놓았다. 북한 송환도 거부했다. 거제도 포로수용소에서 반란에 실패함으로써 북한당국의 엄중한 책임추궁을 면할 수 없다고 판단한 때문이었다. 또한, 그 점에서는 이학구도 마찬가지였다.

두 사람은 자기들의 운명을 정확히 읽고 있었다. 그래서 휴전협상의 정치적 흥정 때문에 송환거부가 받아들여질 가망이 보이지 않자 다시 변절해 본래의 공산포로 지도자의 모습으로 돌아갔으나, 휴전협정이 조인된 후 북한에 강제로 송환되어서는 스스로 예견한 운명의 길을 걷지 않을 수 없었다.

어쨌든 오퍼레이션 브레이컵의 성공적 종료로 거제도 포로수용소는 일단 평온을 찾았으나, 며칠만에 또 한 번 들썩거리지 않을 수 없게 되었다. 관리당국이 장교와 사병, 단순한 공산포로와 질이 나쁜 강성포로를 가려서 배치조정을 함과 아울러 억울하게 휩쓸려 들어간 반공포로를 구출한다는 목적으로 추가분류심사를 실시했기 때문이었다.

재분류심사 결과, 5분의 1 정도 되는 인원이 비공산포로 판정을 받아 따로 수용되었다.

2

"미친놈들! 어디 할 대로 해보라지. 이런다고 뭣이 달라진당가."

재배치의 결과, 원래 계급이 상사였으면서 무슨 속셈인지 장교집단에 끼어든 진상용은 막사에 들어오자마자 벌러덩 드러누우며 관리당국에 들리지도 않는 욕을 퍼붓고 있었다.

진의 존재는 같이 한 막사를 사용하게 된 장교포로들 모두에게 은근한 부담이 되고 있었다. 진 본인이 의식하고 않고 상관없이 모두들 그렇게 느끼고 있었다. 부산수용소에 있을 때부터 트러블메이커로서 워낙 유명한 인물이기 때문이었다.

꺽지고 자부심이 대단한 진은 기분이 뒤틀리면 상대가 비록 군관급이라 할지라도 계급에 구애되지 않고 뻣뻣하게 굴거나 몰아붙였지만, 그런 그도 언제나 친근한 얼굴로 너그럽게 대하는 단 한 사람이 있었다. 바로 최윤학이었다.

윤학은 진이 왜 자기를 감찰인사과장이란 요직에 끌어올려주고 항상 호의적인지, 64수용소에 있을 때부터 의아하게 생각했다. 막내아우에 대한 장형의 자애로움 비슷한 감정이 아닐까 이해하면서, 한편으로는 그의 그런 친절이 부담스럽기도 했던 것이 사실이었다. 그의 편애가 다른 사람의 눈에는 어떻게 비칠까 신경이 쓰였기 때문이었다.

그런 진상용이 어느 날 윤학을 보고 뜻밖의 말을 했다. 새로운 소수용소 생활에도 어지간해 익숙해져 갈 무렵, 아침식사를 먼저 끝내고 돌아와 어쩌다 둘이 막사 안에 호젓이 같이 있게 되었을 때였다.

"최 동무는 알고 있는지 으떤지 모르겠으나, 앞으로 우리 아마도 헤어지게 될 것 같단마시."

"아니, 그게 무슨 이야깁니까?"

윤학이 의아해서 묻자, 진은 픽 웃었다.

"아직 모르는게벼?"

"글쎄요. 난 도무지……."

"소식이 깡통이군. 최 동문 보트너란 자식이 여그 다른 데다 또 수용소를 짓고 있다는 걸 모르나?"

"이 거제도에요? 아니, 여기 텅텅 비어 있는 막사가 수두룩한데, 또 어디다 다시 짓는다는 거죠?"

"확실한 장소는 잘 모르겠단마시. 하지만 놈들이 판단하기에 문제 있다 싶은 포로는 또 구분해서 수용할 모양이야. 좀더 확실하게 편하자는 거겠지. 그렇게 되면 대상자 순번 1호가 이 진상용이 아닐랍디여? 흐흐흐!"

"설마."

윤학은 가볍게 받아넘기는 척했지만, 속으로는 상당히 동요하고 있었다.

　진의 말이 확실한 정보에 기초한 것이라면, 분산수용한다는 사실 자체는 둘째 치고라도 진이 자기 주변에서 떨어져 나간다는 의미는 결코 작은 문제가 아니었다. 좋고 싫고와 상관없이 어쨌든 그동안 진의 존재가 그의 의식과 생활 가운데 한 부분을 차지하고 있은 것은 틀림없기 때문이었다.

　진의 말대로, 보트너는 거제도 남단 해안마을인 저구리 일대를 비롯해 통영군 한산면의 작은 섬 봉암도와 용초도에 별도의 수용시설을 만들어 강성포로들만 따로 재분산시키려 하고 있었다. 따라서, 군사작전상의 당위성은 논외로 치고, 해당지역 주민들은 고현지역 주민들이 포로수용소 개설 초기에 당한 정신적 물질적 피해를 고스란히 답습해야 하는 딱한 처지가 되었다. 뿐만 아니라, 미국군이 가는 곳이면 어디든지 형성되기 마련인 소위 '기지촌문화'의 충격 앞에 그 순박한 사람들이 대책없이 노출되지 않을 수 없을 것임은 불을 보듯 뻔한 일이었다.

　"놈들이 암만 재심사니 추가분산이니 해봤자 말짱 헛일이어라. 그러고 나면 조용할 것 같은가? 천만에! 이 진상용이 어디를 가든 미국놈들 배짱 편하도록 가만히 놔둘 사람이 아니란마시. 이학구니 박사현이니 하는 것들은 너무 뺑튀긴 자슥들이여. 개네들이 한 거이 뭔데? 그것들 보나마나 지금쯤 미국놈들한테 '다 털어놓을 텐게 살려줍쇼' 하고 손 싹싹 빌고 있을걸. 망할 자슥들! 피는 다른 동지들이 흘리고, 저희들은 호의호식하며 뒤에서 팔짱 끼고 있었지 않느냐고. 진짜 혁명투쟁하는 것이 어떤 건지, 내가 보여줄 것이여."

　도대체 이 빨치산 출신의 자칭 혁명가는 궁극적으로 뭘 지향하고 있는 건가. 공산주의 낙원 건설인가. 이 무식한 작자의 머릿속에 그런 아름다운 그림까진 그려져 있을 리가 없어. 그렇다면 입버릇

처럼 말하는 혁명투쟁, 육식동물의 본능처럼 그저 누군가를 죽이는
일 자체에 쾌감과 보람을 느끼고 있는 게 아닐까.

그런 생각이 들자, 윤학은 불현듯 오스스한 전율을 느꼈다.

"가만히 보면 말이야, 최 동무. 재분류로 걸렀다곤 하지만, 아직
도 우리 중에는 이상한 자슥이 몇몇 남아 있는 거 같어. 그 잡초를
조만간 뽑아뿐져야 쓰겄당께."

"그게 누군데요?"

그렇게 물으면서 윤학은 저도 모르게 펄쩍 놀랐다.

"흐흐흐, 왜 그래. 최 동무 어디 찔리는 데 있어?"

"아니, 그게 아니고……."

"염려말어야. 최 동문 내가 보증헌께. 인텔리근성이 좀 문제긴
하지만, 머리에 든 먹물이 있으니 어쩐디야. 그래서 내가 또 좋아
하기도 하구. 문젠 말이야……저기 저 인간, 마침 호랑이도 제 말
하믄 나타난다더니."

진은 그러면서 턱짓을 했는데, 무심코 같은 방향을 바라본 윤학
은 불현듯 숨이 멎는 느낌이었다. 젖혀져 있는 천막 휘장문 밖으
로, 마침 그 앞을 지나가는 강주열의 모습이 보였기 때문이었다.

"아니, 3대대장 말입니까?"

"응. 저 작자 반동 프락치가 틀림없당께."

"원, 설마. 이번 추가심사에서도 우리처럼 이북에 가겠다고 잔류
했잖아요."

"쯧쯧! 이렇게 순진해서야……. 우리 정보 속속들이 다 팔아넘
기고, 막판에 가서 훌쩍 배 바꿔 탈 놈이라니까 그러네. 인간이 약
골이라, 새끼손가락 하나만 잘라뿐져 봐. 예, 그렇습니다, 하고 죄
다 불 테니."

윤학에게는 그 순간부터가 또다른 고뇌와 갈등의 시작이었다.

윤학은 진상용이 강주열을 주목하고 있다는 사실을 진작부터 잘 알고 있었고, 그래서 은근히 걱정스러웠었다.

인간적으로 나무랄 데 없어 보이는 강이 진의 주장대로 위장한 반공포로라 할지라도 그를 비난하거나 미워하고 싶은 생각은 애초부터 없었다. 인간인 이상 누구나 신봉하는 사상이 있을 수 있고, 그에 따른 가치관대로 살아갈 권리가 있지 않은가. 사회주의니 민주주의니 하며 서로 미워하고 피터지게 싸워야 하는 인간의 이기심과 그것을 조장하는 사회구조에 문제가 있을 뿐이었다.

생각이 근본적으로 그와 같은 윤학은 진이 강을 무조건 반동분자로 몰아 처단하는 것을 심정적으로나마 용납할 수 없었다. 다만, 진의 카리스마에 눌려 대놓고 반대하지 못하고 불안한 마음으로 지켜보고만 있었는데, 이제 와서 진이 작심하고 기어이 그를 해치려 하고 있었다.

이 노릇을 대체 어쩌면 좋단 말인가!

딜레마에 빠진 윤학은 고민에 고민을 거듭하다가, 강주열 본인과 부딪쳐서 그로 하여금 자구책을 마련하도록 하는 수밖에 없다는 결론에 도달했다. 그래서 진상용이 모르게 그와 몰래 만날 기회를 엿보다가, 늦은 저녁에 변소에 가는 척하며 옆 막사에 있는 강을 불러내기로 작심했다.

"아니, 무슨 일이오?"

64수용소에 있을 적부터 의식적으로 자기와 가까이하지 않으려는 기색이 역력하던 윤학이 자기 발로 찾아왔으므로, 강은 반가우면서도 놀랍다는 표정을 지었다.

"추가분류심사도 했으니, 이제 어쩌면 헤어져 다시 못 만나게 될지도 모르잖아요? 모처럼 예비작별인사라도 합시다."

"아, 그러지요."

　윤학이 농담처럼 하는 말인데도 강은 무척 반기며 자리에서 일어났다.

　두 사람은 변소가 있는 쪽을 행해 천천히 걸었다. 경비병은 물론이고 동료 포로들한테도 가장 주목을 덜 받을 수 있는 장소가 그곳이기 때문이었다.

　어둠속에 하루살이인지 모기인지 모를 날벌레떼가 날고 있다가 얼굴에 마구 부딪쳐 왔다.

　“우리가 이 거제도에 온 게 어언 만 1년이 훨씬 넘었지요?”

　강이 분위기를 잡자는 뜻인지, 아니면 진짜 감회를 피력하는 것인지 그렇게 말하자마자 윤학이 곧장 본론을 꺼냈다.

　“남의 눈도 있고 시간을 아껴야 하므로 단도직입으로 물을 테니 솔직히 대답하세요. 강주열 씨, 당신 반공주의잡니까?”

　“예?”

　강이 깜짝 놀라 비명처럼 소리를 지르며 우뚝 멈춰서는 것을 보고, 윤학이 얼른 팔을 잡아끌었다. 그러면서 나직이 말했다.

　“계속 가면서 이야기합시다. 누가 지켜볼지 모르니까 태연하세요. 진짜로 공산주의를 신봉하는 거 아니지요?”

　“아니, 어, 어떻게 그런 질문을……..”

　강은 더듬거리며 말끝을 맺지 못했다. 어지간히도 충격이 컸다는 증거였다.

　“강 동지를 돕고자 묻는 겁니다. 지금 당신은 위험에 처해 있어요. 내가 보건대, 당신은 부득이해 공산당인 척하고 있는 겁니다. 그동안 쭈욱 지켜보면서 내린 결론입니다. 내 말 틀립니까?”

　“최 동지.”

　강이 윤학의 손을 힘차게 쥐었다. 이 사람한테 이런 힘이 있었나 싶을 정도의 악력이었다.

　"그렇게 정곡을 찔러 물으니 부인할 수도 없군. 좋습니다. 내가 죽고 사는 문제는 최 동지 손에 맡기고 솔직히 털어놓지요. 나 역시 최 동지가 어떤 이유에선지 모르겠으나 감찰대장과 매우 긴밀한 관계이긴 해도 누구보다 피와 심성이 따뜻한 인텔리라는 걸 잘 알고 있고, 그래서 몹시 안타까워하면서 또한 매우 좋아하고 있습니다. 허나, 이게 말하고자 하는 핵심은 아니고, 어쨌든 최 동지가 날 바로 봤어요. 난 공산주의나 사회주의 이념에 아주 거부감을 갖고 있는 건 아니지만, 사욕을 채우려고 사상을 악용하는 사람들은 안좋게 보고 있는 게 사실이오. 지금까지 조직 간부 노릇을 해 온 건 어쩌다 군대에 끌려나와 대위 계급장까지 달았던 이력의 연장일 뿐, 그 이상도 이하도 아니에요. 북송을 희망하는 것도……내 고향이 황해도 연안인데……어쨌거나 가족의 품에는 돌아가야 할 거 아니겠소? 거기가 지옥이든 천국이든, 이북이든 이남이든 그건 상관없어요. 눈에 밟히는 자식들과 마누라가 있는 곳, 거기가 내가 최종적으로 돌아가야 할 곳이 아니냐는 겁니다. 내 생각이 잘못되었나요?"

　"천만에요. 당연히 가족 곁에 돌아가셔야지요. 허나, 문제는 지금 강 동지가 위험한 처지에 있다는 겁니다. 본인은 모르겠지만."

　"아까부터 이상한……이상하다긴 뭣하고, 나로선 매우 뜻밖일 뿐 아니라 신경쓰이는 말을 하시는데, 대체 내가 어째서 위험하다는 거지요?"

　"감찰대장이 진작부터 당신을 반동으로 찍고 예의주시해 왔단 말입니다."

　"진상용이?"

　강은 깜짝 놀란 듯이 물었다. 몹시 충격을 받은 것 같았다.

　"그래요. 그 사람 전부터 나보고, 3대대장 문제 있다, 언젠가는

잡아 족치겠다는 말을 해 왔어요. 설마 그럴 리가 있겠느냐고 내가 은근히 당신을 변호했지만, 그는 생각을 굽히지 않더군요. 그러다가 오늘……이제 포로생활도 막판에 왔다 싶으니까, 딴엔 당신 문제를 더 미룰 수 없다고 생각하는 거 같아요. 낮에 그런 뜻의 이야기를 합디다.”

“…….”

“강 동지, 가족이 중요하고 언젠가는 찾아야겠지만, 본인이 우선 살아 놓고 나서 생각할 문제 아닙니까? 감찰대장 말하는 투로 봐선 오늘내일 사이 뭔가 일을 벌일 것 같아요. 그 사람 어떤 인간인지 잘 알잖아요.”

강은 어깨가 내려앉을 것처럼 깊은 한숨을 토했다.

“그가 날 노린다면 나로선 도리가 없지. 철조망 안에 갇힌 몸이라 옴짝달싹 할 수가 없으니…….”

“아니, 그런 말이 어디 있습니까. 무슨 방법이든 강구해야지, 칼을 빼들고 달려드는 자한테 그냥 목을 내민다는 겁니까?”

윤학은 목소리를 높였다. 남은 일껏 생각해서 위기를 알려주는데, 본인의 반응이 너무 소극적인 것이 불만스러워서였다.

윤학의 기분을 아는지 모르는지, 강의 말투는 여전했다.

“그럼 최 동지가 내 입장이라면 어떻게 하시겠소? 뾰족한 방법이라도 있어요?”

“글쎄요. 경비병한테 이야기해서 도움을 청하는 게 어떨까?”

“어려울 거요. 절차다 뭐다 하는 동안에 까발려져 덜미가 잡히고 말겠지. 가장 무난한 건 일단 병원에 입원해서 기회를 잡는 거라고 여겨지는데, 꾀병이 통할 리도 없고…….”

순간, 윤학의 머리에 번개처럼 떠오르는 것이 있었다.

“아! 좋은 방법이 있어요.”

"어떤 방법 말이오?"

강도 얼른 바짝 다가왔다.

"빈속에 소금 한 홉을 물에 진하게 타서 마시면 곧 급성맹장염에 걸린 것 같은 증상이 나타난다고 들었어요. 아, 군대에 나가기 싫어 꾀를 부린 사람이 그렇게 해서 진짜 징집보류 판정을 받았다고, 입대 전에 들은 적이 있습니다. 그 방법을 써 보도록 하세요."

"허, 그게 정말 들을까요?"

"난 가능하다고 봅니다. 그러니까 내일아침 식당에 가서 식사는 하지 마시고, 적당한 이유를 대고 소금을 얻어와 그렇게 해 보세요. 밑져야 본전 아닙니까."

"하긴 그렇군."

강은 고개를 끄덕이고 나서, 두 손으로 윤학의 두 손을 꼭 쥐었다.

"최 동지, 이 은혜를 어떻게 갚을지 모르겠소. 내가 여길 빠져나가게 되면……아니, 그와 상관없이 최 동지의 아름다운 마음과 깊은 우정은 죽는 순간까지 잊지 않을 겁니다. 정말 고맙소."

강은 감격한 나머지 목소리가 떨리고 있었다.

별이 총총한 하늘에서 별똥별 하나가 북쪽 하늘로 떨어졌다.

다음날 오전 10시 무렵, 제64야전병원 앰뷸런스가 달려와 강주열을 싣고 갔다.

윤학은 들것에 실려 차에 오르는 강의 모습을 먼발치에서 바라보며 속으로 뇌었다.

강주열씨, 잘 가시오. 그리고 부디 무사하시오.

그러고는 차가 출발하기도 전에 막사에 들어오고 말았다. 어디선가 진상용의 독사눈이 자기를 주시하고 있을 것 같은 두려움 때문이었다.

　자기가 한 사람의 목숨을 구했다는 사실에 가슴 뿌듯하긴 해도 결코 기쁜 것은 아니었다. 왠지 착잡하고 우울하기만 했다. 온종일 기분이 그처럼 저조했다.

　어느 순간, 자기의 그런 기분이 강주열의 일과 상관없는 감정의 흐름이라는 사실을 불현듯 깨달았다. 그러고 보면, 자기를 그렇게 우울하게 만드는 것은 바로 자기 자신이었다.

　그래, 난 앞으로 어떻게 되는 것일까. 아니, 어떻게 해야만 하는가.

　그것은 포로가 된 이후로, 그보다 이전에 의용군에 가담했을 때부터, 더 이전에 '디미토로프 테제' 수정주의 대두로 공산당이 순수성을 잃고 급격히 잡탕정당이 되어 가는 변화에 고개를 저으면서, 아니, 더 짚어 올라가 몇 권의 좌파 이념서적을 탐독하고 유물변증법에 심취했을 때까지로 훨씬 더 소급해서 근원을 따져야 해답이 가능할 것 같은 숙명의 과제라는 생각이 들었다.

　서울에는 유복한 가정과 부모형제가 있었다. 입대하는 자기를 한없이 부르며 울어주던 여자도 있었다. 모두 그리운 얼굴들이었다. 그렇지만 그는 의용군에 뛰어드는 순간부터 그들과의 연결고리를 끊어야 한다고 생각했다. 생환을 기약할 수 없기 때문은 아니었다. 공산당의 선전처럼 사회주의조국 건설에 꽃다운 한 몸 던진다는 숭고한 사명감이나 공명심 때문도 아니었다. 그것은 강 상류에서 작은 카누에 몸을 싣고 급류가 휘어치는 여울과 굽이를 지나 평온한 하류까지 도달하려고 할 때의 기대심리와 같은, 결과를 염려하지 않고 오로지 자신의 전심전력을 송두리째 던지고자 하는 일종의 자기시험이자 도전심리였다.

　그러나 훈련 같지도 않은 시시한 군사훈련을 받고, 달랑 소총 한

자루 지급받아 전선에 투입되어, 적군의 화력보다는 굶주림과 혹독한 기후에 더 시달리다가, 정작 낙동강에서 전투다운 전투 한 번 못 해보고 포로가 되어서야 자기가 얼마나 철없고 어리석고 무력한 한 인간인가 하는 것을 뼈저리게 깨달았다. 그러고 난 이후의 하루하루는 아무런 의욕도 의미도 없는, 그저 자고 먹고 배설할 뿐인, 한낱 짐승이나 벌레와 다름없는 생활이요 나날이었다. 인간의 생명과 존엄성이 지닌 가치가 더 이상 인정받지 못하는 곳, 인간의 의지를 박탈한 이 포로수용소의 세계에서 그의 자아는 상실되었다. 그는 인간 살덩이를 모아 놓은 거대한 무리의 한 구성체에 지나지 않았다. 남들이 외치니까 같이 외치고, 누구나 탐내는 완장을 팔에다 끼워 주니까 덕분에 감투놀음도 해 보고, 무리 중에서 최고 지성으로 인텔리 취급을 받으니까 머릿속에 든 것을 그 대가로 조금씩 지불했을 뿐이었다. 그것이 윤학이 스스로 매기고 있는 자기의 값이었다.

그런데, 자기 자신 하나도 제대로 건사하지 못하는 주제이면서, 스스로 그렇게 자신을 비하하는 처지면서 주제넘게 강주열이라는 인물을 구출해 철조망 밖으로 내보내고 나자, 비로소 자기를 돌아보는 눈이 제대로 뜨였다.

나는 과연 어떻게 해야 하나. 북송신청을 한 대로 이북으로 가야 하나. 아니면, 이제라도 방향을 바꿔 초라한 꼬락서니를 이끌고 집으로 돌아가야 하나.

윤학은 마치 자신의 의지와 선택에 달린 것일 뿐 얼마든지 가능한 문제인 것처럼 골똘히 생각에 생각을 거듭했다. 그러면서도 선명한 결론에 도달할 수 없었고, 쉽사리 도달할 수가 없음을 그 자신도 알고 있었다.

윤학이 전에 없이 한없는 갈등의 늪에 빠져 몽롱하게 허우적거리는 동안, 그를 둘러싼 현실세계는 급박하게 돌아가고 있었다. 드디어 관리당국이 재분류심사의 결과에 따라 저구리와 용초도와 봉암도로 보낼, 그들이 말하는 소위 '악질빨갱이'이송을 서두른 것이었다.

스스로 원한 것도 원하지 않은 것도 아니건만, 윤학은 공산포로 중의 온건파로 분류되어 현재의 수용소에 그대로 남게 되었다.

장평부두에 대기하고 있다는 LST함을 타기 위해 이송포로들이 어수선한 분위기 속에 출발작업을 서두르고 있을 때, 진상용이 윤학을 찾아왔다.

"최 동무, 지난번 내가 이야기했지? 이젠 헤어지는게벼."

그렇게 말하며 윤학의 손을 꼭 쥐는 진의 눈가가 발그레했다.

뱀처럼 냉혹한 사내가 뜻밖으로, 그것도 바로 자기에게 그와 같은 인간적인 모습을 보이자, 윤학은 내심 당혹하지 않을 수 없었다. 이 사람한테 이런 면도 있었는가 싶어지며, 그동안 그가 자기에게 베푼 일방적 호의가 새삼스럽게 느껴져 가슴이 뭉클했다. 남한테는 가혹할망정 자기한테는 한없이 너그러웠던 사람이었다. 남들은 진상용이란 인간을 욕하고 저주할망정 자기는 결코 그럴 수 없었다.

"어디를 가든 부디 건강하고 몸조심하세요."

윤학도 어쩐지 눈시울이 뜨거워져 목이 메는 소리로 말했다.

"나보단 최 동무가 걱정이란께. 으쨌거나 몸성히 잘 견디다가 이북으로 가요. 갈 거지?"

"그럼요."

"그래야제. 최 동문 머리가 있은께, 조국에서 틀림없이 크게 출세할 거야. 그때 어쩌든지 소식 듣고 내가 찾아가믄 모른다고 딱

잡아떼지 않을 것이제?"

"그럴 리가 있나요. 출세할지 어떨지는 모르겠지만, 형님을 만나면 정말 반가울 겁니다."

진심에서 하는 말이었고, 자신도 모르게 형님이란 말이 입에서 튀어나왔다.

순간, 진상용이 눈을 번쩍 떴고, 윤학 자신도 깜짝 놀랐다.

"시방 나더러 형님이라고? 분명 그렇게 말했지?"

"네. 다시 만나도 그렇게 부르겠습니다."

"아! 이렇게 기쁘고 고마울 데가……. 그래, 인자부턴 우린 형제야. 우리 이북에 가서 만나 진짜 형제로 지내더라고. 알았지, 동상?"

"네, 형님."

다른 포로들이 해괴하다는 듯이 바라보거나 말거나 두 사내는 얼싸안았다.

그런 상태에서 진이 윤학의 귀에다 속삭였다.

"나 동상이 강주열이 나가도록 한 거 알아야."

윤학이 흠칫 놀라서 몸을 떼자, 진은 뱀눈에 어쩌면 천진해 보이기조차한, 장난기 다분한 웃음을 떠올리고 고개를 살래살래 저으며 말했다.

"흐흐흐! 그렇게 놀란 얼굴 할 거 없어야. 동상은 그러고도 남을 사람이제. 또한 그래서 내가 동상을 사랑하는 바이기도 하고. 하여튼 강가 그 인간, 동상 같은 은인 만난 거이 천만행운이제. 죽을 때까지 못 잊을걸. 그러고 이건 참 나로선 할 수 없는 말인데 말이시."

진은 윤학의 가슴팍을 툭 치고 목소리를 낮추어 말을 이었다.

"사실은 어찌 생각하믄 동상이 날 도와준 건지도 몰라. 사람 사는 일, 그래서 재미있는 거 아니겠어? 흐흐흐! 잘 있어, 동상.”

그런 다음, 진은 헌병들이 호루라기를 불며 출발을 독려하는 가운데 대오를 지어 정문으로 향하는 이송포로들 쪽으로 빠르게 걸어가고 있었다.

윤학은 진이 마지막으로 던진 말의 충격에서 헤어나지 못해 그저 멍하니 바라보고만 있었다. 헤어지는 마당에 그가 자기한테 무게가 엄청난 수수께끼를 던져준 것 같은 기분이 들었다. 진이 대열에 끼어들기 전에 돌아보며 손을 흔들었으므로, 그도 덩달아 손을 쳐들었다.

윤학의 가슴속에 형언할 수 없는 비애가 차올라왔다.

3

강성포로와 분리되어 고현지구에 남은 4만3000명 온건파 공산포로들은 500명 단위의 소규모 수용소에 수용되어 관리당국의 철저한 감시관리 아래 기를 펴지 못했다. 더구나 박사현과 이학구 같은 지도급이 일망타진됨으로써 구심점을 잃었고, 그래서 조직력이 약화된 포로들은 관리당국의 명령에 고분고분 따랐다.

고현지구의 제1포로수용소가 그처럼 안정됨에 따라, 유엔군총사령부는 폭동 진압과 포로 분산수용의 효율적 진행을 목적으로 거제도에 투입했던 전투병력과 탱크부대를 철수시킴과 동시에 순수한 경비병력도 대폭 감축시켰다.

그럼에도 불구하고 고현지구 포로수용소에서는 아무런 문제가 발생하지 않았다. 그 시끄럽고 피 튀기던 시절이 언제였던가 싶게, 그야말로 태풍이 지나간 후의 고요와 같은 안정기에 접어들었다.

그에 비하면 강성 공산포로들이 옮겨가서 새로 수용된 거제도 남단 저구리와 이웃 통영군 한산면의 작은 섬 용초도와 봉암도는 고현지구에 처음 포로수용소가 개설되던 때와 같은 형국이었다. 아무리 조직단위를 작게 나누고 강경하게 다룬다 할지라도 그 구성원들 모두가 강성 공산포로인 이상 아무런 소요가 일어나지 않을 리가 없었다. 그 세 곳의 사정은 단적으로 말하면 고현의 화약고가 그대로 옮겨간 셈이나 다름없었다.

남한 출신 의용군이 대다수인 공산포로 8800명이 수용된 봉암도에서 발생한 포로폭동은 그런 우려가 현실로 나타난 불행한 사건이었다.

봉암도도 초기에는 별다른 말썽 없이 조용했으나, 1952년 그해 12월 14일 사망자가 82명이나 되는 엄청난 포로폭동을 경험하고 말았다.

겨울채비를 앞두고 피복과 소지품을 검사하려는 관리당국의 검열 시도에 포로들이 강한 불만을 나타내면서 비롯된 비극이지만, 사후의 조사 결과 그것은 우발사고가 아니라 북한군 최고사령부의 지령에 의한 계획적 소요였음이 판명되었다. 고현지역 포로수용소의 조직력과 연락체계가 와해된 대신에, 그들은 봉암도에서 그 재건에 성공했던 것이다.

이로써, 보트너의 강압적 포로관리는 결과적으로 성공작도 실패작도 아닌 셈이 되었다.

적어도 피상적 현실조건에만 국한해서 본다면, 최윤학은 포로 신세가 된 이후로 지금처럼 몸과 마음이 두루 편안하기가 처음이었다.

지난날에는 누구나 경외하고 부러워하는 감찰인사과장이란 감투를 쓰고 포로사회의 상층부에 속해 있었지만, 정신세계는 항상 불안하고 긴장되고 피곤했다. 주변에서 끊임없이 벌어지는 소요와 충돌과 유혈사태로부터 도무지 자유로울 수가 없었기 때문이었다.

그러나, 지금은 달라졌다. 완장도 차지 않았고, 소속된 500명 집단의 단순한 한 구성원에 불과하지만, 더할 나위 없이 배부르고 편안한 생활이었다. 관리당국이 정한 프로그램과 스케줄에 기계적으로 순응하기만 하면 되었다. 골치아프게 신경쓰거나 관여할 일도 없고, 교양교육이니 혁명투쟁이니 하며 성가시게 들볶는 작자도 주변에는 없었다.

윤학뿐 아니라 모든 포로들이 마찬가지로 그처럼 평온하고 안일한 생활에 푹 빠져 있었다. 그야말로 포로들의 천국이었다.

다만, 견디기 힘든 것은 시간이 너무나 더디게 흐른다는 점이었다. 안락하고 무사함으로써 지루함이 그전보다 훨씬 더했다. 그렇지만 자연의 질서에 따라 태양은 변함없이 떴다가 지고, 계절은 어김없이 제때에 찾아왔다.

그런 중에도 윤학은 자신에게 끊임없이 집요한 질문을 던지곤 했다.

나는 무엇인가. 내 삶의 의미는 무엇인가.

그는 내면에서 끓인간의 근원적 명제를 부둥켜안고 끊임없이 고민했다.

이 평화, 살찌우기 위해 기르는 돼지처럼 편안한 이 생활의 마지막은 어떻게 될까. 그 시점에 나는 과연 어느 위치에서 어느 방향으로 서 있을까.

그런 자기모색은 처음도 아닐뿐더러 신통한 해답이 나올 리도 없다는 사실을 스스로 잘 알고 있었다. 아니, 어쩌면 당장의 해답을 바라지 않는 것일 수도 있었다. 이를테면 마치 한여름에 배불리 풀을 뜯은 소가 나무그늘에 엎드려 천천히 입을 우물거리는 되새김질과 같은 것이었다.

북한군 출신 의용군 출신을 막론하고 현재의 동료포로들은 하나같이 북송을 원하고 있었다. 그리운 가족의 품과 고향으로 돌아간다는 단순한 이유의 북한군 출신들보다도 의용군 출신들, 특히 윤학처럼 인텔리 계층에 속하는 공산포로들의 월북의지와 열정이 더 뜨거웠다. 사상무장이 훨씬 더 강하게 되어 있기 때문이었다.

그런 동료들에 비하면, 윤학은 자기가 당성이 허약한 기회주의자로 지탄 받아 마땅하다는 생각이 들기도 했다. 어떤 불이익을 당할지 모르기 때문에 누구를 붙들고 하소연할 수도 없었다. 오로지 혼자만의 생각, 혼자만의 고민으로 끌고 갈 따름이었다.

그 내밀한 갈등이 기름이 끼얹어진 것처럼 갑자기 뜨겁게 폭발할 때가 있었다. 이를테면, 봉암도에서 일어났다고 하는 포로폭동의 소식과 같은 강렬한 외부자극을 받았을 때가 그런 경우였다.

입에서 입으로 이어진 그 소식에 접하며, 윤학은 맨 먼저 진상용을 생각했다.

박사현이나 이학구 같은 거물급이 없는 그곳에서 그만한 사건이 터졌다는 것은 그 두 사람에 못지않은 지도자가 있다는 증거이고, 그렇다면 1순위에 들어갈 인물이 바로 진상용이었다. 더군다나 봉암도포로수용소의 주축은 남한출신 의용군이 아닌가.

윤학은 진과 헤어질 때의 장면이나 그가 하던 말을 기억에서 떠올리며, 다시금 자기 거취문제에 관한 고민 속에 깊숙이 빠지고 말았다.

갈등의 요체는 두 가지였다. 북한의 사회체제에 대한 불신과 본인 사상의 흔들림이었다.

우선 윤학은 북송을 원하지 않는 포로의 대다수가 북한인민군 출신인 사실에서 상당한 충격을 받았다. 오죽하면 태어나서 자란 고향이고 자기를 애타게 기다리는 그리운 가족이 있는 그곳에 돌아가

지 않겠다고 하겠는가. 그 한 가지 사실만으로도 지금의 북한은 공
산주의낙원은 커녕 사람이 살 만한 곳이 못 된다는 증거가 아니겠
나 하는 의혹을 떨쳐버릴 수 없었다. 그동안 동료포로들의 입을 통
해 무수히 주워들은 단편적인 북한이야기들이 그 의혹에 구체성과
당위성을 부여해 주었다. 그런 곳에 가서 어떻게 적응하며 인생을
경영할 수 있을지 자신이 서지 않았다.

그런 외부조건의 영향보다도 더 심각한 문제는 자신의 내부에 있
었다.

그는 공산주의 역사 조류가 소위 인민전선이론에 입각한 수정주
의로 급격히 변화되는 데 회의를 느꼈다. 그의 순수 엘리트 의식은
노동자와 농민, 진보적 지식인, 도시의 소시민, 게다가 구식민지에
서 일기 시작한 민족주의 이념까지 폭넓게 끌어안아야 한다는 주장
에 결코 찬성할 수 없었다.

세상에 그런 잡탕이 어디 있담. 정체(政體)인 정당은 어디까지나
사회변혁과 개선을 주도하는 주체의 입장에 당연히 서 있어야 하
고, 그 대중들은 이끌려오며 수혜를 받는 입장이어야지. 그 당연한
이치를 거스르는 것은 진리에 대한 배반이야. 이건 거대한 음모인
거야, 불순하기 짝이 없는.

그는 자기를 그토록 매료시킨 빛나는 이론이 먹구름처럼 변색되
어 가는 데 절망을 느꼈고, 그 먹구름이 한반도뿐 아니라 지구를
통째 뒤덮는 미래를 상상하자 가슴이 답답해지는 두려움에 휩싸였
다. 그가 생각했던 이상사회는 그런 것이 아니었다. 그동안 그의
의식과 행동을 지탱해 주던 이념이 빠른 속도로 무너져 내리고 있
었다.

그는 고민에 고민을 거듭했고, 도무지 해법이 떠오르지 않는 지
겨운 고민으로부터 벗어날 수 있기를 갈망했다. 일종의 자포자기에

서 차라리 북송이 빨리 이루어졌으면 하고 바라기도 했으나, 그것이 진심이 아님은 그 자신도 알고 있었다.

그렇다고 남한에 잔류하고 싶은 생각도 없었다. 굳이 하려고만 든다면 '북송희망자'의 자격을 뒤집을 수 있는 방법을 찾을 수도 있겠지만, 폐허의 잿더미 속을 고개 숙이고 터벅터벅 걸으며 절망의 한숨을 짓는 자기 모습은 상상하기도 싫었다.

그가 그 집요한 갈등과 고뇌로부터 해방되기 위한 방법의 하나로 자살을 생각하게 된 것은 그 무렵부터였다.

판문점의 휴전회담이 지루한 입씨름으로 교착상태를 거듭하다가 마침내 파국을 보고 만 것은 1952년 10월 8일이었다.

포로석방의 방식과 숫자를 놓고 한창 줄다리기가 계속되는 가운데, 유엔군측이 자극과 충격을 가하는 뜻에서 순수한 민간억류자 2만7000명을 석방하겠다고 6월 22일 일방선언을 하고, 일주일 만에 영천포로수용소를 첫 번째로 해서 각 수용소가 순차적으로 민간포로를 석방하자 공산측은 맹렬히 반발했으며, 그러다 결국 가을의 문턱을 넘어서면서 협상파일을 접고는 무기휴회에 들어가고 말았다.

그러고 나서 이듬해인 1953년 4월 12일 판문점 휴전회담이 재개될 때까지 반년 동안은 군사적으로나 정치적으로 실로 격동의 연속이었다.

여러 전선에서는 보복성 공격과 반격으로 치열한 전투가 벌어졌고, 미국 정치권과 합동참모본부에서는 원자폭탄을 사용하자는 의견이 공개적으로 제기되기도 했다. 그런 가운데 소련의 스탈린이 갑자기 사망했고, 미국에서는 제2차 세계대전의 영웅 아이젠하워가 대통령에 당선되었다.

한편, 국내에서는 이승만 대통령이 반대세력을 탄압하고 국회에서 통과시킨 소위 '발췌개헌안'에 의한 직접선거로 1952년 8월 5일 제2대 대통령에 당선되었다. 그로써 독재와 장기집권의 기반을 확보하는 데 성공한 이 대통령은 다시 한 번 '휴전반대 단독북진'을 부르짖으며 종전을 향한 미국의 다급한 발걸음에 딴죽을 거는 한편, 반공포로 석방이라는 최강의 수순을 암암리에 밟고 있었다.

요컨대, 그와 같은 일련의 급격한 정세변화에 따라서, 이제는 휴전회담의 실질적 키워드로 부상한 포로송환 문제는 어떤 방식으로든 절충의 수순을 밟지 않을 수 없게 되었다. 상당한 물밑접촉을 거쳐 판문점에서 상병포로 교환협정이 체결된 것이 1953년 4월 11일이었고, 그로부터 불과 일주일 남짓한 4월 20일 상병포로 교환이 판문점에서 전격적으로 이루어졌다.

좁게는 포로교환, 넓게는 휴전회담의 큰 틀에 비추어볼 때 상병포로 처리는 지엽적인 문제라고 할 수 있겠지만, 그래도 지금까지 안건 하나하나를 놓고 최대한의 줄다리기를 마다하지 않던 데 비추면 실로 놀라운 태도변화라고 하지 않을 수 없으며, 그것은 그만큼 유엔군이나 공산군 모두 진력이 나서 마음이 급할 뿐 아니라 이제는 협상타결의 기운이 시기적으로 무르익었다는 설명도 될 수 있었다.

윤학이 상병포로의 우선송환 소문을 들은 것은 병상에서였다.

고뇌와 회의로 식욕을 잃어버린 바람에 몸이 점점 쇠약해져 갔고, 그러다 보니 어느덧 누가 보든지 중병에 걸렸다고 생각할 정도의 참담한 몰골이 되고 말았다.

제64야전병원에 입원한 것은 그 자신의 희망이나 의지가 아니었다. 그렇다고 억지입원을 굳이 거부하고 싶지도 않았고, 거부할 이유도 없었다. 어떤 것도 의미가 없었고, 시간이 갈수록 정신을 놓고 무기력해져갔다.

　어쨌거나 본격적 포로교환에 앞선 상병포로 송환 대열에 윤학이 끼게 된 것은 그의 운명이었다.

　최윤학을 포함한 상병포로들이 장평부두에서 LST함에 오른 것은 그 남녘의 섬에 봄기운이 한창이던 4월 18일이었다.

　거제도에서 마지막 아침식사를 한 다음, 제64야전병원 광장에서 대대적인 출발준비가 한창 분주하게 진행되고 있을 때, 퀀셋 밑자락에 소담스럽게 피어 있는 노오란 꽃송이가 문득 윤학의 눈에 들어왔다. 어디서 어떻게 씨가 날아와 그 메마른 장소에 떨어져 싹을 틔우고 꽃송이를 피웠는지, 여러 송이도 아니고 딱 한 송이뿐인 노란 민들레꽃이었다.

　윤학의 기운 없는 발걸음이 자기도 모르게 그쪽으로 향했다. 그리고 꽃송이를 꺾어 상의 포켓에 꽂으며, 유독 한 송이, 자기 눈에 띈 그 꽃의 상징성을 나름대로 유추해 보면서 혼자 쓸쓸히 웃었다.

　병상포로들의 이동이므로 전원 승선작업이 끝날 때까지는 두 시간 이상이나 걸려, LST함이 이윽고 부두에서 꽁무니를 빼기 시작했을 때는 오전 11시가 가까울 무렵이었다.

　윤학은 송환의 기쁨으로 들떠 있는 여느 포로들의 분위기에 휩싸이고 싶지 않아, 거제도에 처음 올 때처럼 갑판 위에 올라갔다. 그러고는 선체 옆으로 천천히 흘러가는 산과 바다, 멀리 마을의 게딱지 같은 집들과 개미새끼 같은 사람들을 바라보고 있었다. 올 때는 차가운 봄비가 내리는 우중충한 날씨였는데, 떠나는 날의 하늘은 화창하고 따스한 봄날의 얼굴 바로 그것이었다.

　그가 서 있는 곳에서는 선체에 가려져 뒤쪽의 포로수용소 풍경이 보이지 않았다. 어쩌면 은연중 자기 의지가 그곳을 안 보려고 자기 자신을 그곳으로 끌어온 것이 아닌가 하는 생각이 들었다.

그러고 보면 그동안 얼마나 많은 엄청난 일들이 거대한 수레바퀴가 되어 자신을 짓누르고 지나갔는가.

2년의 세월, 20년이나 되는 것처럼 아득하게 느껴지는, 오로지 '시간'일 뿐이었다. 이데올로기에 미쳐버린 놈의 세상, 진리추구는 한낱 이상일뿐이란 말인가. 그의 감성은 메마르고 허탈해 있었다. 이제는 자신의 벌거벗은 몸뚱아리의 처참한 실존뿐이었다. 여기 있는 이 몸뚱이. 이제 정말로 송장이 되었구나. 나는 무엇일까? 나는 인간 살덩이를 모아 놓은 거대한 무리의 한 부분에 지나지 않는다. 철조망 너머 포로들로 바글거리는 막사에 갇혀 있던 거대한 무리의 한 부분, 그 구성원의 일부가 죽어서 몸뚱이가 썩기 시작하는 바로 그 거대한 무리의 극히 일부분에 지나지 않았던 것이다.

문득, 바로 눈앞에서 살랑한 바닷바람에 나풀거리는 것이 시야에 잡혔다. 민들레 꽃잎이었다. 그제야 그것이 아직 자기 포켓에 꽂혀 있다는 사실을 깨닫고, 꽃송이를 뽑아 바다에 던질까 하다가 도로 꽂았다.

그러자, 참으로 불현듯, 대학생활 낭만이 한창이었을 때 애송한, 알프레드 테니슨의 어느 시 한 구절이 머리에 떠올랐다.

시간에는 오늘이 없고
영겁에는 미래가 없고
영원에는 과거가 없어라……

최윤학은 입속으로 가만히 읊조렸다. 그 싯귀의 의미가, 그것이 갑자기 머리에 떠오른 사실 자체가, 어쩐지 뭔가 운명적인 강한 암시가 아닐까 하는 생각이 들었다. 물 위에 반사된 햇빛이 실안개처럼 아련히 떠 있는 먼 바다를 바라보는 시선이 어느덧 눈물로 어지러워졌다. 포로수용소에서는 모든 상황들이 가지고 있는 것을 상실하도록 만들었다. 평범한 삶에서는 당연했던 모든 인간적인 목표들이 철저히 박탈당한다. 남은 것이라고는 오로지 '인간이 가지고 있는 자유 중에서 가장 마지막 자유'인 '주어진 상황에서 자신의 태도를 취할 수 있는' 자유뿐이었다.

'인간이란 실로 더러운 강물일 뿐이다. 인간이 스스로를 더럽히지 않고 이 강물을 삼켜 버리려면 모름지기 바다가 되지 않으면 안 된다.' 최윤학은 희미하게 웃었다.

한려수도를 벗어난 LST함이 부산항 쪽을 향하여 똑바로 침로를 잡았을 때, 선상에서는 아주 작은 소동이 벌어졌다. 좌현 쪽 갑판에 있던 상병포로 한 명이 바다에 떨어졌기 때문이었다.

눈깜짝할 사이 너무나 갑작스럽게 벌어진 사건이었기에, 바로 근처에 있던 포로들도 그것이 실수에 의한 추락인지 고의적 투신인지 분간하기 어려웠다. 그러나 포로들은 모두들 그저 무감각한 듯 암묵하며 허망한 눈길로 망망한 바다를 응시할 뿐이었다.

그들 가운데 어느 누구도 사람과 함께 나풀나풀 떨어지는 노란 꽃 한 송이를 발견한 이는 없었다.

그뿐, 마치 불필요하고 하찮은 물건을 그렇게 처분해버린 것처럼, 육중한 군함은 여전히 그대로 항진을 계속하고 있었다.

비와 풀꽃

1

장승포 거제여객 사무실에 뜻밖의 손님들이 찾아온 것은 임덕현이 상병포로 북송에 관한 신문기사를 보고 있을 때였다.

부산에서 발간되어 여객선편으로 거제도에 들어와 배달된 4절지 한 장짜리 조악한 신문은 극히 한정된 지면에도 불구하고, 4월 19일 유엔군 제3군용철도수송대(TMRS)의 열차편으로 부산을 출발해 문산 북쪽 4킬로 지점에 마련된 열차와 구급차 환승지점(TASP)까지 가서 20일 북한당국에 인도된 병상포로들 소식을 비교적 자세히 알려주고 있었다.

덕현이 별다른 감흥 없이 그 기사를 보고 있을 때, 문이 열리면서 세 사람의 중년남자가 들어왔다.

"어!"

덕현의 입에서 자신도 모르게 짤막한 탄성이 터져나왔다. 전혀 의외의 얼굴들이었기 때문이었다.

"처장님, 안녕하심둥?"

깐깐한 목소리로 이렇게 인사말을 던진 사내는 피란민연락처 둔덕면지소장 오동천이었다. 나머지 두 사람 또한 덕현이 알 만한 얼굴로서 근로상조회 간부인 유 아무개와 장 아무개였다.

오동천이 그 근로상조회 간부직을 겸하고 있다는 사실을 진작부터 알고 있었기에, 덕현은 피란민연락처 일을 할 때부터 그리 친근

한 사이가 아니었던 오가 느닷없이 자기를 찾아온 데에는 그 단체
와 관련한 무슨 곡절이 있으리라고 재빨리 판단했다. 어쨌든 선입
견부터 반갑지 않은 손님이었으나, 체면상 일어나서 악수를 하지
않을 수 없었다.

"오랜만입메. 갑자기 어쩐 일임둥? 거기 앉읍쇼."

"우리 불쌍한 피란민들이 지도자이신 처장님께 좀 상의드릴 일
있어 찾아왔슴다."

오는 소파에 엉덩이를 붙이며 웃는 얼굴로 그렇게 말했는데, 듣
는 덕현의 입장에서는 어쩐지 복선을 깔고 하는 소리 같고 조롱의
뉘앙스마저 느껴져 유쾌하게 들리지 않았다.

"이제 와서리 내 의논 상대가 될 일이 뭐 있갔음둥? 그건 그렇
고, 처장이란 호칭 좀 듣기 그렇구마. 그만둔 지가 언젠테."

"하하하! 기렇슴두? 죄송함다. 기럼 이제 임 사장님이라고 불러
야겠슴. 하긴 기렇지. 하하하! 운수회사 사장님이시니."

어색함을 때우자는 수작으로 공연한 너털웃음을 터뜨렸으나, 그
럴수록 덕현의 기분은 점점 구겨져 갔다. 그렇지만 모처럼 찾아온
사람들을 덮어놓고 박대할 수는 없어, 옥상은에게 차대접을 지시하
고 자세를 바로 가누며 오에게 곧바로 물었다.

"기런데, 나한테 상의할 일이란 무스기……?"

"허! 차나 한잔, 목이라도 좀 축이믄서 니야기합세. 하하하!"

"아, 그러디요."

듣고 보니 자기도 너무 했다 싶어, 덕현은 표정을 풀어 미소를
띠면서 몸을 소파 등받이에다 기댔다. 그래서 자연히 피란민연락처
와 근로난민상조회에 관한 이야기로 대화가 풀려나갔다.

피란민연락처는 난민들이 거제도에 처음 들어오자마자 자체적으
로 조직되어 피란생활 초기에 행정관서를 상대로 한 권익보호활동

을 활발하게 벌이면서 빛을 발했으나, 덕현이 손을 뗀 이후부터 차츰 시들해지다가 지금은 유명무실한 기구가 되어 있었다. 덕현 자신은 그 쇠락이 자기 같은 유능한 거물이 단체를 거두지 않게 된 때문이라고 단정하지만, 사실은 시간이 지나면서 피란민들의 자립도가 높아지고 인구의 유동현상이 빈번해짐에 따른 변화였다.

그런 피란민연락처에 비해 후발단체이면서도 현재로서는 상대적으로 영향력이 큰 것이 '거제근로난민상조회'였다.

근로상조회는 명칭 그대로 피란민들이 경제자립을 목표로 몸을 던져 노동활동을 벌이며 서로 돕자는 뜻으로 조직된 단체였다.

적수공권으로 남녘 섬에 떨어진 피란민들은 당국의 구호활동에만 의지할 수 없게 되자 스스로 팔을 걷고 나섰다. 그나마 장사에 소질이 있는 사람들은 양키시장이나 기지촌 등에 뛰어들어 별로 어렵지 않게 생활기반을 잡았지만, 그럴 능력도 없고 기회도 잡지 못한 사람들은 그 나름의 몸으로 때우는 일을 찾는 수밖에 없었다. 그리하여 장승포읍·동부면·둔덕면 등지의 황무지를 농토로 개간해 농작물을 경작하고, 거제 전역에 지천으로 널린 황토로 기와를 구워 팔았다.

점점 자신감이 생긴 이들은 '구호 의존의 배격, 적극적 근로정신의 배양과 조장, 자립자활 방도의 원호육성, 상호간 복지증진 도모, 인보상조(隣保相助) 미덕의 진작'이라는 슬로건을 내걸고 '거제난민근로상조회'를 조직함으로써 피란민연락처와는 별도의 대 행정관청 접촉창구를 확보하기에 이르렀다.

"우리가 처장님으, 아니, 임 사장님으 찾아온 것은 다른 뜻이 아님다."

오동천이 정색을 하고 방문목적을 꺼낸 것은 커피를 두어 모금씩 마신 다음이었다.

“무스기 말씀인지…….”

“사장님도 우리 근로상조회가 얼마나 건설덕인 활동으 하고 있고 성과르 올리고 있는지, 이제까지 기렇게 해 왔는지르 잘 알 겜다.”

“아니, 잠깐!”

덕현은 손을 쳐들어 말을 막았다.

“미안하지만, 내 단체에 관한 일은 진작에 손 뗸 지 오랜데다, 사업일에 바빠서리 그쪽 관계에 대해 사실 잘 모름다.”

오는 김이 새는 모양이었으나, 곧 표정을 바꾸고 말을 계속했다.

“어쨌든 그래도 우리 단체가 자립자활으 목적으루 지금까지 꾸준히 활동해 왔는데, 사장님 알다시피 포로수용소에 있던 포로들 대부분 빠져나가고 덩달아 미군들도 철수하는 바람에, 거기 목 매고 생활해 오던 취업자들 대부분이 실직으 당하고 말입메, 양키시장 경기도 전 같지 않게 썰렁해져서리……요컨대, 우리 란민사회가 전반적으루 지금 심각한 기로에 처해 있는, 그런 실정 앙이겠슴. 그런 점은 처장님께서, 아니, 임 사장님께서 너무나 잘 아실 터이고, 아무튼 그 여파가 우리 상조회에까지 미치고 있다는 것임메.”

“요점만 말합쇼.”

“예. 그래서 니야긴데……이번에 어떤 일이 있나 하믄, 우리 상조회 어려운 실정에서 돌파구 찾고자 새로운 사업으 하나 벌이려구 함다. 뭔고 하니, 전분(澱粉)공장으 하나 지을까 하는 게디요.”

“전분공장?”

“예.”

“아니, 와 하필 전분공장임둥?”

“하하하, 그거이 말이디요, 이 사람이 함흥서 전분공장 책임자루 있던 사람인데…….”

그러면서 오가 동행한 사람 중의 하나인 유 아무개를 가리키자,

유는 마치 호명받은 학생처럼 자세를 가다듬었다.

오가 말을 계속했다.

"이 고장에서는 고구마농사르 많이 짓기 땜에, 전분공장으 지으믄 원료 수급에 아무런 문제가 없단 말임메. 앞으로 우리나라 사람들 식생활에서 전분 소비가 많아질 터인데……어쨌든 공장으 지으려니 자금이 문젠데, 아시다시피 우리한테 무슨 자금여유가 있겠슴. 그래서 금융조합에 융자르 부탁했더니 말임메, 확실한 담보나 유력한 지불보증인으 세우라는 검다."

"그래서 나더러 보증으 서라는 게에요?"

"아니, 꼭 기런 뜻은 앙이고……임 사장님은 같이 피란 내려와서리 누구보다 성공해, 이젠 이 거제바닥에서도 손꼽히는 재력가 되지 않았습메."

덕현이 냉랭한 표정으로 퉁기는 말에 당황한 기색으로 얼른 그렇게 대답한 오가 주워섬기는 이야기의 요점은 세 가지였다. 전분공장사업에 자본을 대고 대주주로 참여하거나, 현재 자기들이 운영하고 있는 기와공장 하나나 둘을 인수해 주거나, 같은 처지의 피란민들을 위해서 금융조합에 보증을 서 달라는 것이었다.

덕현은 뻗쳐오르는 열기를 겨우 참고 말했다.

"내 무시기 재력갑네? 간단히 말하디요. 내 지금 하고 있는 운수사업도 어렵고 벅차서 다른 쪽에 한눈 팔 여유가 없습메. 방금 니야기한 기런 건 당국에다 요구하고스리 도움 받는 거이 빠르디 않겠슴둥?"

"물론 우리도 그 생각 하구설라무네 부딪쳐보기도 했디요. 허나, 관청물 먹는 사람들은 꽉 막혀놔서……."

"관청에서 안 되는 일이 개인인 나한테서 어드레 가능하갔소? 오해가 없기르 바라고 하는 말인데, 분명히 내 능력 안 되고 흥미도 없꼬망. 미안함다."

꼭 되리라는 확신은 가지지 않은 채 찾아왔으련만, 그래도 덕현이 너무나 단호한 거절의 뜻을 밝히자, 오는 낙심천만이기보다 감정이 앞서는 모양이었다. 표정이 달라지며, 사리사욕밖에 모르는 인간으로 덕현을 매도하고, 그가 피란민연락처장을 할 당시의 비리 사실까지 노골적으로 끄집어내며 협박투의 막말까지 쏟아놓았다.

그렇게 되자, 덕현의 입에선들 점잖은 대거리가 나올 리 없었고, 결국은 동향자인 유와 장이 오를 끌다시피 데리고 나감으로써 그 껄끄러운 대면은 파행으로 끝나고 말았다.

오동천 일행이 돌아간 후, 덕현은 하루종일 불쾌하다기보다 분해서 견딜 수 없었다.

무엇보다도 사랑하는 여자 앞에서, 같은 처지의 피란민들을 등치고 혼자 배를 불린 파렴치한으로 몰린 것이 생각만 해도 분했다.

망할 놈의 자식! 제놈은 지소장으로서 구호양곡 착복해 처먹은 게 없나. 그러나저러나 뭐 그렇게 뻔뻔스런 자식이 있담. 아니, 내가 저를 언제 봤다고, 그까짓 근로상조횐지 나발인지가 나랑 무슨 상관이 있다고 떡하니 찾아와 그따위 수작을 하고 자빠졌어. 같이 피란 와서 돈 벌었으니 좀 내놔라? 어림반푼어치도 없는 소리!

그러나, 한편 곰곰이 생각하면 단칼에 무 자르듯이 한 것으로 끝날 일도 아닌 것 같았다. 최소한 오의 방문을 경고의 의미로 받아들여 자기 현실과 앞으로의 처신에 참고는 해야 할 측면이 있지 않을까 싶었다.

오의 말마따나 거제도의 포로수용소와 미군부대 특수(特需)에 서서히 찬바람이 돌기 시작한 것은 그도 여실히 감지하고 있는 바였다.

그렇잖아도 포로집단과 경비군대가 대폭 감축되었는데, 판문점 쪽에서 들려오는 소식에 의하면 곧 휴전협정이 조인될 날도 멀지 않은 것 같았다. 그렇게 되면 포로수용소와 미군기지가 완전히 텅텅 비게 되고, 따라서 이 거제도는 그야말로 껍데기만 남은 꼴이 되고 말 것이 확실했다.

사람이란 자기 발로 딛고 선 자리에서 살 수만은 없는 노릇이고 왔다갔다 움직이며 살아야 하는 동물이니 운수사업이야 거덜날 일은 없겠지만, 그래도 경기불황과 사회침체의 영향이 적지 않을 것임은 깊이 생각할 필요도 없이 명약관화한 노릇이었다.

그러나, 그보다도 더 신경쓰이는 것은 오동천과 그 패거리들의 동향이었다. 지금이야 보기좋게 면박만 당하고 물러가긴 했으나, 자기들의 목표와 계획이 끝내 틀어지는 실망스러운 결과로 끝나 어려움에 처하는 경우에 어떤 보복으로 나올지 모르는 일이었다. 사람 사는 동네에 법이 있고 경오가 있다고는 하나, 그것은 상식이 통할 수 있는 환경 아래서만 성립되는 이야기가 아니던가.

저놈들이 정말 작정하고서 해코지를 하려고 덤벼든다면…….

그럴 가능성을 상정하고 자기 자신을 돌아보자, 신경쓰이는 약점이 한두 가지 없는 것도 아니었다. 생각이 거기에 이르자, 너무나 꺼림칙하고 불쾌해서 도무지 자리에 앉아 있을 수가 없었다.

차라리 이 기회에 미련 버리고, 이놈의 사업 처분해버리고 여길 뜨나 어쩌나. 그렇잖아도 고장 아니면 교통사고로 자주 골치를 썩이는 판이니……. 곧 휴전이 되면 정부도 서울로 환도할 것이고……. 남보다 먼저 서울로 올라가 자리를 잡는 게 빠른 성공의 코스가 아닐까 몰라.

그런 가능성 쪽으로 짐짓 기울어지자, 이상하게도 제일 먼저 마음에 걸리는 것이 바로 상은의 존재였다. 이 나이인 내가 철부지나

겨우 면한 어린여자한테 이토록 흠뻑 빠져 있는가 싶어 혼자 웃었다.

덕현이 상은에게 그 문제의 운을 슬쩍 뗀 것은 그날저녁 잠자리에 들어서였다.

"뭐락고예? 회사를 팔고 서울로 간닥고예?"

상은은 깜짝 놀라 소리치며, 누웠다 말고 일어나 앉았다.

"아니 뭐, 꼭 작정한 건 앙이고, 기럼 어떨까 하는 게야."

상은은 바깥 어둠이 묻어 들어오는 창문을 바라보며 오도카니 앉아 있었다. 그녀의 분위기에서 뭔가 뾰족한 날카로움이 느껴졌다.

그 말이 그토록 충격적으로 들렸나 싶어, 덕현은 속으로 은근히 긴장했다.

"무슨 걱정이네? 내 따라 서울 가믄 되지비. 서울멋쟁이 만들어주디. 설마 네 버리구 갈까봐서리? 바보."

덕현은 얼른 그녀의 몸을 끌어당기며 너스레를 떨었다.

"와 이래예. 놔예."

"걱정 말란데두. 내 이런 보물으 와 버리갔네. 뉘기 좋으라구. 흐흐흐!"

"아이 참! 오늘따라 와 이러까. 사람이."

상은은 짐짓 앙탈을 부리다가 슬그머니 풀어져버렸다.

"정말로 나 사랑합니꺼?"

"사랑하구말구. 이 세상 뭣보다두. 아니, 여태 그걸 의심하네?"

"그래도……. 나 어디가 그렇게 좋아예?"

"다 좋지. 네 안 좋은 데가 어디 있네. 원한다믄 혈서라도 쓰구 맹세하디."

덕현이 정색을 하고 말하자, 상은은 마지못한 듯하면서도 살짝 미소를 지으며 그의 분위기에 끌려왔다.

이미 그녀는 성숙한 여자의 모습을 보여주고 있었다.

오동천의 방문 때문에 흔들린 덕현의 마음을 결정적으로 기울어지게 만든 것은 의외에도 황태봉이었다.

오가 다녀간 지 사나흘 후에 느닷없이 이번에는 황이 회사로 불쑥 찾아오자, 처음에 덕현은 껄끄러운 상대들의 잇따른 방문이 어떤 연관성이 있지나 않나 해서 긴장하지 않을 수 없었다. 자기에 대한 악감정을 똑같이 가지고 있는 그들이 짜고서 일부러 압박을 가하려는 수작이 아닌가 하는 불쾌한 경계심에서였다.

그러나, 그것은 공연한 걱정임이 금방 드러났다.

"내 사장님한테 작별인사하러 왔소꼬마."

덕현이 선입감에서 비롯된 떨떠름한 기색으로 맞이하자, 재빨리 알아차린 황이 웃는 얼굴로 한 말이었다.

"작별인사라니, 그 무스기 말임둥?"

"내 곧 서울루 감다."

"뭐이가? 서울?"

덕현이 놀라서 물었다. 너무나 갑작스럽고 뜻밖이기 때문이었다.

"낼 모레 출발함다. 가족 데리구. 여기 거제도 더 있어봤자 무스기 희망 있겠슴. 기래서, 망아지느 제주 보내고 자식으 한양 보내랬듯이, 아아드르 장래 생각해서 결단으 내렸소꼬망."

"아니, 뜻은 좋지만서두 아무런 준비도 없이?"

"내 미리 가서 해방촌이란 데 방꺼정 벌써 마련했슴다."

"오, 기래……."

덕현은 다시 한 번 놀라고 말았다. 황태봉이란 사내의 또 다른 면모를 새롭게 발견한 것 같은 야릇한 기분이었다.

"막상 거제르 떠나재니 그동안 피란살이 감회가 새롭구, 내 누구한테 진 빚 없나 해서 스스로 돌아보게도 되구……그러다 보니 사장님헌테 마음으 빚이 있다는 거 알았소꼬망. 솔딕히 내 한동안 사장님 원망 했슴다. 기렇지만 시간 지나구, 역지사지루다 가만 다시 생각하니까니 사장님 입장두 니해가 됩데다. 오래 월급 받아 걱덩 없이 살았구, 뭣보다 아아들 오마니 아파서리 많은 도움 받았구…… . 기러니까니 찾아뵙구서리 사죄르 하자, 그러쟎구 떠나면 내 아주 모자란 놈이라는 생각이 듭데다. 기래 찾아왔소꼬망.”

황은 덕현의 손을 덥썩 잡고 간곡한 목소리로 말했다.

“사장님, 이 황태봉이 용서해 주웁쇼.”

덕현은 지금까지 살아오는 동안 인간관계에서 진실과 진정 앞에 그처럼 감동해 보기는 처음이었다. 뿐만 아니라 상대방에 비해 자기 존재가 무척이나 작고 가볍게 느껴지기도 처음이었다. 그는 자기도 모르게 황의 손을 마주 꽉 쥐었다.

“황형, 그 말 들으니까니 내 되려 부끄럽소꼬망.”

“무스기 말씀…….”

“앙이오. 내 욕심 때문에 당신 내친 거이 사실이니까니. 난들 어찌 황형한테 마음으 빚 쬐끔인들 없겠슴. 사고무친한 데 멀리 피란 와서리 어드케든지 일어서야겠다느 일념으루 뛰다 보니까니, 간혹 남한테 원망 들을 짓도 불사할 때가 사실 없디 않았디. 그렇지마는 내 근본덕으루 그리 나쁜 사람 앙이오.”

“원, 사장님두.”

“황형이 나 용서해 주.”

“사장님!”

“고맙소꼬망. 이런 기회르 가져다줘서.”

덕현은 진심으로 감사했다.

그는 황에게 점심대접을 잘 하고, 헤어질 때는 두둑한 봉투 하나까지 건넸다.

황은 완강히 사양했으나, 덕현이 정색으로 거의 화까지 내며 억지로 호주머니에 찔러 넣어주자, 마침내 할 수 없이 호의를 받아들였다.

"이렇게 되므 내 괜시리 사장님 찾아뵌 게 되오다."

"기런 말 마오. 당신보다 아주망과 아아들으 생각해서 주는 거니까니. 아무튼 서울 가서 성공하기오. 황형은 뉘보다 신실하고 부지런한 사람이니까니, 어디르 가도 안 실패할 것이구마. 아무튼 잘 가오."

"감사함다. 사장님두 내내 안녕히 계십쇼. 사업 번창하시고."

황은 깍듯이 작별인사를 하고 연초행 버스에 몸을 실었다.

홀가분한 것도 쓰라린 것도 아닌 야릇한 심정으로 그를 배웅하고 나자, 덕현은 불현듯 이상한 생각이 들었다.

저 황가의 느닷없는 출현과 부처님 흉내 내는 것 같은 태도가, 본인이 의도한 것이든 아니든 간에 나에게 뭔가 계시의 의미가 있는 건 아닐까.

그러자 다음 순간, 그 의미가 금방 확연한 언어로 귓가에, 가슴에 와 부딪쳤다. 그것은 '가급적 빨리 너도 이곳을 떠나라'는 것이었다.

2

옥상은이 임덕현을 데리고 소오비마을로 아버지를 찾아온 것은 그로부터 한 달쯤 후, 어느 화창한 아침나절이었다.

"아니, 네가 갑자기 웬 일이고."

딸에 대한 반가움이 쑥 들어가버릴 정도로 너무나 놀라운 덕현의 출현에, 옥치조는 방에 있다 말고 허둥지둥 어쩔 줄 몰랐다.

"여태 방에서 뭐합니꺼. 아침은 잡샀어예?"

"응, 묵었다."

선물로 가져온 술병과 과일바구니를 마루에 놓으며 방 안을 들여다본 상은이 금방 얼굴을 찡그리며 짜증을 냈다.

"좀 깨끗이 해놓고 계시지, 이기이 뭡니꺼."

이불이 개지도 않은 채 한쪽에 밀쳐져 있고, 조반식사를 하고 난 음식그릇들이 그냥 놓여 냄새를 풍기는 너저분한 풍경을 타박하는 소리였다.

"허허허, 뭐 우떴나."

"그래도 그렇지, 아무리 혼자 계시더라도……."

상은은 득달같이 방에 뛰어들어가 이불을 한쪽으로 개킨다, 음식그릇들을 마루로 들어내고 걸레로 방바닥을 훔친다 잠시 부산을 떨어댔다.

치조는 마당 한쪽에 어색한 자세로 서 있는 덕현을 향했다.

"이거 미안합니더. 갑자기 오시는 바람에……."

"아, 아임다. 되려 죄송함다."

덕현은 매우 당황해서 쩔쩔매며 굽실거렸다.

"누추하지만, 좀 들어가입시더."

"아, 예."

덕현은 조심스러운 걸음으로 치조를 따라 방에 들어갔다. 그러더니, 치조가 방바닥에 앉자마자 느닷없이 말했다.

"아바님, 절 받읍쇼."

치조가 눈이 뚱그래서 어찌할 바를 모르는 가운데, 덕현은 넙죽 큰절을 올렸다.

"아니!"

엉겁결에 당한 일이라, 치조는 자기도 모르게 맞절을 했다.

덕현은 한쪽 무릎은 꿇고 한쪽 무릎은 세운 어색한 자세로 치조 앞에 앉아 두 손을 비빌 듯이 포개며 간곡히 말했다.

"진작 찾아뵈어 정식인사 올리고 허락으 얻었어야 도리갔습니다마는, 아무튼 무례르 용서해 줍쇼. 따귀 맞을 각오 하구서 말씀드리갔슴다. 앞으루 사위로 받아줍쇼."

"아, 아니, 이거 도대체……."

"우리 두 사람 이미 부부가 됐슴다. 나잇살 먹은 놈이 어린사람 꾀어 무슨 망발이네 하실지 모르나, 전 그게 아님다. 정말 따님으 사랑하고, 앞으루다 평생 동안 호강시킬 겁네다. 따님도 그리 리해하구 있슴다. 그러니, 부디 용서하시구 허락해 주십쇼."

치조는 황당하고 놀라운 중에도 이 경우 자기가 취할 수 있는 태도는 하나뿐이란 사실을 재빨리 깨달았다. 그래서, 어느 틈에 방에 들어와 덕현의 뒤에 고개를 숙이고 다소곳이 서 있는 딸을 쳐다보며 불렀다.

"상은아."

"……예?"

상은은 기어들어가는 소리로 대답했다.

"이 사람 하는 말이 맞나?"

"……."

"우떻노. 사실이가?"

"예."

이번에는 또렷한 대답이었다. 상은은 얼굴이 발그레졌다.

치조는 적이 마음이 놓이면서도 어쩐지 한편으로는 가슴을 심하게 꼬집히는 듯한, 스스로 지금 결정을 내려야 하는 순간임을 알지만 머뭇거려지는 야릇한 기분이 들었다.

문득, 죽은 아내는 말할 것 없고 큰아들이 지금 곁에 없는 것이 그나마 다행이란 생각이 들었다. 그 상국은 뒤늦게 아우 따라 부산으로 가서 지금 한창 자동차 정비기술을 배우고 있었다.

다른 것은 다 놔두고 큰아들의 일만 감안하더라도 지금 자기 앞에서 쩔쩔매고 있는 이 엉뚱한 사내를 꾸짖어 내칠 수 없다는 생각이 들어, 치조는 크게 한숨을 내쉬고 덕현을 향했다.

"이거 참 뭐락해야 할지……. 잘하는 긴지 몬하는 긴지는 차치하고, 딸아아 재가 저렇닥하니……."

"감사함다. 정말 감사함다."

덕현은 감격하여 떨리는 목소리로 말하며, 앉은 자세 그대로 고개를 숙였다.

"상은아."

치조는 다시 딸을 향했다.

"예에?"

"우쨌든 네가 인자아는 명실상부한 어른이다. 어른이 됐다 말이다. 그러니 네가 네 인생 잘 생각해서 단디이 해라. 알겠제?"

"예, 아부지."

"그라고, 임 서방이라 했던가?"

"예, 아바님."

"사람 한평생 사는 기 복잡하고 우여곡절이 참 많다 싶지마는, 지내놓고 보몬 또 그렇지도 않은 기 인생이지. 우짜든지 우리 자아 잘 부탁하세."

"염려맙쇼, 아바님."

치조는 어쩐지 먼 길을 달려온 사람처럼 호흡이 가빠져서 자꾸 헛기침을 했고, 덕현도 숙연해서 그 큰 눈을 끔뻑거렸다. 그리고 상은은 여전히 우두커니 서서 손등으로 눈두덩을 찍고 있었다.

잠시 후, 딸이 선물로 가져온 술병을 따서 명색 사위자리와 잔을 주고받으며 이야기를 나누다가, 치조는 다시 한 번 가슴이 무너지고 말았다.

"아니, 그라몬 뻐스회사를 처분했다고?"

"예. 어차피 현재 남은 포로들 다 송환되고, 미군부대 역시 떠나면, 앞으로 이 바닥에서는 어떤 사업이든 별 재미르 못 보게 될 겜다. 기래서 남들보다 한 걸음 앞서 서울 올라가 새로운 사업으 해볼까 하는 겁메. 기반 잡히는 대루 아바님도 모시고 가겠슴다."

"원 참, 내가 뭐하러……. 그건 그렇고, 언제 떠나는데?"

"내일 갈 겜다."

"그래에……."

고개를 끄덕이는 얼굴에 우수의 그늘이 들었다.

이렇게들 다 떠나가는구나. 하나하나 제 앞길 찾아 가는구나.

아버지 홀로 두고 가자니 발걸음이 떨어질 것 같지 않다며 훌쩍거리는 딸을 멀뚱하게 쳐다보다가, 금방 이 무슨 어른답지 않은 옹졸한 심보인가 싶어 몰래 쓴웃음을 지었다.

어색한 장인자리와 사위자리가 제법 몇 순배 잔을 주고받는 동안, 상은은 부엌에 들어가서 밥을 안쳤다. 아버지한테 모처럼 마지막일지도 모를 더운밥을 지어올린다는 생각을 하니 눈시울이 뜨거워졌다.

때가 이른 점심을 피차 뜨는 둥 만 둥 하고는 덕현과 상은은 돌아갈 채비를 했다.

나서기 전에 상은은 두툼한 봉투 하나를 아버지 손에 쥐어주며, 서울에 가서 자리가 잡히는 대로 편지를 띄우겠다고 했다.

이놈우 자석, 네가 인자아 참말로 어른이 다 됐구나.

배웅하러 저만치 따라가며, 옆에 나란히 걷는 딸에게 치조가 한무언의 말이었다. 소견머리를 칭찬하는 것이 아니라 성숙한 여자의 자태를 두고 하는 소리였다. 이제 상은은, 누가 보아도 우아한 젊은 여인의 난숙한 멋을 풍기고 있었다.

그런 아버지의 생각을 알 리 없는 상은은 물기가 묻어나는 목소리로 말했다.

"엄마 산소에 가봤으모 싶은데, 저이 때문에……."

"뭐하로. 이다음에 가 보몬 되지."

그렇게 대꾸하면서, 치조는 방금 딸이 말한 '저이'란 호칭의 묘한 느낌에 혼자 미소를 머금었다.

그때까지도 치조는 어머니가 묻힌 장소를 알고 싶어 하는 자식들의 희망을 단호히 배격해 오고 있었다. 무슨 짐승 주검 다루듯 담요 칭칭 둘러서 아무렇게나 풀숲에 묻은 아내의 초라한 흔적 앞에 자식들을 데려가고 싶지 않아서였다. 세상이 안정되고 평온한 시절이 왔을 때 산소를 제대로 써 놓고 나서 어머니를 만나라는 것이 치조의 한결같은 대답이었다.

더 이상 멀리 나오지 말고 들어가라는 딸의 거듭된 만류에, 치조는 마침내 걸음을 멈추고 작별을 했다.

깍듯이 절을 하고 상은의 뒤를 따라가다가 저만치에서 돌아보고 손을 흔드는 사위자리에게 마주 손을 흔들며, 치조는, 인간됨이 보기보단 신실하구나, 어떻게 맺어졌든지 간에 저만하면 내 딸을 울릴 녀석은 아니겠구나 싶어 새삼스럽게 안도감을 느꼈다.

그날 오후 느지막이 집을 나선 치조는 연초천을 건너가 중통골에서부터 시작되는 독봉산 산줄기를 타고 천천히 오르기 시작했다.

다른 산자락과 연결되지 않고 홀로 솟았다 해서 독봉산인 그 나지막한 야산은, 만 이태가 넘도록 바로 아래에서 벌어지는 그 숱한 아우성과 유혈사태를 목격할 수밖에 없는 기구한 운명임에도 불구하고 의연한 자태로 초여름 짙푸른 신록을 자랑하고 있었다.

오십에 이른 그 나이까지 오로지 산야를 누비는 인생살이를 해 온 치조였다. 그런데, 이 정도 쯤이야, 하며 오르기 시작한 산길이 그날따라 유난히 힘에 겨웠다. 숨이 가빠지고 땀이 비오듯 흘러 내렸다.

허허, 내가 벌써 이렇게 되었단 말인가.

사실 그의 모습은 그 이태 동안 눈에 띄게 달라져 있었다. 머리는 반백이 넘고, 주름살도 깊어졌으며, 허리마저 약간 구부정했다. 본인은 평소 거의 의식하지 못했지만, 어쩌다 오랜만에 만나는 사람의 첫 인사가 어쩌다 그렇게 변했느냐는 것이었다. 허허웃음으로 받아넘기고 말지만, 그런 말을 들을 때마다 자기 인생의 고달픔이 새롭게 되살아나 쓸쓸한 감회에 젖곤 하였다.

자주 걸음을 멈추어 허리를 쭉 펴고 심호흡을 하기도 하며 힘겹게 산줄기를 타고 오른 치조는 서쪽으로 조금 치우친 산등성마루에 마침내 도달했다.

펑퍼짐하게 흘러내린 산자락에 가려져 바로 아래쪽은 잘 보이지 않았지만, 그곳에서는 고현리 일대의 포로수용소들과 마을들의 흔적, 가까운 상동리 집들의 잔해, 그리고 아내가 누워 있는 선자산 자락이 한눈에 들어왔다.

그는 우선 땅바닥에 아무데나 주저앉아 청량한 산바람으로 몸속의 피로를 몰아냈다. 그런 다음 바닥이 편안하고 관망하기도 좋은 장소를 찾아서 아주 작정하고 앉아 담배를 한 대 태우며 저 아래 펼쳐진 풍경을 바라보았다.

‘오퍼레이션 브레이컵’ 실시로 포로들이 제7구역의 소규모 신설수용소로 모조리 옮겨가고나자 텅텅 비어버린 제6구역 각 수용소들은 을씨년스런 풍경의 폐허로 남아 있었다. 그 조금 위쪽에 자리 잡은 경비사령부만은 게양대 깃봉에 성조기가 휘날리고 군인들의 움직임이 여전해서 활기가 그대로였다. 마치 그 일대의 삭막한 풍경뿐 아니라 그곳에서 벌어졌던 처절하기 그지없는 사건들까지도 언제 그랬냐는 듯이 평화롭기만 했다.

상동리 마을은 그야말로 쑥대밭처럼 온통 부서지고 무너져 있어 어디가 어디쯤인지도 잘 가늠이 되지 않을 정도였다. 치조네 논이 있던 자리로 대강 가늠이 되는 곳은 불도저가 높낮이 구분 없이 평평하게 밀어버린 데다 헌 창고 같은 기다란 막사들이 들어차 있었다.

그래, 이제 곧 전쟁이 끝나고 포로수용소가 아주 필요없게 되면 저 땅을 되찾게 되겠지. 땅이야 어디 가는가. 저것들을 부수고 치우고, 좀 힘이 들어서 그렇지 언젠가는 농사를 지을 수 있을 거 아닌가. 내가 아직은 사지육신 멀쩡하니까 땅만 있으면 산다. 살고말고! 정말이지 내 땅이 어디 가는가.

그런 생각을 떠올리자, 불현듯 가슴속이 화하게 맑아지면서 기운이 솟아났다. 담배꽁초를 비벼서 버렸다.

그럴 즈음, 선자산과 독봉산의 자락이 흘러내리다가 어우러지면서 완만한 계곡을 이루는 그 일대에는 어느덧 산그늘이 깃들어 왔다. 얼마 안 있으면 해가 선자산 등성이 너머로 완전히 기울면서 산그늘이 짙어지고 곧 저녁어스름이 찾아오리라.

그것을 알면서도 치조는 자기 평생을 통과한 삶의 흔적들이 하나하나의 풀뿌리로, 돌부리로, 아니면 흙덩이와 발자국으로 남아 있을 그 땅뙈기들에서 도무지 눈을 뗄 수가 없었다. 그렇게 하염없이 앉아 내려다보고 있었다.

치조는 시선을 들어, 아내가 누워 있을 법한 자리를 더듬어 보았다. 그러나, 그 일대는 표지가 될 만한 별다른 것이 없는 풀숲인

데다 산그늘까지 제법 드리워져 있어 멀리서 눈짐작으로 정확한 장
소를 짚는다는 것은 무리였다.

　그는 대강 그쯤 되리라 싶은 위치를 건너다보며 입속으로 중얼거
렸다.

　이 불쌍한 사람아! 애놈들은 모두 떠나고 이젠 임자하고 나만
남았네그려.

　그러자, 치조의 하염없는 미망을 깨뜨려 일어서게 하려는지 갑자
기 저만치서 까투리 한 마리가 귀에 익은 소리를 지르며 푸드덕 날
아올랐다.

　거제도의 그해 여름은 유난히도 무더웠다.

　7월 중순부터 한 달이 되도록 비가 내리지 않았다. 풍요의 신은
이 땅을 외면하고 있었다. 작열하는 태양이 쏟아 붓는 뙤약볕 아래
땅바닥은 갈라터지고, 산과 들의 모든 식물은 생기를 잃어 메말라
늘어져갔다. 사람은 물론이려니와 짐승도 더위와 목마름으로 헉헉
거렸다.

　이제 경비대까지도 모두 떠나버린 포로수용소는 텅 빈 거대한 폐
허로서 그 무더운 열기 속에 황량하고 을씨년스러운 풍경으로 버려
져 있었다.

　천막이나 재활용이 가능한 군사비품만 수거되었을 뿐, 막사를 비
롯한 각종 고정시설물은 모두 제자리에 그대로 남았다. 단위수용소
마다 이중철조망과 굳게 닫힌 정문이 그것을 지키고 있을 따름이었
다.

　그 폐허를 낮이나 밤이나 지배하는 것은 무서우리만큼 너무나 깊
은 고요함이었다. 정적의 그 요체는 무수한 인간의 통한과 염원,
비명과 울음이 뭉쳐져서 생성된 귀기였다. 귀기는 밝은 낮이면 아

지렁이처럼 포로수용소 위에 아련히 떠 있다가, 밤이 되면 푸른빛으로 펄펄 살아나서 온통 휘젓고 흘러 떠다녔다.

거제도의 한여름은 그렇게 막바지로 접어들었다.

그날 오후가 되자, 서늘한 바람에 실려 먼 남해바다를 건너온 구름이 차츰 두껍고 시커먼 층을 이루기 시작했다. 저녁이 빨리 찾아오고 사방은 어둑어둑해졌다. 그때였다. 큼지막한 빗방울이 후둑후둑 떨어지기 시작했다. 빗발은 점점 거세어져갔다. 칠흑 같은 어둠 속을 지배하는 것은 맹렬하게 쏟아지며 온통 땅을 두드리는 빗소리뿐이었다. 메말랐던 대지를 흠뻑 적셔 토맥(土脈)을 녹였다. 들풀의 목마름을 풀어주고, 몸서리치며 울부짖던 인간의 흔적들을 말끔히 씻어 내리며 물살을 이루어 바다로 흘러갔다.

비는 새벽녘으로 접어들 무렵에야 슬그머니 멎었다. 대지는 안식 속에 조용히 날이 새기를 기다렸다.

이윽고 해가 밝아왔다. 밤새도록 세찬 억수비가 씻고 지나간, 그 참혹했던 비극의 포로수용소는 여전히 을씨년스럽고 적막하긴 해도 훨씬 말끔한 풍경으로 다시 아침을 맞이했다.

구름이 물러간 하늘은 파랗게 해맑고, 미세한 불순물까지 말끔히 씻긴 대기는 더없이 상쾌했다. 높이 떠오른 태양은 8월의 따사로운 햇살을 내려주고, 산과 들 나무 잎사귀는 싱그러운 푸르름을 되찾았다. 풀꽃들의 새순들이 부드러운 땅거죽을 열며 일제히 고개를 내밀었다. 새들이 노래하며 날아올랐다. 새로운 생명의 시작이었다.

나의 거제도

손영목

에드몽 공쿠르는 말했다.

"역사는 사실로 존재했던 소설이며, 소설은 존재할 수 있었던 역사다."

역사와 시, 또는 역사와 희곡의 관계로 바꾸어 말한다고 해서 안 될 것은 없겠으나, 소설이야말로 '이야기'를 생명으로 하는 서사구조의 가장 대표적 문학형식이며 역사란 그 자체가 풍부하고 재미있는 이야기의 보고(寶庫)라는 상관관계로 미루어 볼 때, 이 말은 참으로 정곡을 찌른 명구(名句)라고 여겨진다.

작가가 의욕을 가지고 소설화하는 소재는 다양하지만, 대체로 직접 또는 간접 경험의 소산을 선택하면서 가장 중요하게 검토하는 포인트는 무엇보다도 역시 극적인 재미와 감동일 것이다.

그러한 측면에서 볼 때 '전쟁'이란 단어로 요약되는 거대한 집단 에너지의 야만적 충돌은 작가를 흥분시키고 매료시키기에 충분한 소재가치를 지니고 있다. 그래서 작가는 포화가 작렬하거나 폐허의 뜨거운 잿먼지가 풀풀 날리는 현장에서 관찰자의 열정으로, 전쟁이 끝난 뒤에는 감정을 배제한 간접분석자의 시선으로 전쟁을 작품화하려고 공을 들인다.

20세기 중반에 터졌던 한국전쟁은 이 나라 현대사의 가장 불행한 사건이었다. 시작은 내전 양상이었으나 세계사적 이데올로기 냉전

배경으로 하여 국제전으로 확대되었고, 그로 말미암은 인적 물적 실질피해가 엄청났으며, 좋은 의미든 나쁜 의미든 그 후유증은 지구촌의 정치역학구조는 물론이고 우리 민족의 의식과 문화를 진전시키면서도 한편으로는 크게 왜곡시키는 결과를 가져왔다. 형식논리상 종전 아닌 정전으로 처리되었기에 무력대치의 팽팽한 군사적 긴장감은 여전히 지속되고 있고, 그 아픈 응어리는 세기가 바뀐 오늘까지도 해소되기커녕 끊임없이 또 다른 분단비극으로 파생되거나 재생산되어 우리 가슴을 미어지게 하고 있다.

한국현대사에서 가장 참혹한 역사의 시간이었던 이 전쟁은 그동안 많은 문학작품으로 형상화되었다. 이 땅의 여러 시인과 소설가는 다투어 작품을 써서 전쟁문학의 노적가리를 쌓아 올렸고, 초겨울 스산하고 메마른 농경지에서 뒤늦게 이삭을 줍듯, 반세기가 훌쩍 지나간 지금까지도 그 전쟁의 역사를 진지하게 되짚어보는 작가 또는 문학지망생을 이따금 발견하곤 하는 것은 전혀 이상한 일이 아니다.

"역사란 흘러가버린 시간이 아니라 고여 있는 시간, 미래를 향해 도리어 흘러내려오는 그런 시간이다." 이어령(李御寧)의 수사적(修辭的) 언설이 설득력을 가지는 한, 앞으로도 한국전쟁을 다시 다른 각도로 조명하는 새로운 문학작품이 계속 등장하리라고 기대해도 무리가 없을 성싶다.

전쟁은 그 구성요소의 복잡함만큼이나 다양한 소재를 작가에게 제공한다. 적을 향해 총부리를 겨누는 병사의 공포와 용기 또는 전우애, 공연히 전란에 휩쓸려 고통을 받고 죽어 가는 민초들의 슬픔과 절망, 장기판의 말을 옮기듯 군사작전에 머리를 쥐어짜는 지휘관의 고뇌와 결단, 그 훨씬 위쪽에 존재하는 정치권력의 술수와 도

박, 후방의 음침한 뒷골목에서 벌어지는 퇴폐와 부조리 등, 작가들의 입장에서 보면 실로 소재의 보고가 아닐 수 없다.

여기에 곁들여지는 또 하나의 메뉴가 '포로'라고 하는 특이한 존재와 그 집합체인 포로수용소인데, 이 특별한 메뉴에 다가서는 작가가 있다면 그 이유는 그들이 전사자나 탄피(彈皮) 같은 전쟁소모품이었으면서도 여전히 엄연한 존속가치를 지니고 있는, 살아서 꿈틀거리는 집단적 생명체라는 사실일 것이다.

특히 거제도포로수용소의 경우는 기이하게도 그 속에 적과 아군이 공존하고 있었을 뿐 아니라, 포화가 작열하는 전선에 버금가는 또 하나의 핏물 흥건한 싸움이 격렬하게 진행되었다는 점에서 세계의 다른 어떤 전쟁포로 수용소하고도 성격상 현격히 구별되는 차이가 있으며, 그런 점에서 아주 매력적인 문학소재의 가치를 지녔다.

그 거제도포로수용소는 애석하게도 그동안 한국전쟁문학으로부터 만족스러운 대접을 받지 못했다. 시는 논외로 돌리고, 소설의 경우 거제도포로수용소를 소재로 한 작품으로서는 1960년에 교양잡지 〈사상계〉가 공모한 신인문학상 당선작인 강용준의 《철조망》정도가 고작이다.

러시아 현대역사 소련 암흑기의 정치범 수용소를 다룬 솔제니친의 《수용소군도》에 필적할 만한 격조 높은 작품이 충분히 나올 수 있는 소설적 소재가치를 지니고 있음에도 불구하고 우리의 거제도포로수용소는 왜 그만한 작품을 지금까지 배출하지 못했는가. 지금까지 이 땅의 작가들이 거제도포로수용소를 본격적으로 작품화함에 적극성을 띠지 못했던 가장 큰 이유는 소재의 특이성 때문에 쉽게 접근하기 어렵다는 점이라고 생각한다.

이런 종류의 소설작업에서 가장 중요할 뿐 아니라 큰 비중을 차지하는 준비는 작품의 바탕이 되는 역사적 사실기록을 충분히 꿰뚫어 자기 지식으로 획득하는 일일 것이다. 소설의 특성이 '허구의 진실'이긴 하지만, 이런 역사성 소설에서는 허구가 진실로서 살아날 수 있는 가능성이 제약받지 않을 수 없다. 다시 말해서 작가의 상상력이 제 기능을 발휘할 여지가 그만큼 한정된 셈이며, 그 상상력의 기능 역시 어디까지나 엄연한 사실의 토대 위에 화려하게 펼쳐져야 한다.

《철조망》의 경우는 작가 자신이 반공포로로서 그 역사적 사실과 상황 한가운데 서 있었기 때문에 체험을 곧 작품으로 써낼 수 있었겠지만, 다른 작가들이 거제포로수용소를 작품화하려고 다가선다면 우선 많은 준비와 공부가 필요하다.

기록문학이 '있었던 일'에 기초를 두어야 함은 말할 나위 없지만, 일반적인 역사소설의 경우 오래된 일이면 오래된 일일수록, 자료가 없으면 없을수록 상대적으로 작가의 상상력이 개입할 수 있는 여지가 많다.

그러나, 거제도포로수용소의 경우는 그 '작가 상상력'이 용납될 여지가 거의 없다. 한국전쟁이 불과 반세기 전에 있었던 기억도 생생한 민족수난사인데다 사건성격상 엄숙성이 요구되므로, 엄연한 사실의 정확한 기록 위에 고작 '인간의 몸냄새'를 짙게 바르는 방식으로 접근해야 한다. 그렇기 때문에 거제도포로수용소를 본격장편소설로 쓰려고 덤벼들고자 하는 작가는 현장체험자에 버금갈 만큼 간접체험에 의한 지식을 먼저 축적해야 하는데, 그럴 경우 기울여야 하는 방대한 노력 앞에 미리 압도되지 않을 수 없다.

1982년 경향신문사 장편소설 공모에 당선된 《풍화(風化)》 속에는 포로수용소가 당연히 등장한다. 그러나, 《풍화》는 거제도를 기본거점으로 하긴 해도 해방 이후부터 한국전쟁 종료시기까지의 한반도

전역을 무대로 한 소설이기 때문에, 전체적인 구성상 포로수용소는 극히 단편적으로 다룰 수밖에 없었다.

내가 태어난 곳은 거제도 옥포만 안의 작은 어촌 파랑포지만, 자라난 곳은 그 대안(對岸)으로서 지금은 대우조선소에 수용되어 애석하게도 마을 자체가 없어진 늦태리다. 그 늦태리가 우리 일족의 본향이며, 내 인생의 소박한 꿈이 자란 곳이다. 외가동네는 연초면 송정리며, 이모님이 수월리에 사셨다. 어린 시절 외갓집에 가거나 돌아오는 길에 길섶 자드락에서 포로들이 경비병들의 감시 속에 느릿느릿한 동작으로 자기네 공동묘지를 조성하는 모습도 보았고, 이모님 댁에 놀러 가서는 바로 눈앞에 펼쳐진 포로수용소 외곽 철조망을 사이에 두고 주민들과 포로들이 감시병의 눈을 피해가며 벼락치기로 물물교환을 하는 광경도 목격했다.

그 강렬한 기억들을 가슴속에 간직하고 있으면서도 이 작품의 집필을 미루어 왔던 것은 주제 자체의 중압감 때문이었다.

거제도포로수용소 포로들은 포로에 관한 보편적 일반관념을 무참하게 만들 정도로 특이한 인간집단이었다. 구성의 성격만 보더라도, 함께 참전했으면서 친공 반공으로 사상이 갈린 북한군, 적에게 나포되어 총부리를 거꾸로 겨누었다가 포로가 된 한국군, 남한출신 민간인이면서 총알받이로 동원된 인민의용군, 북한수복지역에서 솔선해 민간치안업무에 나섰다가 유엔군에게 무장해제 당하고 억류된 반공청년, 피란길에 나섰다가 영문도 모르고 끌려온 선량한 백성들 등 다양하고 복잡하기 이를 데 없었다.

이들은 세계 전쟁사에 어느 나라 어떤 포로보다 호의호식과 자치적 자유생활 혜택을 누렸으면서도 정신적으로는 숨막히는 긴장과 압박, 두려움과 절망의 나날을 보내야 했다. 그들을 둘러싼 철조망은 도살의 칼날이 번득이고 유혈이 낭자한, 출구 없는 짐승의 우리나 다름없었다. 살아남기 위해 처절히 몸부림치고, 적과 동지를 가리지 않고 어쩔 수 없이 죽여야 했다. 친공과 반공의 이데올로기는 그 야만적 상황에 당위성을 부여하기 위한 하나의 허구적 장치색깔에 불과했다.

그 짐승의 시간 속에 갇혔던 사람들에게 인간구원의 빛은 정녕 없었는가. 있었다면 어떤 빛깔인가. 그들의 참혹한 모습을 과연 제대로 형상화할 수 있을까.

접근하고 천착하면 할수록 광범위한 자료수집과 그 자료의 육화작업이 엄두가 나지 않아 시간이 쌓여갔다. 마침내 소설작업에 착수해 일 년 꼬박 그야말로 모든 것을 다 쏟아부은 끝에 이 작품을 완성하고, 나 나름의 검증기회도 거쳤다. 문학으로는 물론이려니와 한국전쟁 기록으로도 정리가 미흡한 거제도포로수용소 사건 전말을 종합적 총체적으로 집대성했다는 자부심을 가져도 좋을 것 같다.

그와 아울러 당시 거제도의 역사사실로서 빼놓을 수 없는 피란민 이야기, 포로수용소와 피란민에 억눌려 극심한 문화충격을 받아야 했던 토착원주민들의 애환을 함께 다룬 것은 그 자체가 지역사의 기록가치로서뿐만 아니라 작품 구성상의 단조로움을 피하고 문학적 감흥을 높일 수 있는 장치효과가 있으리라 생각했기 때문이다.

집필의 마지막 단계에 두 지인한테서 큰 도움을 받았다. 새로운 자료를 속속 발굴해 주며 독자·편집자·작가의 안목으로 조언한 동서문화사 발행인 고정일, 문학비평가적 예리한 안목으로 문제점을 지적해 준 문우 이채형이다. 이 작품이 한 편의 소설로서 완성도를 높일 수 있었다면, 그것은 도움을 아끼지 않는 두 분 격려의 결실임을 밝힌다. 아울러 물심양면으로 도와준 거경문학회 회원들에 대한 고마운 인사도 빠뜨릴 수 없다. 아무튼 이처럼 여러 사람의 호의적 관심과 지원 속에 소설을 써보기는 처음이다.

　나는 분명 행복한 사람이다. 이제 새로운 목표로 향하고자 다시 돛을 올린다. 내 문학의 항해는 아직 끝나지 않았다.

2006년 5월 푸르른날

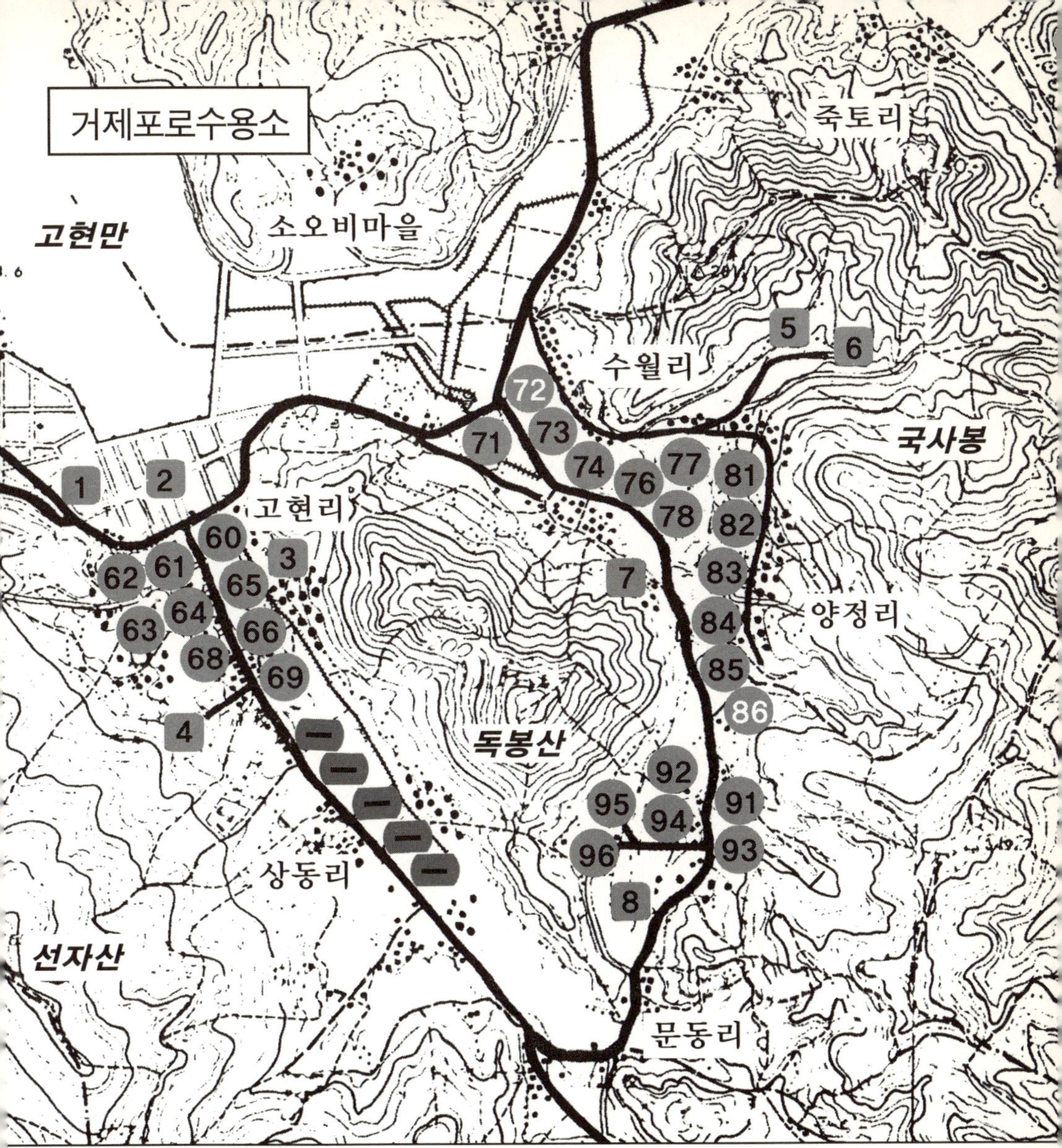

60, 65, 66, 71, 73, 74, 81, 82, 83, 84, 91, 93, 94, 96 반공포로

61, 62, 63, 64, 68, 69, 76, 77, 78, 85, 92, 95 공산포로

72 중공군 반공포로

86 중공군 공산포로

■ 일반장교포로

1 보급창고		5 제64야전병원	
2 기지사령부		6 여자 포로수용소	
3 한국32경비대대		7 한국33경비대대	
4 포로경비시령부		8 한국31경비대대	

손영목(孫永穆)

1974년 한국일보 신춘문예 당선, 서울신문 신춘문예 당선 이어, 경향신문 장편소설 당선 이후 활발하게 작품을 발표했으며, 현대문학상, 한국소설가협회 장편문학상, 한국문학상을 받았다. 《풍화》《무지개는 내릴 곳을 찾는다》 등 장편과, 《산타클로스의 선물》《장항선에서》 등 중단편 작품집을 다수 출간했다.

1956

손영목전작소설
거제도
2 풀꽃
손영목 지음
1판 발행/2006년 6월 30일
발행인 고정일
발행처 동서문화사
창업 1956. 12. 12. 등록 16-345(윤)
서울강남구신사동 540-22 ☎ 546-0331~6 (FAX) 545-0331
www.epascal.co.kr

*

이 책 내용의 전부 또는 일부를 재사용하려면 반드시
저작권공동소유자인 손영목과 동서문화 양측의 글로 쓴 동의를 받아야 합니다

*

사업자등록번호 211-87-75330
ISBN 89-497-0349-1 04810
ISBN 89-497-0347-5 (총2권)